夜光杯文丛

我看红墙内外

万伯翱

文匯出版社

万伯翱在北京办公室近照。

在广阔天地间，背起三十斤的大冬瓜，开心一笑。（1964年秋中央新闻纪录电影制片厂采访拍摄）

龙口夺粮，忙于收割。（1965 年新华社河南分社记者摄于西华县黄泛区农场）

1988 年夏转业，担任国家体育宣传司对外宣传处处长。

1978 年，在郑州炮校翻译教材。

上世纪 70 年代中期，毕业于河南大学英语系。鉴于作者的文学成就，后被聘为母校文学院客座教授。

在中南海毛主席住地丰泽园留影。

1984年，在中南海为父母亲居住院内的梨树浇水。

万伯翱兄妹和父母在天津庆贺万里八十华诞。

2002年春，万伯翱和弟弟妹妹在中南海含和堂家中合影，左起：万晓武、万叔鹏、万仲翔、万伯翱、万季飞。

1987年和夫人韩济川、女儿万真扬合影。

1994年夏，和父亲万里、母亲边涛在北京一餐厅合影。

2003 年冬，在中南海含和堂与父亲万里谈论体育话题。

2012 年 9 月，《六十春秋》新著研讨会后部分与会者合影。第九、第十届全国人大副委员长何鲁丽，中国作协主席铁凝，全国人大副秘书长、法制委员会主任乔晓阳，外交部原副部长、现国务院参事乔宗淮，中国文联党组成员、副主席李前光，中国文联副主席李维康，中国传记文学学会副会长、大检察官许海峰，中国作家出版集团董事长张胜友和著名作家苏叔阳、梁鸿鹰等 200 余人与会。

万伯翱三次上过由国家体育总局主办的《中国钓鱼》杂志封面，近二十年他为此刊写过大量钓鱼散文。

为热情读者签名。

国内部分主流报刊杂志经常刊登万伯翱的散文、专访和封面照片。

2012 年 5 月，在北京大学“百年讲堂”演讲，受到学子热情欢迎。

2013 年 10 月，“华人传记与当代传记潮流国际学术研讨会”在上海交通大学召开，中国传记文学学会会长万伯翱致辞并参加研讨。

乐在钓鱼。万伯翱是中国钓鱼协会副主席，其照是在2006年于日本东京喜获珍贵香鱼。

自 序

又出新书了，这次我特别高兴和欣慰，因为这次出书不像过去那样让我反复审校，好像永远也有消灭不完的各种错误。这次是新民晚报社、文汇出版社联袂运作，选编出版我上世纪 90 年代至今在《新民晚报》“夜光杯”上所发表的文章。编辑整理编发了报社已刊的电子稿，免了以往出书令我头痛的文稿来回。在此只就我茶余饭后的写作爱好写一点感慨，权当自序了。

最近，一对常年阅读《新民晚报》的党和国家领导人夫妇在见面聊天时问过我：“万老大，为什么总在‘夜光杯’上看到你的大作?”我思索再三，平静地回答：“除了我在写作上信奉只知耕耘不问收获和以勤补拙之外，应该是晚报编辑和读者喜欢我的文章吧!”此言一出，我们三人不约而同会心地笑了。

是的，我十分感谢《新民晚报》这张尤其是“黄埔人”所喜爱的百年老报，报纸所设“夜光杯”给无数作者、作家和读者提供了一个理想的思想文化交流平台，让我尽力发挥出自己的特长，放手施展文字上的拳脚功夫，抒发心中对于真善美的豪逸情怀，当然，不时也有对社会上假恶丑现象的抨击文章。

我这个北方汉子，第一篇铅印的处女作《在急诊中感到温暖》最早见报于《北京晚报》。那是我上高一的 1961 年夏天，不知不觉已经是半个世纪前的事了！时光如白驹过隙，转眼间，曾经青发泛光的弱冠少年郎，现已是须发皓然的老顽童了。

往事不如烟，回首如昨天。我高中后即被父亲万里“送子下乡”，独身一人到河南黄泛区园艺场参加农场劳动，当时是 1962 年，还未形成几年后的“上山下乡”高潮。1963 年 9 月 25 日，我被当时的《中国青年报》以“市委书记的儿子参加农业生产”为题做了头版头条宣传，报道了我“艰苦奋斗，虚心学习，不断进步”的先进知识青年下乡事迹。当然，这是我受到敬爱的周恩来总理的表扬后给予的殊荣，曹禺伯也在我第二本文集《三十春秋》序中称，“伯翱贤侄是首都北京高干子弟下乡第一人”，偶然中或许有必然，我有幸成为“文革”中千百万知青接受农村广阔天地大熔炉历练的先行者。

我在河南农场埋头苦干了整整十个春秋，把人生最美好的青春年华献给了黄土地，也饱尝了人间的冷暖。时至今天，仍然有不少媒体采访我：当年条件实在太艰苦了，您后悔吗？我的回答是：艰苦和磨难是人生最大的财富，我庆幸拥有一段激情燃烧的青春岁月，让我经受了一次从身心到精神上的洗礼，因而我的青春无悔！

正如《尚书》所说：“先知稼穑之艰难，乃逸。”回想当年，我下到了社会最底层。春种秋收，胼手胝足，和农人朝夕相处，同吃同住同劳动，日出而作，日落而息。我真正明白了劳动不仅改造了世界，同时也改造了自己，让我寻求到人生的真理。我懂得了中国的绝大多数农民，他们多么吃苦耐劳，艰苦朴素，他们热爱党和国家的情感深深感染了我，教育了我。他们苦难而丰富的历史，他们生动活泼的语言和对事物形象化的描绘，是我今天进行创作的丰富矿藏。我发表在“夜光杯”或其他报刊上的诸如《一颗划破夜空的流星——郭世英在农场》《廖公请我吃烤鸭》《高队长》《猛张飞》等等文章，都源于此，没有知青务农的经历是断然写不出这些文字的。《亮剑》原型王近山将军（上世纪60年代，他因犯生活错误，被连降三级开除党籍，下放到我所在的农场五年，我们成了忘年交，后经毛主席同意他又在南京军区重披战袍），在农场农闲时，他就向我讲述他的戎马生涯，深深打动了我，我写的几篇关于他的红军时代、抗日战争、解放战争和朝鲜战争战场上的纪实文字，很受青少年读者的欢迎。

如果有读者问，我写的文章有何特色？我认为真实的生活阅历、诚实的人生态度和讲真话的写作原则，即是我行文撰稿的特色。我曾于上世纪90年代末在人民体育出版社出版发行20万字的《元戎百姓共垂竿》垂钓散文集，想不到前后印刷四次，也有四五万册了，那时《中国钓鱼》杂志编辑部要求获我签字本邮购的电话铃声常常不断。该书的畅销，源于我用独特的视角，描绘了开国将帅和一代伟人的垂钓风范，情节动人，由此还被读者和专家评为“最受读者欢迎的作者”。大作家和大学者苏叔阳和范曾两位仁兄说：“万老大是中国钓鱼散文的首开先河者……”

这些钓鱼散文写了中华民族最悠长的钓鱼文化，有幸被《新民晚报》“夜光杯”看上，十几年间刊登了《贺龙元帅钓大鲢赠周总理》等文章，2012年还发表了《如何救回珍贵濒危刀鱼》等垂钓散文；今年我又发表了《五日游两钓奥克兰》一文。一向选文严谨的首席编辑贺小钢，一直慷慨地给予拙作以版面和鼓励。我可代表华夏九州之所有钓者（现在我还担任着中国钓鱼运动协会副主席呢）向晚报和贺小钢致真诚的敬礼！

2014年仲夏于北京苹花书屋

目录

第二辑

第三辑

第一辑

在北京的第一个春节

1953年元月5日，我们全家从重庆搬进了北京。记得当时中央派了一架老式美国小型运输机来接我们，那时小弟还在襁褓之中呢！同机的还有被调入中央、将任国务院副秘书长的孙志远伯伯一家。到京后父亲万里即被任命为"中央建筑工程部第一副部长"，时年也就36岁。部长是江西井冈山老革命根据地的陈正人，他是父亲到京后第一次见到毛泽东主席的引荐人。

由于中央建工部刚刚成立，一时没有为我们安排好住房，我们全家只好住在东城的和平宾馆，当时我们还不会讲普通话。1953年春节前夕，我们终于搬进了到北京的第一个家——北京东城区新鲜胡同甲7号。

下雪了。这是我们在记忆中第一次见到雪，纷纷去抓、去吃一口，尝尝晶莹的白雪是什么滋味！尽管北京的天气比现在冷得多，但饱经战争创伤的古老北京却沉浸在一片欢乐祥和的气氛中。我们在北京的第一个家是一个标准的清式四合院，据说是前清内务大臣绍英府中的一套宅地。进门有前庭小院，这里有三间南房，穿过前门的影壁墙，那里有棵高大粗壮、历经沧桑的老榆树，几只灰色喜鹊"叽叽喳喳"边跳腾边欢叫，看来是欢迎新春来到和它们的新主人吧！

大年三十，爸爸那间小小客厅兼办公室书房的顶上，公务员小刘特意挂上了两盏宫灯似的方形红灯笼，一下子有了节日气氛。过年了，穿新衣放鞭炮是我们每个孩子最大的期盼。警卫员叔叔花了两块钱买了当时最流行的“二踢脚”、“麻雷子”、“炮打双灯”、“月里行”、“摔炮”和一挂300响鞭炮。这是我们第一次见到这么好的烟花，当然也是第一次燃放呢！开始胆小，拿着香也不敢点燃，爸爸自恃老练，用右手中的香点燃了左手拿着的又粗又长的“二踢脚”。只听“二踢脚”“嗵！”的一声从父亲的食指和拇指之间飞向天空，在空中清脆地炸响，大家齐声欢呼。妈妈眼尖，发现爸爸正在揉指头，就问：“炸着了吧，痛不痛？”爸爸忙收起熏黑的手指笑着说：“没什么，我捏得紧了点！”

爸爸妈妈进屋看文件和书报去了，新婚燕尔的秘书夫妇又买了些“老头呲花”、“老鼠屎”，这时我们也敢点了，泥老头的头顶蹿起两三丈高的火花，小小庭院都给照亮了，更照亮了我们这些蹦蹦跳跳的孩子张张通红而又欢乐的小脸。“老鼠屎”点燃了抛在地上，它飞快地旋转着喷射着火蛇，烟花追着大人小孩，我们躲着、叫着、踢着，真是开心啊！

第二天起得晚，父母又带我们去逛东四“隆福寺”的人民市场。我们咬着又红又酸又甜的冰糖葫芦，跟着爸爸妈妈在热闹的人民市场欣赏着各种风俗民情。一辆小推车上盖了层白被子，在露出的一个棍子上面插着一个刚刚开了皮红里透紫的萝卜，老翁高声叫卖：“萝卜赛梨了！”爸爸说：“好啊，买一个尝尝吧，都赛梨了！”妈妈找出零钱递了过去，老翁把一个干干净净的萝卜拿出来，三下五除二就把皮削开，但青皮并不散，都留在根部。接着他又在上面剁了三四刀，把瓷丁丁的萝卜分成均匀的小条，然后把汁液欲滴的萝卜交给爸爸。爸爸掰下一条放到嘴里："好，真是名不虚传，很是脆甜呀！"妈妈忙说："快让我也尝尝鲜吧！"妈妈给孩子们买了一个色彩绚丽的风车。风车在几个孩子的小手中传递着，它在春风的吹拂下发出了"嗒、嗒、嗒、嗒"悦耳的声音。

我握住了毛主席和周总理的手

我记得儿童时期经常手摇花束参加迎接外宾、春节联欢、观看文艺演出等大型活动，那时只能远距离地见到毛主席和周总理还有其他开国元勋们。每次都是以毛主席为首的一行人或挥手或鼓掌，迈着稳健的大步走来。那时我就梦想着有朝一日能与他们零距离地接触，上初中的时候机会终于降临了——

那是1959年十年大庆，金风送爽，新中国华诞之时，父亲万里作为北京十年大庆阅兵和大游行的北京市指挥者代表之一，参与了这次盛大的组织活动。白天我们参加北京育才学校组织的游行活动，晚上父母带我们这些孩子登上了天安门城楼。父母正值盛年，我们是手拉手一步步登上台阶，到达这座明代建立的历史上帝王“金凤颁诏”之处。这里是解放后的十年里新中国每年“五一”、“十一”时党和国家领导人以及各国首脑观礼、阅兵的地方。只见城楼上东西高高挂起了八盏比我和弟弟加起来还高、两个大人也抱不拢的巨大红灯笼，我们跳着也远远够不着它在金风中摇曳不停的橙色丝穗。往下看广场，已是人山人海，首都各个党政军大单位和学校、工厂、公社都有固定的联欢区域。人们个个盛装打扮，当然各少数民族的服装又格外绚丽多彩夺人眼目。似乎人人都是歌舞能手，巨大扩音器正播送当时流行的新疆歌曲“亚克西”，那敲着手鼓的维吾尔和汉族同胞正翩翩起舞。远眺刚刚建成的北京人民大会堂、革命历史博物馆为首的十大建筑，都被五彩电灯勾勒出了壮美线条。东西长安街上、中山公园和劳动人民文化宫内，百万群众载歌载舞在狂欢在庆祝新中国十岁生日。

我们一群孩子个个几乎都是白衬衣、红领巾和蓝裤子，当然大一点的少男少女有的佩戴上了令人羡慕的金光闪闪的团徽和各种劳卫制纪念章，也有佩戴特为十周年制作的纪念章。大约是八点左右有人欢叫：毛主席来了！这一喊不要紧，孩子们蜂拥蝶飞直奔城楼电梯出口，只见伟大领袖毛主席，还有刘主席、周副主席、朱副主席、陈云和邓小平等领袖人物出现了，当然他们和毛主席保持了一定距离，这正好被以孩子们为主的人群分隔包围了。孩子们有高喊“毛主席万岁”的，也有抢到跟前握住手大声致礼问候“毛伯伯您好”。我和弟弟仲翔也眼尖脚灵，拨开众人霎时冲到了主席面前，不顾警卫人员劝阻和北京市委第二书记刘仁伯伯的大叫：“排好队，不要挤!”实际上那天这位1925年参加革命的身着一身咖啡色中山装的光头伯伯被挤掉了眼镜，甚至被挤得踉跄欲倒。我和弟弟分别抓到了毛主席的右手和左手，他的手显得十分巨大，而且柔软温和，我们说：“毛伯伯，您好!”他乌黑的头发，满面红光，笑吟吟地说：“你们好，娃娃们都好!”态度十分亲切和蔼。我们还第一次发现他的牙齿因常抽烟和喝酽茶而在灯光下黑得发亮。我们幸福得飞溅着泪花，几秒钟后，被后来的孩子们又抢占去了。领袖们在彭真市长和公安部长罗瑞卿的紧张有力指挥下，很快被中南海的卫士们分开和保护起来，去迎接应邀而来的各国首脑嘉宾了。

我和弟弟沉浸在同领袖握手的幸福中，扫来扫去的探照灯光束和高空怒放的礼花照着我们红扑扑的小脸蛋，当时感到真是无上光荣，终生难忘的幸福时刻呀。

和我同来的同班同学管汝胜未能挤上握手。为了安慰他，在九点以后周总理接见完外宾后稍空时，我们又勇敢地跑上去，先致少年先锋队举手礼："周伯伯，您好！"又前后和这位伟人握了手。总理只问了一句："在哪里读书呀？"他不知道，三四年后的1963年，被他在人大会堂向当年的首都大专院校学生和留学生及高中生代表做报告时当场表扬的，被父亲送到河南农村务农的小伙子，正是和他握过手的孩子呢！

红墙内外的舞步

一

就我的年龄而言，对交谊舞也并不算陌生。应该说这种男女携手对视，彬彬有礼的舞蹈，不乏热情和斯文。“慢四”的优雅和“快三”的奔放，都让舞者流连忘返。交谊舞起源于十一二世纪的西方，在欧洲上层社会、贵族之中广为流行。

在中国“解放区”的交谊舞，更多地是由苏联红军和老大哥的电影、书刊、来访人员以及我方留学生带来。延安时代，蒋介石和国民党反动政权对我严酷封锁，几乎所有物品包括吃、穿、日用必需品、药品等都极其贫乏。文化娱乐、体育活动虽然硬件设施很差，但从领袖到军民都有自己喜爱的文体项目，在紧张的战事和繁忙的大生产运动中，时常举办的就有领袖和军民的交谊舞和秧歌活动。那时毛泽东主席、朱老总、刘少奇、任弼时、周恩来、张闻天、王明等领导人在周六和节假日就常在大礼堂等处参加舞会。陪他们和各位领导跳舞的女干部，大多是投奔延安的青年学生、文艺工作者。那时场地小，女同志也不是很多，保卫人员对她们也都认识，限制也不特别严格，因此不少女同志都和她们热爱的领袖跳过舞呢！

二

全国解放以后，实际上南京、北京、上海、广州、重庆和武汉等大都市，在庆祝解放的晚会上都少不了这种交谊舞，再加上京剧、曲艺、杂技、歌唱、舞蹈这些基本演出，就构成了那个时代晚会的全部内容了。

解放不久，我的父母很快都从西南局（重庆）调往北京。大姑妈万云是1951年由重庆的西南局团委保送到苏联的留学生，她的同期同学中就有后来的外长、国务院副总理钱其琛。他们在苏联学习，都非常刻苦用功，一年多的时间，就能听苏联教师用俄文授课。留学东欧的李铁映和解放前留学苏联的李鹏等同志也都是如此。他们后来都成为新中国的栋梁之材，当然他们大都也学会了跳交谊舞。

大姑妈1955年从苏联回国后，本应分到团中央工作，但我的父亲万里坚决要求自己年轻的已穿着苏式布拉吉和丝袜的妹妹先到基层，到工厂去锻炼。大姑妈这一去就是30年，从车间主任开始，凭自己吃苦耐劳的工作，在“文革”前，就被组织上提升为北京国棉二厂党委书记，“文革”后又提升为市总工会副主席、对外友协副会长。大姑妈还有一个特点就是特别热心提倡和组织干部职工的业余文体活动，《工人日报》就刊登过她作为领导参加市运动会和跳交谊舞的消息和照片。改革开放以来，虽然年事已高，她却更加喜欢跳舞。由于她对交谊舞的贡献和影响，曾被选为两届中国体育舞蹈联合会副主席，现还担任着舞协顾问呢！我家大姑妈痴迷交谊舞60年了，至今快80高龄了，舞兴仍然。

三

在我记忆里上小学时的50年代到60年代,北京交谊舞十分流行,是从中央到地方到基层主要的健身娱乐活动之一呢!

我采访过长期陪伴中央首长跳交谊舞的空政演员田伶。她现在已过花甲之年了,是中国舞蹈家协会会员。在1959年考入空政文工团时,她不过是个扎着两条小辫子的12岁黄毛丫头,经空军领导审核和委派,她不但多次到中南海为中央首长演出,而且荣幸地被选上并参加了周总理亲自指导关怀下的1964年大型音乐舞蹈史诗《东方红》的演出。她到全国各地演出的舞蹈节目,受到上下一致称赞,给她的演艺生涯留下最为光彩的一页!

当然她还有过几年进入中南海红墙在“春耦斋”演出和陪毛主席及中央首长跳舞的经历。“春耦斋”坐落在“丰泽园”西北不远的地方,紧靠“颐年堂”,是清朝康熙年间(公元1662—1722年)处理政务之要地,环境清幽典雅,粉墙黄瓦、飞檐高顶,甚为壮观。毛主席1949年从香山双清别墅搬入中南海,就在此不断召集政治局的重要会议。正厅门前有如颐和园似的彩画长廊。紧靠的是一座由许多太湖石构成的大假山,山上有自清朝以来就不断种植的松柏、桑榆、紫藤及多年生长的草本植物牡丹、芍药等花卉。山上还巧构了些水池泉流呢!登上山顶,上面还有五角亭子,在此可以一览南海和中海景色,堪称世界上少见的皇家园林。“春耦斋”就坐落在这样的山脚下。现在这里已近40年没举行过舞会了。

四

田伶记忆犹新，1962年度过了三年困难时期后，“春耦斋”文体活动就开始恢复起来。当然事先团里的领导要求她们守许多纪律，“要保密，不要向领袖们提任何要求”等等。实际上那时她们几乎没一个人有照相机，当然签名、要书、要照片之类的事儿也一律被禁止。这是一项很光荣的特殊任务！年轻的女战士和服务人员大多来自农村，她们内心的激动和紧张是可以想象的。

朱德委员长当时已76岁高龄了，功高而不自居，大有德高望重的长者风范。他有一段时间喜欢居住和工作在京郊西山脚下玉泉山。在党中央常委里，他的爱好算最多的，他爱爬山，也会游泳，爱垂钓也出了名。因为家里人口多，他还亲自在中南海自家花园里种植蔬菜瓜果以补家用和相赠邻居。长征中他和贺帅一样，把一点口粮省给了伤病号，自己在草地水潭中钓鱼和战士们野炊煮鱼吃。他也喜爱跳舞，每到周三、周六，总是早早用过晚餐，也不散步了，就直奔“春耦斋”而来。

少奇同志参加舞会不像朱老总那样准时而规则，有时挺长一段时间不来，可能是出国访问和到外地视察比较忙的缘故。有时战士们刚刚到，舞会场地还没准备好，他就和夫人王光美来了。有时他留苏的大儿子刘允诺、大女儿刘爱琴也来参加，这些年轻人和战士们多跳“快三”，有时也跳“伦巴”和转身等小花样。他们坐站都很规矩，对在场工作人员很有礼貌。那时光美阿姨所生的孩子年龄都小，刘平平、刘源源、刘潇潇基本没跳过，只是跑来窜去看父母和毛伯伯、朱伯伯跳舞，而“五一”、国庆、中秋、春节这些大节日中的相声、舞蹈、杂技等对这些孩子们吸引力更大，当然只有过大节“春耦斋”才摆上些花生、糖果和水果，这些不但对孩子们，就是对来表演的战士也颇具吸引力呢！要知道当时各方面都很节俭。

刘主席往往是先和自己的妻子王光美共舞一曲后，王光美会主动招呼舞场上女同志去请刘主席跳舞，她自己则和熟人们打招呼聊天。她很热情有礼，一口京腔使大家感到很亲切，大胆的男同志邀请她跳舞，她也不会拒绝，落落大方和他们跳一曲。

五

十年浩劫中，造反派在残酷迫害刘主席时，也疯狂迫害、陷害光美阿姨，住牢房 13 年后的 1979 年，她首次公开露面于人民大会堂，引起了全场轰动。我和二弟仲翔一左一右扶着这位从炼狱中走出来的共和国主席夫人，在进入宴会大厅时，她受到了人们发自内心的热烈欢迎，涌向她争相握手的群众几乎要把她挤倒，保卫人员不得不拉起人墙保卫这位当时略显苍老和蹒跚的顽强不屈的老人。我记得激动不已的解放军歌唱家李双江动情地为她高唱《我心中的太阳》。在走入群众交谊舞大厅时，战将秦基伟首先邀请她跳了一曲，那时年富力强、劳模出身的政治局委员倪志福又请她跳了第二曲。此时此刻的光美阿姨如入梦境，她认为自己是真正获得了解放、自由了：今天我又回到了人民群众和党的身边了，只可惜少奇同志已永远看不到今天的盛况了，他也永不能再陪我跳一曲《步步高》了。

毛主席在“春耦斋”总是最后一个到场，有时甚至过了午夜 12 点才潇潇洒洒出场。他是位性情中人，经常是忙完了许多事以后才来放松一下身心。一般情况下是10点过后“春耦斋”气氛开始不一样了，通常是由中央人民广播电台一位姓孙的老师开始播放那种四方的老式录音机（偶尔过年过节，有节目演出时才有乐队出现，那时才是最热闹的时刻），曲子一般都是《彩云追月》。音乐一响，所有的工作人员和在场首长都会涌到门口分列两行等候，田伶也总是随着众人挤到前面。大家静静地等候着，田伶第一次见到毛主席竟忍不住呼叫了一声：“啊，是毛主席！”这一叫，大家都听到了，也引起了毛主席的注意，他也朝这个女娃娃这里望了望，这使原来轻松愉快的舞会一下子变得有些严肃；随着音乐响起，晚会的气氛更加热烈起来。大家都盼望和毛主席——“心中的红太阳”共舞一曲。这时如果江青到了，她总是要请主席先跳一圈，然后其他女兵就纷纷迎上去依序陪跳。

当然60年代，我们都处于高山仰视崇拜人民领袖年代。1963年元旦时，在“春耦斋”歌舞晚会上，田伶等穿插表演了亦舞亦唱的节目《拜年》，当她们一组四姐妹（空政文工团）齐唱道“一拜敬爱的毛主席——”，当主席看到她们有拜年礼仪的舞蹈动作时，竟然一边拿着中华香烟，一边从座位上起身缓缓弯了一下身还礼，当时毛主席这一谦诚动作，立即引起了全场观众热烈掌声，那时领袖和人民真是如鱼水之情呢！

1974—1975年，毛主席由于身体已明显老迈，不能跳舞了，他提出看看电影吧！老人家乡音特重而又含混不清，老人家原说是想看看《平原作战》彩色样板戏电影吧，结果工作人员传成了要看《平原游击队》，电影一放毛主席只说了声：“不对吧？”但挥手又说了声：“放吧！”当看到影片中敌人枪杀我们的军民时，他当时泪流满面，对小田她们说:“我家为革命牺牲了五口人呦,有开慧……”主席扳起手指头数着,抽泣难言。

六

从1950年到1966年以前,在节假日里交谊舞也常在国务院紫光阁小礼堂和怀仁堂会议厅等地举办。那里是以周恩来总理、陈毅副总理、李先念副总理和贺龙副总理等国务院领导为主,各部委首长也会受到邀请,这里气氛会更加热烈,形式更加生动活泼,时间倒是很规则,晚上7点半到10点半,三个小时左右就全部结束了。

在北京饭店七楼举办的大型舞会,我上初中时曾随父母一起去过一次,是一次国庆节的联欢活动,中间穿插表演节目。人很多,有糖果,我还一边吃一边往小口袋里装几块好回去分给同学吃。那一次周恩来总理和贺龙副总理参加了。总理穿蓝色毛料中山服,眉头舒展,好像刚喝过些酒,心情不错,显得满面红光,神采奕奕。有中央乐团乐队伴奏演出,他跳快三步,许多女演员和阿姨都排队想和总理欢跳一曲。

1962年至1972年,我作为首都知青下放河南西华黄泛区农场时,在那远离大都市的穷乡僻壤,四周都是农村,就是农场的职工百分之九十老家也都来自农村。我很清楚地记得,在“文革”前的国庆、春节,还举行过几次交谊舞联欢晚会呢!当然围观的群众比中间四方块里跳舞者还多。

七

以上所说都是半个世纪以前的舞会情景了,如今改革开放也有

30 多年了，又是“天翻地覆慨而慷”了，已是电视、电脑、网络进入千家万户的时代了，各种舞蹈、歌唱、小品等文艺表演真让人目不暇接，是换了人间的新时代了。窃喜的是不少运动、活动消失了，但这交谊舞仍在不分天南地北保存和发展着。就说我所居住的北京方庄的各个小区的露天舞池里，每当风和日丽的春秋两季，就连夏季不是暑气逼人那几天，饭后茶余休闲悠悠的住户，也全照来不误。我观察是以老年为主力军呢！他们都穿得干干净净，人多而不乱，在他们自己推荐的老师教练下，用自备的手携录音机播放着他们熟悉的舞曲，跳得花样如愿、满脸欢笑，互相致礼、相约再见！

2004 年，笔者作为第六届全国作家代表大会代表，和第七届全国文联的代表在人民大会堂宴会厅参加庆祝两会圆满结束的晚会。在著名文艺代表演出节目后，是当时的中央七名政治局常委和大家见面，同时也参加我们两会代表们的联欢活动（江泽民同志还和杨洪基等老演员一起歌唱）。党和国家领导人和两会代表的联欢舞会开始了，在军乐队的欢快舞曲伴奏下，我看到坐在第一排的舞蹈名家们和京剧表演艺术家们，也是两会代表的戴爱莲、陈爱莲、刀美兰、刘敏、李维康等纷纷起身，前去邀请坐在主席台上的众常委，跳起了愉快怡人的交谊舞呢！

毛泽东主席曾痴迷中国戏剧

在中外现代史上，找不出第二个国家最高领导人像毛泽东那样，对文学艺术有着广泛浓厚的兴趣和很高的修养。在门类繁多的文艺中，除了诗词、相声外，毛泽东还爱看戏、会看戏，而且还发表一些新颖独特的看法。1944年1月9日，毛泽东看了平(京)剧《逼上梁山》之后，连夜给该剧编导杨绍萱、齐燕铭写信，对他们的工作给予了高度赞扬和肯定。毛泽东在信中说："绍萱、燕铭同志：看了你们的戏，你们做了很好的工作，我向你们致谢，并向演员同志们致谢！历史是人民创造的，现在旧剧舞台上(在一切离开人民的旧文学、旧艺术上)，人民都成了渣滓，由老爷太太少爷小姐们统治着舞台，这种历史的颠倒，现在由你们再颠倒过来，恢复了历史的面目，从此旧剧开了新生面，所以值得祝贺。郭沫若在历史话剧方面做了很好的工作，你们则在旧剧方面做了此种工作，你们这个开端将是旧剧革命的划时期的开端。我想到这一点就十分高兴，希望你们多编多演，蔚成风气，推向全国去。"信中把《逼上梁山》誉为"旧剧革命的划时期的开端"，虽然毛泽东为戏曲改革方针定了调子，但这并不妨碍他对传统戏曲的欣赏和喜爱，毛泽东不仅是戏迷，俨然是一位行家呢。

一　卫士长李银桥说毛泽东看戏

建国前后，毛泽东爱看《霸王别姬》这出戏，多次看，并让其他中央领导去看。看到楚霸王英雄气短，儿女情长，与虞姬生离死别，他的睫毛时常抖个不住，眼睛里湿漉漉的。他是很爱动感情的。他曾用一根指头按住我胸前的纽扣用沙哑的声音说："不要学楚霸王。我们都不要学！"

毛泽东喜欢看古装戏，听京剧。不同时期偏爱不同的戏。转战陕北时，他爱听并时常唱几嗓子的是《空城计》《草船借箭》。在西柏坡时，指挥三大战役，他休息脑筋的办法就是听京剧唱片，喜欢听高庆奎的《逍遥津》，言菊朋的《卧龙吊孝》，程砚秋的《荒山泪》，高兴了自己也哼几句《群英会》……

记得是1958年，毛泽东来到上海。市委负责同志为主席准备文娱活动，征求他的意见。毛泽东想了想，说：还是看场《白蛇传》吧。于是，市委决定由一名叫李玉茹的演员领衔主演《白蛇传》。

晚上，我随毛泽东驱车来到上海干部俱乐部礼堂。观众都已坐好，大家一见毛泽东走入，都起立鼓掌。毛泽东一边招呼，一边由工作人员引导走向前排。在前排坐的是市委和市政府的领导干部。毛泽东对党内领导干部从来不讲客套，径直走到自己的座位，然后又向后面的观众招了招手，便坐下了。

毛泽东就座的前排摆放的是单人沙发，套有灰布套。我照例是坐在他身边。因为值班卫士是24小时不离主席身边的。毛泽东肚子大，坐下后皮带便勒腰，所以他一坐，我便依惯例帮他解开了腰带。

演员早已做好了准备。毛泽东一坐下，锣鼓便敲响了。毛泽东稳稳坐在沙发里，我帮他点燃一支香烟。毛泽东是很容易入戏的，用现在的话讲，叫进入角色。一支烟没吸完，便拧熄了，目不转睛地盯看台上的演员。他烟瘾那么大，却再不曾要烟抽。他在听唱片时，会用手打拍子，有时还跟着哼几句。看戏则不然，手脚却不敲板眼，就那么大眼看，全身一动也不动，只有脸上的表情在不断变化。他的目光时而明媚照人，时而热情洋溢，时而情思悠悠。显然，全是进入了许仙和白娘子的角色，理解他们，赞赏他们。特别是对热情、勇敢、聪明的小青，怀着极大的敬意和赞誉。唱得好的地方，他就鼓掌，他鼓掌大家立刻跟着鼓。

然而，这毕竟是一出悲剧。当金山寺那个老和尚法海一出场，毛泽东的脸色立刻阴沉下来，甚至浮现出一种紧张的恐慌。他嘴唇微微张开，下唇时而轻轻抽动一下，齿间磨响几声，似乎要将那老和尚咬两口。

终于，许仙与白娘子开始了曲折痛苦的生离死别。我有经验，忙轻轻咳两声，想提醒毛泽东这是演戏。可是，这个时候提醒已失去意义。现实不存在了，毛泽东完全进入了那个古老感人的神话故事中，他的鼻翼开始翕动，泪水在眼圈里积累凝聚，变成大颗大颗的泪珠，转啊转，扑簌簌，顺脸颊滚落，砸在胸襟上。

糟了，今天观众可是不少啊。我忧心地用目光朝两边瞄，身体却不敢有大动作，怕吸引别人更注意这里。还好，观众似乎都被戏吸引了，没有什么人注意台下的“戏”。

可是，毛泽东的动静越来越大，泪水已经不是一颗一颗往下落，而是一道一道往下淌。鼻子堵塞了，呼吸受阻，嘶嘶有声。附近市委领导的目光朝这边稍触即离,这已经足够我忧虑。我有责任保护主席的“领袖风度”。我又轻咳一声。这下子更糟糕,咳声没唤醒毛主席,却招惹来几道目光。我不敢作声了。

毛泽东终于忘乎所以的哭出了声,那是一种颤抖的抽泣声,并且毫无顾忌地擦泪水,擤鼻涕。到了这步田地,我也只好顺其自然。我只盼戏快些完,事实上快完了,法海开始将白娘子镇压到雷峰塔下……就在镇压的那一刻,惊人之举发生了:毛泽东突然愤怒地拍“案”而起,他的大手拍在沙发扶手上,一下子立起身:“不革命行吗?不造反行吗?”

天哪!我猝不及防!他的腰带在坐下时已被我解开,在他立起身那一刻,裤子一下子脱落下来,一直落到脚面。我像被人捅了一棍子似的,纵身扑向前,抓住他的裤子,一把提上来。我的思维全停止了,只剩下弥漫的不着边缘的自责和惶恐,用一双颤抖的手,匆匆而笨拙地帮他系腰带。我没有保护好领袖的形象,我为此不安,难过了很久很久。

毛泽东丝毫没有责怪我的意思,他甚至毫无感受掉了裤子。他仍然在剧中,大踏步向舞台走去。全场的鼓掌声终于将他唤醒。他稍一怔,也跟着鼓起了掌。我松了口气,主席回到现实中了。

但是,他从不善于掩饰自己的好恶。我的记忆中,他是用两只手同“青蛇”握手,用一只手同“许仙”和“白蛇”握手。他没有理睬那个倒楣的老和尚“法海”……

二　毛泽东说:“我愿意看戏,我闷得慌”

建国以后,毛泽东常常怀念战争年代给予他的自由。毛泽东喜欢看戏，在延安，最高级的娱乐就是看“鲁艺”的戏剧。凡有演出，礼堂里早就坐了观众。礼堂地面埋下一排排木桩，只露出半米高一截，再在木桩上钉上一排排木板，板面上印座位号码，这就是观众席。没有谁给毛泽东预备座位或茶水。毛泽东也习以为常，觉得理所当然。照规矩，看戏对号入座。但他有时来得太迟，座位被人占去了。这时候，他总是一声不响，随便找个地方坐下，然后伸长脖子看戏。有人发现了，他就扬手示意，制止声张。而且他看戏从不中途退场。无论怎样蹩脚的戏，他都能津津有味地看下去。有一次，小李正在看戏，有人轻轻地拍了他肩膀：“小同志让一下，让这个年纪大的负责同志坐一下。”小李往一旁挤了挤，露出一段板凳，来人从后面跨过凳子，一屁股坐下来，像倾倒了一座山。这是谁呀？扭头一看，原来是毛主席。毛泽东朝他一笑，与他紧紧挤在一起。锣鼓一响，只见花脸上台来，黑脸下台去。毛泽东看得津津有味，不时评论一句：“这个李逵是天不怕，地不怕，就跟我们的将军许世友一样。”看到精彩处他也和大家一起叫好，高举双手鼓掌。

解放后，住进中南海以后情形就大不一样了。在中央日常工作日程上，很重要的一项是要力保毛泽东的安全。毛泽东的行动是要由警卫部门批准的。没有警卫的同意，毛泽东不能随便离开中南海。无论他怎样发火、烦躁，甚至骂人，都没用。有一回，毛泽东看戏，卫士没和公安部打招呼，罗瑞卿知道后立刻跑到戏园子，跟中央办公厅主任杨尚昆吵起来：“也不打个招呼，出了事情，我们负得了这责任吗？”毛泽东在一旁替杨尚昆解围说：“我愿意看戏，我闷得慌。”

毛泽东每次出动，都要先由公安部门通知沿途各单位进行严格的检查，事先都要准备好几套方案。待毛泽东出动，前有警卫开道，后有一车一车的重兵护卫，沿途还有便衣警察。毛泽东曾经无可奈何地说过这样的话："他们想让我当关在宫里的皇帝呢，我不干，可是又有什么法子？他们是要把我的手脚捆住。我不到下边走一走，怎么能知道下面到底是什么样呢？"多年后一次毛泽东到杭州登北高峰，是从玉泉经凤来亭过桃花岭上山的。往留下方向下来时，天色已晚，只见乡民门户紧闭，不见一人。毛泽东和随行人员站在农舍旁的几棵大松树下休息。松树长得高大挺拔，树冠大，冬天不落叶，春天长新叶、掉老叶，风一吹，树叶纷纷落下。毛泽东站在树下闷声不响，似在思考什么问题。这时，忽然从房后跳出一只大公鸡，它见人也不害怕，迎面向毛泽东走过去，毛泽东看着它，笑着说："厅长(指当时随行的浙江省公安厅厅长)，厅长，你把群众管住了，却没有把大公鸡管住。是这只大公鸡不听你管，还是你管不住它？没有群众欢迎我们，还有大公鸡欢迎我们呢！"毛泽东用这种风趣的方式，委婉地批评了对警卫工作脱离群众的不满。不久毛泽东写了一首诗《五律·看山》："三上北高峰，杭州一望空。飞凤亭边树，桃花岭上风。热来寻扇子，冷去对佳人。一片飘飖下，欢迎有晚鹰。"再次借此批评身边的警卫人员。毛泽东对于身边在警卫工作中脱离群众的做法十分不满，用写诗词的方式对警卫人员提出了严肃的批评。这大概是毛泽东后半生的一个悲剧吧！

刚进城的时候，毛泽东在中南海外面的活动，主要是上长安大戏院看戏。1950年夏，毛泽东、周恩来等中央领导到长安观看李少春、叶盛章主演的《三岔口》和梅兰芳、刘连荣主演的《霸王别姬》。在看梅兰芳演出的头天下午，毛泽东听见卫士们在值班室争论梅兰芳是男的还是女的。毛泽东一听卫士们的问题很感兴趣，便一脚踏进值班室，李银桥见势便说："你们问问主席看。"毛泽东笑道："说梅兰芳是男的，有什么根据？"一个卫士犹犹豫豫地说："听说是男的。""这就没有办法了，没有调查嘛。"几个认为梅兰芳是女人的卫士高兴起来，自以为是地嘿嘿笑了起来。毛泽东不慌不忙熄灭了手指上的烟头，看着这些天真的小战士说："别高兴得太早，你们都犯了一个错误，那就是缺乏对事物的深入调查研究，因此结论是错误和片面的。其实，梅兰芳是个男的，为什么认为他是个女的呢？那是根据他的扮相和唱腔所得出的判断，错在因果关系没有搞对头。一般情况下，唱女声自然是女的，唱男声自然是男的。可偏偏在中国戏曲中，唱女腔的是些男演员。这是因为封建社会不仅男女在一起拉拉扯扯不行，就是多看几眼多说几句话也被视为不道德。所以，京剧初创时唱花旦的女角色就由男演员来演。久而久之，就成为传统了。梅兰芳是男的，在四大名旦中，他排在第一位。"那天晚上，毛泽东兴致勃勃地观看了梅兰芳的演出，当时梅兰芳已年逾 56 岁，但他饰演的虞姬仍是楚楚动人，卫士们也大开了眼界。演出快结束时，卫士们催毛泽东早点退场，可是毛泽东不同意提前退场，他说："提前走不好，那样做不礼貌。"演出结束后，梅兰芳和全体演员出来谢幕。这时，全场响起热烈的掌声。毛泽东也起立使劲鼓掌，那时还没有首长上台接见演员的习惯，直到完全闭幕后，毛泽东才和其他中央首长一起走出长安大戏院。

三　毛泽东评戏

传统京剧都是演历史故事，多有陈旧的内容。毛泽东看京剧却能以独特的视角和不同常人的文化思维，深入浅出，推陈出新，说出有关京剧情节的含义，联系现实，古为今用，使干部群众如沐春风，受益匪浅，从中获得智慧启迪和思想教育。

1943 年底，京剧《逼上梁山》在延安演出成功后，毛泽东于 1944 年春又指示延安平剧院创演《三打祝家庄》，以期通过这个戏对干部、战士进行运用“里应外合”战术解放城市的策略教育。此剧于当年 7 月开始创作，1945 年 2 月 22 日、23 日在延安正式公演。

1948 年 4 月，毛泽东在与《晋绥日报》编辑们谈话，当谈到群众齐心，事情就好办了时说：“你们看过《三打祝家庄》的戏吧？头两次打败了。后来研究了为什么失败，大家心一齐，采用里应外合的方法，结果第三次打胜了。”

1959 年 2 月，毛泽东在省委书记会议上，在谈及认识、解决现实中的问题时，又谈了《三打祝家庄》。他说：“问题就是矛盾，要发现、认识、解决。从前讲过《水浒传》里的‘三打祝家庄’，还编了个戏。这个戏现在又不唱了，我倒很喜欢。原来就有《探庄》这出戏，把它发展一下，就变成了一打、二打、三打祝家庄。解决第一个矛盾，即道路的问题，于是石秀探庄；解决第二个矛盾，分化三庄联盟，孤立祝家庄；解决第三个矛盾，即祝家庄的内部问题，这才有孙立的‘投降’，里应外合。头两次失败了，第三次胜利了。这是很好的戏，应该演唱。”还说：“我看宋江这个人有头脑，办事谨慎，我们干革命，就要学宋江，要谨慎。”

1949 年 3 月，西柏坡演唱《红娘》，毛泽东要王震去看，说：“这出戏你应该去看，那红娘总是全心全意给人家做好事，很可爱。这出戏里红娘是主角。你到新疆就是去演‘红娘’，唱主角，为那里的各族人民去做好事。”又说:“演红娘要有很高的艺术技巧,她在台中间大家都跟她转,不像演老夫人,只在台上摆那么两下子就行了。”

1956 年 9 月 30 日,毛泽东在与印尼总统苏加诺就关于恢复中国在联合国的合法席位问题谈话时,又说了京剧《雁荡山》。毛泽东说:“在这个戏里,两派作战。保守派守城,革命派把城围住,后来飞进城去。英国报纸画了一幅漫画,说中国进入联合国,就像《雁荡山》一样,要飞进去,也就是说,我们要打进去。”

毛泽东很称赞《打渔杀家》的剧情。他曾多次批评旧京剧的内容,是颠倒是非,混淆黑白。但旧戏中也有些剧本是好的,如《打渔杀家》之类。《打渔杀家》写梁山好汉萧恩(阮小七)父女捕鱼为生,因鱼霸勾结官府,一再勒索渔税,被逼起而抗争,远走他乡的故事,毛泽东非常欣赏它的剧情和唱腔,还常以《打渔杀家》为例说地主与农民的阶级矛盾。

1947 年转战陕北来到米脂县杨家沟的一座三面临崖的地主庄园时,毛泽东就有感而发,说:“压迫人的总是什么都怕。怕遭土匪抢劫,更怕穷人造反。《打渔杀家》里的萧恩父女就是被逼得走投无路,才跟地主拼命的。这在封建社会是常见的事。”

1948 年,毛泽东在观看了晋绥平剧团演出的《打渔杀家》后,又兴致勃勃地说起萧恩其人。他说:“这人是一条英雄好汉,敢于同压迫、剥削穷苦平民百姓的官府作斗争,敢于反抗,这是值得赞扬的。但是,只有他们父女二人,单枪匹马,力量就太单薄了。他要是能团结起广大受苦受压迫的人民,来反抗官府的压迫剥削,那力量就大了。”

毛泽东还以《打渔杀家》的萧桂英为例,恰如其分地做政治工作。1957 年 10 月，在北京怀仁堂观看《打渔杀家》时，毛泽东对海外归来的原国民党高级将领卫立煌说：“萧恩的女儿萧桂英也动摇过哩，后来醒悟了，终于同曾是梁山好汉的父亲一起去‘革命’了，这就好了。卫将军此次回来，我把你比作萧桂英，萧桂英终于是革命了。”这席话使卫立煌很感动。

毛泽东还多次评说京剧《法门寺》。仅在 20 世纪 40 年代初的延安，毛泽东就看过四遍《法门寺》演出。每当戏演到太监刘瑾叫贾桂坐下，贾桂说“我站惯了”时，毛泽东总是哈哈大笑。对于贾桂这个小太监角色，毛泽东多次评说，认为他是奴才的典型。

1949 年夏天，毛泽东在北平长安大戏院观看萧长华等演的《法门寺》。当舞台上演到刘瑾接过状子后，见贾桂还一旁站着，叫他坐下，贾桂说“我站惯了”时，毛泽东指着贾桂说：“你看，他真是一副奴才相，人家叫他坐下，他说站惯了。”在看完戏的归途中，毛泽东又向警卫员评说了剧情。他说：“《法门寺》里有两个人物很典型，一个是刘瑾，一个是贾桂。刘瑾从来没有办过一件好事，唯独在法门寺进香时，纠正了一件错案，这也算他为人民办了一件好事。贾桂在他上司的面前，一举一动，一言一行，都是十足的奴才相。我们反对这种奴才思想，要提倡独立思考，实事求是，要有自尊心。”

20 世纪 50 年代，毛泽东在讲话中几次以“贾桂”为例，批判奴才思想。如 1956 年 4 月，在中共中央政治局扩大会议上作的《论十大关系》的报告中就说：“有些人做奴隶做久了，感觉事事不如人，在外国人面前伸不直腰。像《法门寺》里的贾桂一样，人家让他坐，他说站惯了，不想坐。在这方面要鼓点劲，要把民族自信心提高起来，把抗美援朝中提倡的‘藐视美帝国主义’的精神发展起来。”

两年后,毛泽东在一个关于同苏联专家关系报告的批语中,再次提到了“一定要破除迷信,打倒贾桂!贾桂(即奴才)是谁也看不起的”。

这正是毛泽东的过人之处:看京剧,别人看戏只听优美唱腔,看热闹看场面,毛泽东却常能从戏里听出看出政治斗争、领导艺术、工作方法和人性美丑,并且恰当贴切地运用到现实的工作和生活中去。

毛泽东对京剧的艺术性有很高的评价,他说:“京剧的写意性、虚拟性、综合性、艺术技巧,是自己的特长,外国戏是比不了的。我们要借鉴和吸收外国的好东西,但首先要爱护自己的好东西。中国戏曲总会有一天闯入世界艺术之林,成为毫无愧色的世界性戏剧文化。”

毛泽东还提出京剧要走向世界。他在观看京剧《三座山》时,还叮嘱文化部艺术局主管戏曲工作的马彦祥说:“以后出国演出,不要只带武戏,低估外国人的鉴赏水平是不对的,要全面介绍京剧,《白蛇传》《将相和》之类的文戏也可以带出去嘛!”

除了京剧外,毛泽东对地方戏也不乏点睛之评。1960 年 3 月 18 日,在杭州接见外宾后,已值深夜,毛泽东却毫无倦意,兴趣盎然地到杭州饭店小礼堂观看婺剧折子戏《牡丹对课》。《牡丹对课》原名《三戏白牡丹》。剧中的主人公是药店老板的女儿白牡丹。有一次,神仙吕洞宾听说牡丹貌美,就假扮凡人来到药店撮药。他胡诌几帖药名,难为老板。正当老板被弄得目瞪口呆、一筹莫展时,老板女儿白牡丹出来接上话茬,妙语连珠,仅几个回合,便把风流神仙吕洞宾说得无言以对,只得认输。婺剧名流郑兰香饰演戏中的白牡丹，张荷饰演吕洞宾。演出结束时，郑兰香和全体演员出来谢幕，全场又响起热烈的掌声，毛泽东也使劲地鼓掌。在整个演出过程中，毛泽东都非常高兴，经常带头鼓掌，遇到精彩风趣场面及对话时，也开怀大笑。

演出结束后，毛泽东接见了演职员，他握住郑兰香的手风趣地说："小牡丹，你今天胜利了。你们这出戏改得好。吕洞宾三戏白牡丹，我看起来七戏、八戏都不止了，改得好嘛。这一改，真是改成了斗智，反映了老不如少，神仙不如凡人，人定胜天的深刻主题。"

四　蒋介石请毛泽东看戏

20 世纪 30 年代，京剧的厉家班很有名气，享誉海内外。厉慧良、厉慧斌、厉慧敏、厉慧森、厉慧兰等五兄妹以精湛的演艺赢得了"厉家五虎"的美称。1945 年重庆谈判期间，厉慧良、厉慧敏等曾应召悉数登场为国共两党领导人演出。那场晚会由张治中将军亲自安排，班主厉彦芝先生统管舞台。厉彦芝用了最好的演员和节目，最新的服装和道具，可谓不惜全力，使出了浑身的解数。

蒋介石对厉家班的演出情有独钟。位于重庆复兴关(今佛图关)的三青团中央干部礼堂是蒋介石经常看演出的地方。礼堂条件很差，一律板凳。如果前排放个单人沙发，蒋介石必来无疑，放两个沙发就是与夫人宋美龄一同前来看戏。在为蒋介石演出中，还发生了一起令人心惊胆战的事。一次，蒋介石看厉慧良的绝活戏《八大锤》。舞台上，厉慧良一个转身，左手把枪抛出台口，不偏不倚，恰好扔到蒋介石头顶，然后右手用另一支枪勾回来。此刻，慧良还暗暗盯了蒋介石一眼。那时的"照明"师，下来惊讶地说："玄了，连蒋介石的汗毛孔都看见了。”当时蒋介石猛一抬头，见头顶上一道白光闪过，身子一颤，双眼转向舞台，原来有惊无险。待回过神来，才张嘴乐了。接着厉慧良把枪收回，下腰，一个漂亮的登式。“好！”蒋介石情不自禁地鼓掌叫好。

演出结束后，厉慧良为此吃了皮肉之苦，换来一顿好揍！“你怎么还扔那一手！怎么非对着他脑袋上扔呢？”其父厉彦芝怒气冲冲地责问道。“我本来就在正场上扔呀！”“万一失手，掉在他的头上，说你行刺委员长，你怎么办？”“不可能，我有把握！”“错了，还犟嘴，该挨揍！”世事难料，因祸得福。事后，厉彦芝收到了一个折叠式纪念册，扉页上蒋介石亲笔题辞：“慧良君艺术超群。”从此，厉慧良在陪都重庆名声大振。

9月5日，蒋介石及夫人宋美龄在“三青团”中央干部礼堂，举行茶会并演出京剧，招待苏联大使彼德罗夫，毛泽东主席应邀出席。陪同毛泽东出席的有周恩来副主席和王若飞等同志以及部分在重庆的国民党中央委员。卜道明任总招待，蒋经国任副总招待。这一天，礼堂焕然一新，完全大变样。长板凳、方板凳、条椅不见了，全部换成了单人、双人、三人等豪华沙发。晚6时半，毛主席与苏联大使彼德罗夫乘车到达中央干部大礼堂门口，蒋介石夫妇出门相迎。毛泽东与蒋介石由舞台左侧休息室步入会场时，全体起立、掌声雷动。毛泽东神采奕奕举手向与会者频频答礼。8时整，晚会开始，蒋介石致欢迎词，毛泽东致答谢词。听说今晚毛泽东要来看戏，戏班的人翘首以待，以期一瞻威仪。共产党领袖毛泽东，哪个是呀？厉慧良扒开台帘一看——瘦瘦的、留个大背头、穿灰色中山装，坐在第四排正中的蒋介石与苏联大使中间。看到了，厉慧良兴奋至极，噢！

原来他就是毛泽东。晚会的演出由厉慧良挑大梁，一赶三，先后饰演《三国志》中《群英会》之鲁肃、《借东风》之诸葛亮、《华容道》之关羽。剧中周瑜、曹操、蒋干则分别由厉慧敏（反串）、厉慧斌、厉慧森扮演，演员阵容十分强大。次日，《新华日报》第二版对此事作了报道，同时，国民党的《中央日报》也相继进行了报道。

10 月 8 日，张治中奉蒋介石之命，在军事委员会礼堂，为即将离渝返延安的毛泽东举行盛大的欢送宴会。被邀的有参政员和重庆文艺界、新闻界、党、政、军等方面的有关人士 500 余人。晚 6 时 45 分，毛主席、周恩来、王若飞等出席了欢送会，受到了全场的热烈欢迎。会上张治中将军作了简短致辞，毛主席发表了“和为贵”热情洋溢的演说。会后观看了厉慧敏领衔的京剧《十三妹》。剧中由厉慧敏饰何玉凤，厉慧良饰安公子，厉慧娟饰张金凤，厉慧斌饰黑风僧，厉慧森饰赛西施。演出中，全体演员十分认真、卖力。毛主席兴致勃勃地看完了全剧演出，对厉家班的演出十分赞许。后来，《新华日报》《中央日报》等报纸，对此次演出都进行了报道。

10 月 11 日毛泽东由重庆返回延安，当天晚上杨家岭的中共中央大礼堂举行了隆重的欢迎文艺晚会，庆贺毛泽东一行载誉胜利归来。晚会由延安平剧院演出了精彩的戏剧节目。幕间休息时著名剧作家阿甲与毛主席不期而遇，当时就向毛主席询问在重庆看戏的感想，毛主席饶有兴趣地说：“在和谈的四十五天里，蒋介石三次请我看戏，我看了两次，一次是看《三国志》，一次是看《十三妹》。他们的演出在技术上比你们好些，风格上没有你们高，你们演得深些。”毛主席的这段话，显然是对延安平剧院戏剧改革的充分肯定，也是对厉家班演艺的高度评价。

蒋介石陪同毛泽东观看京剧演出，国共两巨头同看一台戏，这在中国现代演出史上绝无仅有，也为古老的中国京剧史披上了一层传奇的色彩。

五　宋保罗绝活打动毛泽东

毛泽东喜欢戏，常看戏，和许多戏曲演员成了朋友，梅兰芳、周信芳、谭富英等都和毛泽东很熟。毛泽东欣赏他们的艺术，也很尊重和关心他们。

毛泽东和京剧名家宋保罗的情谊更是感人。宋保罗是杭州的京剧演员，他在江南和盖叫天齐名。从 1958 年到 1963 年的六年时间里，宋为毛泽东演唱 40 多场。毛泽东对他悲凉委婉、如泣如诉的演唱风格极为欣赏，宋也没想到新中国的领袖竟成为自己粉墨生涯中的一位知音。宋保罗由于潜心修习过书画，指点他的又都是些名画家，和一般的京剧演员就有了不同。他修炼了一门绝活：一边唱戏，一边画画，同时进行。这是出宋氏看家私房戏，名唤《朱耷卖画》。

1962 年冬，毛泽东又来到西子湖畔。12 月 26 日凌晨，他的心绪特别好，那一天正是他的七十寿辰。毛泽东欣赏了这出绝活。宋保罗为他清唱演出了《朱耷卖画》。演这出戏，不但要求演员唱、作功夫俱佳，还要求演员有一手绝活——能在演出中当场作画。

毛泽东看得很感兴趣，他先是坐在沙发上，一边抽烟一边用手轻轻扣着节拍，待到宋边唱二黄原板边作画时，毛泽东突然情不自禁地站了起来，轻轻地走到宋的身边，想看他究竟在画写些什么。不到十分钟，一只大公鸡已经立于青石之上，高吭晨曲。毛泽东用浓重的湖南话说："落笔很准，画得好！你可题'一唱雄鸡天下白'

么!”宋保罗用小笔题上“敬献给毛主席”六个字。将这幅画送给毛泽东,毛泽东很高兴,将这幅画珍藏在中南海。

事后宋保罗回忆道:“我正在握着大笔画鸡身的时候,无意中碰了一下毛主席的身体,知道主席背着手在仔细看我的画稿。我激动极了,不知何处神来之笔,大笔挥了几下,原来要唱六句或者八句才能将公鸡画好,这次有如神助一般,四句便好了。”

正当宋保罗艺术生涯进入高峰时,十年动乱爆发了。他受到了冲击,开始还只是“三名三高”、“反动权威”等一般罪名,接着查出了他的“反动历史”,罪名升级。后来他为毛泽东等中央首长演出,竟也成为罪行,是“把毒放到中国最高领导层那里,罪该万死”,毛泽东让他题为“一唱雄鸡天下白”的画也成了“给社会主义抹黑”。1967年秋,他被关进了“牛棚”。

1970年夏,毛泽东又一次来到杭州。林彪死党陈励耘向主席汇报浙江工作,听着听着,毛泽东突然问:“宋保罗情况怎样?到哪里去了?”陈励耘吃一惊,假装糊涂说:“您的话我听不懂。”毛泽东似乎对陈的所为已有所觉察,一板一眼地说:“听不懂?就是那个唱老生、会画大公鸡的宋保罗。”陈看瞒不下去,支吾地说:“他有严重的历史问题,他为大汉奸周佛海治过印。”是的,宋在15岁那年因倒嗓而辍演后,曾精心学习绘画和治印,成为治印好手。“人家是手艺人么,能不给人治印?”毛泽东回答。听毛泽东这么一说,陈觉得事情不妙,忙补充说:“他还给蒋介石演过戏,和蒋介石握过手,合过影。”这也确实是事实。宋在早年就艺名远扬,为许多当时的政界要人唱过堂会。1945年双十节,从重庆飞回南京的蒋介石,忽然派人通知宋保罗到总统府演出。历史竟是惊人地巧合,蒋介石点唱的和毛泽东14年后点唱的完全一样，也是《二进宫》。演出很成功，蒋介石和宋美龄与宋握手并合影。次日，当时的《中央日报》发了这一消息，并刊登了合影。毛泽东听了陈的汇报很不耐烦，反驳道："唱戏有什么关系？当时是蒋介石的天下，蒋要听戏，他敢不唱？那是逼出来的么！今天我叫他唱，他也不会不唱么！"毛泽东的一番话，驳得陈哑口无言。毛泽东发话了，他不敢不办。在毛泽东的亲自过问下，宋保罗的三年"牛棚"之灾得以解脱。

六　毛泽东与左大玢的忘年交

在电视巨片《西游记》中，成功饰演了观世音菩萨的湘剧演员左大玢(bīn)有着一段不寻常的人生经历——和毛泽东的忘年交。1954年，11岁的左大玢考入湖南戏校学习湘剧，1957年毕业后分配到湖南省湘剧院当演员。1959年主演《生死牌》，该剧后由上海海燕电影制片厂拍摄成戏曲电影。1960年被授予湖南省青年表演艺术家称号，后来又荣获中国戏剧第六届梅花奖、文化部文华表演奖等，曾任第七、八届全国政协委员和湖南省文联副主席、省剧协副主席等职。她早年与毛泽东结成忘年交，更让她的人生蒙上了一层神秘的色彩。

1959年，左大玢在湘剧界已小有名气。一天，她突然接到通知，要她们到湖南省交际处(现在的长沙市湘江宾馆)演《生死牌》，主演王玉环。左大玢猜想一定有重要的领导人来了。果然，她一上场就发现了台下竟有毛泽东！左大玢惊得一下子差点忘了台词，赶紧镇定下来，才将戏演完。

散戏后，左大玢正在卸妆，一位女同志走过来问她："你是演王玉环的吧?”左大玢望着对方点了点头。那位女同志又说:“毛主席看了你的戏很喜欢,等会儿你陪主席跳舞吧。”听说要陪主席跳舞,左大玢激动得涨红了脸,她嗫嚅道:“可是我不会跳舞。”“不会没关系,我叫一个人教你跳舞,很容易学的。”

然后那位女同志将左大玢带到毛主席的警卫员小封面前,要小封教她跳舞。左大玢一边学跳舞一边问小封:“刚才带我来的那位女同志叫什么名字?”原来她就是大名鼎鼎的毛主席的专职摄影师侯波。

过了一会儿,侯波走过来问:“学会了不?”刚学会四步基本舞步的左大玢点点头,侯波拉着她就往人群里走,一站定,天哪,她发现自己站在毛主席的面前。左大玢紧张得手足无措,一句话都说不出来。毛主席笑着说:“娃娃,跳舞要动啰,不能老站着。”左大玢噗嗤一声笑了,然后随着毛主席跳起舞来。但跳舞中她一直低着头,不敢看毛主席一眼。一曲舞跳下来,左大玢发现自己已出了一身大汗。

此后,毛泽东每次来湖南,左大玢都被派去给毛泽东唱戏或陪他跳舞、聊天,渐渐地与毛泽东就熟悉起来,再也不紧张了。一次毛泽东笑着问她:“你为什么姓左,不姓右呀?”左大玢不知如何回答,傻傻地说:“我爸爸姓左,我也就姓左了。”“那你怎么又叫左大芬了呢?”因为已经跟毛泽东很熟了,左大玢便毫无顾忌地说:“主席,您念了白眼字,这个字应念‘bin’,而不是‘fen’。”毛泽东哈哈大笑起来:“娃娃,你回去问问你爸爸,这个字是多音字,是不是也可以念作‘芬’呢?”

还有一次,毛泽东问左大玢,你姓左,那左宗棠是你什么人?左大玢摇了摇头。毛泽东又问,那左霖苍又是你什么人呢?“他是我大伯。”左大玢接着告诉毛泽东，父亲叫左宗濂，曾是程潜帐下的少将高参。毛主席听后点点头，又说，你大伯左霖苍可是个有名的举人啊。“什么举人，一个逃亡地主。”左大玢顺口答道。毛泽东听了左大玢的话，沉思了一会儿后自言自语道，逃了也好，逃了也好啊。

每次毛泽东来湖南，工作之余举行舞会时，毛泽东第一个请跳舞的一般都是省委书记的夫人，第二第三个分别是湘剧院著名表演艺术家彭俐侬和刘春泉，第四个就是左大玢。警卫员们和当时的湖南省公安厅厅长李强怕跳得太多会累着毛泽东，便悄悄地给左大玢布置了一个任务：“主席很喜欢你，你就在主席跳了几支舞后，陪着他到走廊上的沙发上休息会儿。”毛泽东的警卫戒备森严，这可是对左大玢的特殊待遇和信任呀。

一次休息时，左大玢看到毛泽东水杯里的茶叶一根根地竖着，就好奇地问：“毛主席，您喝的是什么茶，怎么都竖在水里呀？”毛泽东笑着说：“娃娃，这个你就不知道了。我告诉你，这是岳阳君山的毛尖，是上等好茶呀。”少不更事的左大玢想都没想就蹦出来一句话：“我口渴了，我也要喝您的茶。”毛泽东笑笑，说：“你喝吧，喝吧，我们喝一杯茶。”

又有一次，舞会中左大玢正陪毛泽东在走廊上休息，这时王任重过来汇报工作。毛泽东指着王任重问左大玢：“你认得他吗？”左大玢摇了摇头。毛泽东介绍说：“他是湖北省委书记王任重。”然后又指着左大玢说：“她是湘剧院的演员左大玢。”

王任重走后，左大玢像小孩子似的拿着毛泽东的手一边看一边问：“主席，您有几个箩呀？”“你呢？”毛泽东反问道。“我才一个箩，一箩穷呢。”左大玢撇着嘴说。“一箩穷？难怪你老是穿同样的一件花布衫。”毛泽东注意到左大玢每次见他时都穿着同一件衣服，便打趣道。左大玢数完毛泽东手指上的箩惊叫起来：“主席，您有十个箩呀，难怪当‘皇帝’！”毛泽东听后笑得前俯后仰。

每次回湖南看到左大玢时，毛泽东总是对左大玢说：“你们搞文艺的，更要加强文化学习和修养。”同时，他又很关切地问：“你们经常下乡演出吗？”左大玢回答说经常去。毛泽东又问：“到了农村一般在哪里演出呀？”“有时在晒谷坪，有时就在收割后的稻田里。”毛泽东很好奇：“稻田里怎么表演呀，稻茬会绊脚呀！”左大玢认真地答道：“是呀，我们经常演着演着就被绊倒了。”毛泽东听后哈哈地笑了起来。

跳舞时，毛泽东的长袜子常常会滑下来。左大玢见了，就立即蹲下把它拉上去。后来她便对毛泽东说：“毛主席，您的袜子系根带子吧，这样就不会掉了。”毛泽东却幽默地说：“不要系带子，将袜子口打个砣扎进袜子里就不会掉喽。”左大玢听了咯咯地笑了起来。

有一次毛泽东到长沙，没有见到左大玢，就问左大玢哪里去了。陪同的领导立即安排车子将在湘西沅陵演出的左大玢接了回来。见到毛泽东后，左大玢来了一段清唱。毛泽东听后说：“娃娃，你的嗓子有些哑，是不是感冒了？好好休息吧。”左大玢见毛泽东正在抽烟，就说：“主席，为了您的健康，请少抽些烟吧。”说着，她从毛泽东手上要过抽剩的半截烟头。她将那半截烟掐熄后，悄悄地带了回去，将它珍藏在一个漂亮的盒子里，直到今天。当时纪律非常严格，凡是毛泽东会见的人都不能把会见写进日记，也不能向毛泽东提出合影的要求，因此，这半截烟头，成了左大玢保留下来的唯一的纪念品。

“文革”期间，左大玢同样受到了政治迫害。因为她的父亲曾是程潜的少将高参，“文革”初期她被戴上“修正主义苗子”的帽子，坐起了“冷板凳”，随后又被下放到永州市道县的一个偏远的农村“锻炼”了两年。

回到长沙后，1973年湘剧院排演《园丁之歌》，左大玢在戏中扮演主角俞英。戏演得很成功，北京电影制片厂就将该剧拍成了电影。但在影片送审时，江青发难了：“这是一棵毒草！”因为电影中俞英有一句台词：“没有文化怎能把革命的重担来承担。”江青认为这是与她当时树立的典型“白卷英雄张铁生”唱反调，恶狠狠地说：“没文化就不能挑革命重担？咱们老一辈无产阶级战士不也有很多人没有文化？”最后，江青干脆将矛头对准了左大玢：“左大玢演得像个少奶奶！”没过多久，毛泽东回长沙视察，想看湘剧，并在省里送来的节目单上圈点了电影《园丁之歌》。电影中左大玢扮演的俞英一出场，毛泽东一眼就认出来了：“这不是那个娃娃左大玢嘛。”看完电影后，毛泽东鼓起掌来，旁边陪同的人悄悄地对毛泽东说：“主席，这是大毒草，全国都在批判。”毛泽东愠怒地说：“什么大毒草，毒在哪里？我看很好！”说着他又站起身，再次鼓掌，在场的人也跟着鼓起掌来。

就这样，《园丁之歌》由毒草变成了香花，左大玢也随之避免了一次政治厄运。

七　毛泽东对梅兰芳说：“你的名气比我大”

新中国成立后，在第一次全国政治协商会议、全国人大会议和全国“文代会”期间，梅兰芳受到毛主席的多次接见。毛主席凡看梅兰芳演出，待谢幕时必登台与梅兰芳握手并亲切交谈。毛主席与京剧艺术大师梅兰芳来往的故事，给后人留下了许多佳话。

1949年春，上海解放前夕，夏衍受中国共产党组织委托，与熊佛西一起赴上海马斯南路梅宅，动员梅兰芳留在上海迎接新中国的诞生，梅兰芳欣然同意。6 月下旬，梅兰芳作为上海文化界的代表离沪北上，参加全国第一次文学艺术工作者代表大会，一路上很是热闹，受到大众的热烈欢迎。到达北平时，梨园知名人士前往前门车站迎接，老百姓奔走相告：梅兰芳回来了！于是，人们将前门火车站挤了个水泄不通，迎接人数竟达六万之众。据说梅兰芳出站时，左右是尚小云、荀慧生、谭富英、萧长华等相陪，前面则由李少春、叶盛章等武功高强的名伶开路。

这次前门火车站人民群众欢迎梅兰芳的盛况，甚至传到了毛主席的耳边。文代会期间，梅兰芳第一次与毛主席握手时，毛主席风趣地提及北平人对梅兰芳的欢迎程度，不亚于解放军进北平时的情形。毛主席幽默地对梅兰芳说："你的名气比我大。"这句出自毛泽东口中之戏言，也着实让深谙政治和历史的梅先生出了一身冷汗。文代会期间，梅兰芳演出了《霸王别姬》。演出那天，毛主席身穿短袖白衬衫，在楼下第五排中间兴致勃勃地观看了演出。谢幕时，毛主席和大家一道起立鼓掌。梅兰芳说："我一出场见到了毛主席。说实在话，这个戏，我演了 1 000 多场，都没有今天这样淋漓酣畅。"

梅兰芳在《白蛇传》中表演的白素贞从服装到头饰等，一直不断改革。1915 年首演时，头饰戴的是大额子（清代演出时戴的则是渔婆罩），后来觉得白娘子并非女将身份。戴大额子根据不足，便改为软额子。又多次改动服装穿戴。最后，白娘子扮相是在面牌上增添了强调素雅的白色大绒球（青蛇为蓝色）。1951 年又把大绒球改成了红色。这样白素贞一身洁白，头上一点红，更加俏丽，也突出了白娘子的战斗精神。这是梅兰芳对这个人物有了新的理解，提高了这个扮相的精神境界，曾受到毛主席的称赞。

1951年2月16日，梅兰芳剧团赴中南海怀仁堂进行晚会演出，和中央首长一起欢度春节，演出的剧目是《金山寺》《断桥》。第二天是农历元旦，梅兰芳之子梅葆玖继续在怀仁堂演出。梅兰芳在台下看戏时遇到了周恩来总理。周总理幽默地对梅兰芳说："昨天看老一辈艺术家，今天看青年一代。你来看戏，一定很高兴吧。"后来在休息室里，毛主席见到梅兰芳，对他说："昨天看《金山寺》《断桥》，你演的白娘子扮相与众不同，想得很妙，浑身偏素，头顶一点红。"梅兰芳听了很受感动，回到家里对家人说："毛主席看戏可真仔细！这么多年，从未有人谈过白娘子的扮相。的确，我是费了很多时间来研究，才改成现在这个样子的。"后来又有一次看折子戏专场，剧目是张云溪、张春华的《三岔口》，周信芳的《打严嵩》和梅兰芳的《金山寺》，他议论最多："灯光明亮，能表现出一团漆黑，外国戏做得到吗？还是中国人聪明啊！""严嵩该打，打得很巧，难得正剧演出喜剧效果来。"并再一次谈道："梅先生很会扮戏，你看通身是白，唯有额头一个红缨，银装素裹一点红，美极了！""台上没有水，靠演员演出水来，这和齐白石画虾不画水，反而水意流动是一个道理。"

1951年3月下旬，在中国戏曲研究院成立前，梅兰芳特意去荣宝斋定裱了空白宣纸册页，分送毛主席、周总理和其他中央同志请求题词。4月，毛主席派人送来了为中国艺术研究前身——中国戏曲研究院成立亲笔题词"百花齐放，推陈出新"，并题写了"中国戏曲研究院"门匾字。周总理送来的亲笔题辞是"重视与改造，团结与教育，二者均不可缺一"。4月3日，中国戏曲研究院成立，在北京大众剧场举行建院典礼。梅兰芳被任命为院长，程砚秋、罗合如、马少波为副院长。中央和北京市各级领导、文艺界知名人士到会祝贺并讲话。毛泽东主席为大会亲笔题词“百花齐放，推陈出新”，放大后摆在会场显著位置，这是对中国戏曲研究院，也是对全国戏曲及整个文艺工作提出的领导方针。

1953年，梅兰芳赴朝慰问结束回京后，一次预定在怀仁堂招待晚会上演出《游园惊梦》。演出前三天，毛主席派人到梅兰芳家借汤显祖原著《牡丹亭》。梅兰芳说：“《牡丹亭》传奇，经过几百年来的艺人和昆曲爱好者的修改剪裁，和汤显祖的原著已有很大的不同。我用的就是流行的《遏云阁曲谱》，没有单本。”那位同志说：“请你把《遏云阁曲谱》交我带回，等你唱时送还。”还说：“主席正在看《舞台生活四十年》第一集中《游园惊梦》一节。”

1957年3月，梅兰芳携剧团从浙、赣、湘、鄂巡回演出返京。一天，梅兰芳参加国务会议，毛主席见了老远就问：“你几时回来的，这次走了不少地方吧？”梅兰芳简要地汇报了情况，对主席如此关心十分感动。

梅兰芳戏曲的演唱，嗓音甜美圆滑，唱腔字正味纯，表演端庄大方。其演技在舞台上给观众留下了光彩照人的形象，使世人获得了赏心悦目的艺术享受。毛主席工作之余，可以说逢梅兰芳演出的戏剧必看。直到晚年，毛主席喜爱传统戏剧的这一业余爱好仍然没有丝毫的减弱。

八　毛泽东改戏

1949年3月，党的七届二中全会在平山西柏坡召开，高庆奎派须生李和曾随华北平剧研究院到西柏坡进行慰问演出，共演两个晚上。头一天晚上第一出戏是李和曾主演的《坐楼杀惜》(饰宋江)。因毛泽东对“高派”艺术非常熟悉,便说:“李和曾唱得不错,我很多年没有看到这种高腔须生演唱的京戏了呢!”

第二出戏还是李和曾挑梁,演《失空斩》(饰诸葛亮)。毛泽东看得很投入,边看戏边哼着剧中的唱词,并对坐在身边的周恩来说:“唱得真好啊!一个才20多岁的年轻人,就有这样高超的京剧艺术才能,真是前途远大。”又说:“他这可是真的高派唱腔,看了这出戏,给人一种刚劲奋力的感觉!”第二天晚上演出剧目的重头戏是李和曾主演的《哭秦廷》(“高派”名剧,李和曾饰申包胥)。戏演伍员灭楚后,楚大夫申包胥赴秦国借兵收复楚国的故事。戏毕,毛泽东夸赞李和曾,说他“不愧为高派的门徒,唱戏、做戏、文武功夫都很扎实”。

解放后,有一次李和曾演出《李陵碑》,散戏后毛泽东接见演员时风趣地说:“杨老令公八个儿子死了四个,发发牢骚是可以的,但总的说来,他还是忠心为国,所以不宜唱得太悲,你现在唱的那段反二黄有悲有愤,这是对的。”后来,李和曾又为毛泽东清唱《李陵碑》时,毛泽东用商量的口气对李和曾说:“你的这出戏词中,有一句‘方良臣与潘洪又生机巧’,我上次听后就查了史料,结果历史上宋朝没有‘方良臣’这个人。是不是把这句改为‘魍魉臣,贼潘洪,又生机巧’比较合适些?”李和曾认为有道理,以后就照此改唱。

还有一次看中国京剧院二团演出的《三打祝家庄》,当晁盖、宋江并列出场时,各自身后擎有“梁山泊主晁”、“梁山泊主宋”的纛旗。他摇摇头说:“不对!这时候梁山泊主是晁盖,宋江当头头是后来的事。天无二日、国无二主嘛!”

一次毛泽东看谭富英与裘盛戎合演的《捉放宿店》。陈宫有一段流水板的唱腔:“休流泪来免悲伤,忠孝二字挂心旁,同心协力把业创,凌烟阁上美名扬。”戏后毛泽东问谭、裘两位知不知道凌烟阁的典故,两人都答不上来。毛泽东告诉他们:“凌烟阁建于唐太宗时,是纪念开国功臣的地方。问题是汉朝的陈宫怎么唱出几百年后才有的凌烟阁呢?”两人一时语塞。毛泽东建议他们只要修改唱词的末一句,问题就解决了。

谭富英回家后,感慨地对师妹王则昭说:“当初学戏是口传心授,是师傅怎么教就怎么演,所以演了这么多年还是不知其所以然。看来真得钻研文化和历史,不然难免闹笑话。”此后几天两人按毛泽东的意见修改,把最后一句改为“匡扶汉室美名扬”。

毛泽东不但对剧情、唱词很注意,对服装道具也看得很仔细。一次他看完谭富英演的《失空斩》,问起他在扮演诸葛亮时胸前佩戴朝珠的来历。谭富英向毛泽东介绍,他的祖父谭鑫培进宫演戏,扮演诸葛亮,由于天气炎热,额头沁出了汗珠。慈禧把一串檀香木佛珠赏赐给了他,说炎热季节闻到檀香木香气,能消暑辟邪。从此谭鑫培每饰演诸葛亮必戴朝珠。别的艺人也纷纷仿效,朝珠便成了扮演诸葛亮的必有饰物。

毛泽东听后点了点头说:“朝珠是清代的叫法,明朝称佛珠。明朝皇帝信佛,拜佛时多把佛珠垂挂胸前。到了清朝,皇帝常把佛珠赏给有功之臣。因为是皇帝所赐,获赏的大臣都把佛珠佩在胸前,所以又称为朝珠。”毛泽东讲完后,又以商讨的口吻对谭富英说:“诸葛亮是三国时的大丞相,当时佛教还没有传入中国,他怎么能戴佛珠呢?当年令祖演戏佩戴,是表示对慈禧感念,并不是剧中人物诸葛亮应该佩戴。前人事出有因,情有可原,后人也如法炮制,是不是于理不通?”

毛泽东一席话,使谭富英佩服得五体投地,此后再扮演诸葛亮就不再佩戴佛珠了。

九　毛泽东喜看小裴艳玲演出

毛泽东在革命生涯中敢于斗争,敢于胜利,所以在看戏时,他非常推崇斗争精神。1960 年 5 月 1 日,毛泽东在河北省省会天津干部俱乐部观看了河北省河北梆子剧院时年 13 岁的裴艳玲演出的昆曲《闹天宫》(饰演孙悟空),高兴地说:“这是一出好戏。”并对裴艳玲绝妙的武功和一口气拧 90 多个旋子赞不绝口,一个女娃小小年纪功夫了得。演出后,毛泽东特别接见了裴艳玲,他弯下腰端详着裴艳玲问:“你多大啦?”年幼的裴艳玲并不发怵,响亮地回答:“十三。”“家住什么地方?”“肃宁县傅家佐。”“你父亲是搞什么的?”“京剧武生。”听到这儿,毛泽东情不自禁地笑了:“哈哈……门里出身嘛!你跟谁学的戏?”“我的师父叫李崇帅。”看得出毛泽东打心眼儿里喜欢这小演员,武功了得,不知唱功如何,又问:“你能唱吗?”小艳玲也不含糊,很自信地回答:“能。”于是,接下来裴艳玲为毛泽东清唱了一段京剧《借东风》,毛泽东称赞不已。

1962 年夏天,毛泽东在北戴河又看了裴艳玲主演的河北梆子《宝莲灯》(饰沉香)。这回裴艳玲在毛泽东面前又露了一手京剧、梆子两下锅的本事。不过看来毛泽东更喜欢看这娃娃的京剧表演。戏演完后他问裴还会何戏,裴说“京剧《八大锤》”。毛泽东会意地重复了一句:“噢,是《陆文龙》。”似乎还觉不过瘾,旋又问还会什么,裴答“《夜奔》”。毛泽东钟爱表现农民起义的“水浒戏”,他对《夜奔》一剧非常熟悉，尤其喜欢北方昆剧院侯永奎主演的《夜奔》，看过七八次之多。他问裴"学的哪个路子"，裴说"学的京昆"。毛泽东很内行地说："应该学学北昆的。"并说，"明天看你的《八大锤》，明年再看你的《夜奔》。"

十　毛泽东说："越剧不能砸烂"

1969 年仲夏的一天，毛泽东在西子湖畔的汪庄庭院散步，提出要听越剧《梁山伯与祝英台》录音。听完后，有人对他说："主席，越剧音调软绵绵的不好听。"毛泽东纠正说："越剧具有典型的南腔特色，曲调比较柔婉、细腻，擅长抒情。"然后又说："任何事物，都要一分为二。我看越剧还可以，不要全盘否定。"当年秋天，他在杭州观看文艺演出时询问了浙江文艺界的情况。演员们反映，现在的越剧，改得京不京，越不越，歌剧又不像歌剧。毛泽东当即听了老越剧《红楼梦》片断，表示曲调好听。随后又听了越剧《梁山伯与祝英台》后说："这个戏的音乐基调是好的，只是个别太低沉的地方才需要改一改。"1969 年秋，他在杭州看了经过改革的革命越剧《红灯记》，他不甚感兴趣，说："我不赞成把越剧改成不像越剧。各地方剧种应有自己的特点，不然要那么多地方戏干什么，一个剧种就够了嘛。我不赞成把越剧改成不像越剧。"一个器乐演奏员问毛泽东："听说越剧要砸烂，这到底对不对呀？"毛泽东听了皱皱眉头，严肃地指出："越剧不能砸烂，好的还是要用。"

开国总理周恩来的戏剧情缘

翻开有关周恩来总理的传记和文献，所得其一生的评价都冠以中国无产阶级革命家、政治家、军事家、外交家。而在他的革命生涯中，他在文艺戏剧方面的造诣和对新中国戏剧事业发展的关注却被后人忽视了，颇感遗憾。笔者凭着对中国戏剧的热爱和周恩来总理多才多艺高尚品德的敬仰，特将多年来有关周恩来总理戏缘的见闻和所集资料汇集成篇，以飨读者。

一　周恩来的戏缘

中学时代的周恩来由于他的聪明才干和热心为大家办事，深得同学们的信任。从当时来说，他就读的天津南开学校的教育是比较进步的，也很有特色。周恩来在校学习期间先后担任过校刊《校风》的总经理、演说会的副会长、国文学会干事、江浙同学会会长、新剧团布景部副部长、暑假乐群会总干事和班干事。从这么多的头衔就知道学生时代的“总理”是一个十分活跃的人物。

周恩来对早期中国话剧的认识和实践、探索，是在话剧史上的第二个历史选择的关键时期。当时，新剧运动在一两年之内就遍及全国，文明新戏成为中国剧坛上的璀璨新星。然而从思想性和艺术性方面来说，新剧与西方话剧相比，尚有相当的距离。因为新剧多数缺乏剧本，仍然用中国旧戏曲的幕表制，仅有一个故事框架，角色是分派制，由演员即兴表演，加之受纯商业化的影响，逐渐堕落为市井恶俗之物，面临将被时代唾弃的境地。就在这种情况下，时年16岁的周恩来，正式加入了矢志探索严肃认真话剧的教育界名流张伯苓校长领导组建的南开新剧团，被推举为布景部副部长。

1914年10月17日，南开学校举行建校十周年庆典，准备演出宣传妇女解放、破除封建迷信的新剧《恩怨缘》，因南开无女生，且世俗又有男女不能同台演出之风，剧中的女角色一时找不到适合的人演。有着愿意在各方面锻炼自己的周恩来，接受同学们的建议，冲破世俗偏见，自觉反串扮演女角。由于他认真排练，揣摩剧情表演出众，倾倒全座，一下子成为南开学校的最佳反串名角，先后在十多出新剧中反串女主角，如《恩怨缘》中的烧香妇、《一元钱》中的孙慧娟、《仇大娘》中的范慧娘、《千金全德》中的高桂英、《华娥传》中的华娥、《老千金全德》中的童男等，并在京津两地演出，获得了观众与专家的好评。天津的《大公报》《益世报》等十多种大小报纸在报道评论中都表扬了周恩来扮演的孙慧娟，当时报纸上的大字标题分别是："演出轰动津门"、"周恩来扮演孙慧娟倾倒全座"、"美哉，周恩来反串妙龄女郎"、"南开学校应邀去京城演出"。

周恩来等人在北京演出新剧《一元钱》获得了极大的成功。据南开学校话剧运动的史料记载，北京青年会赠送写着"誉满京师"四个金光闪闪大字的贺匾。有一篇评论文章，说周恩来扮演的孙慧娟："头戴珠翠，高领掩衿，身穿粉红暗花缎小袄，右手系一方帕，下穿一色的绸棉裤；身姿窈窕，庄重矜持，身材纤长匀称，面容清秀文静，有一种诱人的个性魅力；演出的分寸感恰到好处，吐词轻言细语，节奏分明，优美动听，羞涩中含有真诚纯朴，伤心落泪时肩头微颤，形神毕肖，把一个爱情纯洁忠贞的少女，刻画得入木三分。”另有一篇报道说，著名京剧男旦梅兰芳先生看了《一元钱》的演出后，请周恩来等人座谈，切磋男女反串的表演技艺。

1949 年 7 月，第一次全国文学艺术工作者代表大会期间，周恩来接见著名京剧艺术大师梅兰芳先生时笑谈了这件往事，他双手抱肩，仿佛自己又回到了学生时代，深情地回忆说："30 年前，南开校庆，我们排演了话剧《一元钱》，北京青年会邀请我们赴京演出……”梅兰芳做梦也想不到眼前的这位赫赫有名风度翩翩的中共领袖，就是当年南开男扮女装的青年学生。他略迟疑了一下才恍然大悟，说："我想起来了，您在《一元钱》里演一个女子。演过之后，好像我们还开了座谈会。”据《南开学校第十次第二班毕业同学录》之《周恩来》名录中记载称周："君于新剧尤具特长，牺牲色相，粉墨登场，倾倒全座，原是凡津人士之曾观南开新剧者，无不耳君之名，而其于新剧团编作饰景尤极赞助之功。”

周恩来除了反串女角担纲主演以外，对于新剧由幕表向剧本的提高和表演理论的探索，以及导演、布景制作等后台剧务工作等，都能勇于承担，认真钻研，并有创新之举，所以他被演职员们称为台前幕后的“全把式”。以编剧来说，在南开的话剧档案史料中，就保存着周恩来饰女主角孙慧娟演出《一元钱》的剧照，以及周恩来于 1916 年 2 月编纂并以他主办的敬业乐群会的名义由天津印刷局印刷出版的《仇大娘》剧本。据《周恩来年谱》记载，周恩来于 1916 年 7 月暑假中，还和南开新剧团长时子周等人赴天津高家庄实地考察编写新剧剧本。周恩来参与编剧和导演的新剧《一元钱》《老千金全德》《一念差》等十多部新剧，当时虽然处于话剧的起始阶段，但是周恩来等人已在探索将弘扬中华民族文化传统与学习、借鉴西方话剧艺术相结合的具有中国风格和特点的新剧之路。他改编的剧本多数取材于传统旧戏曲的幕表制剧目，例如在京津两地久演不衰、享有盛名的《一元钱》。根据和周恩来同时编演此剧的老师同学回忆，周恩来进行了认真的研究后说："《一元钱》是根据明代杂剧《炎凉镜》改编的，原作者是马破悭道人，原剧中道家消极思想的糟粕必须去掉。"在改编中，周恩来等人把该剧的时代背景移到了民国初年，成为时代新剧。周恩来修改后的剧本，针对当时政界军阀、保皇党等尔虞我诈的时弊，强化了对剧中人孙世富背信弃义的丑恶行为的批判和对孙慧娟仗义诚信的优秀品德的颂扬，所以每场演出都产生强烈的社会共鸣。

1916 年 6 月，复辟称帝的袁世凯郁闷而死，黎元洪继任总统，此时年仅 18 岁的中学生周恩来，出于强烈的忧国忧民之心，思考着这样一个问题：对军阀之间权力换人、交替祸国的丑剧、闹剧，既要想办法公开进行揭露、批判，但又要躲过反动军警的抓捕镇压。他想着想着，想到编导演新剧《一元钱》的影响和效果，又想到少年时在家乡淮安和东北看过的假面具戏，就奋笔疾书，自编自导了一部新编《一元钱》的假面具广场活报讽刺剧。其故事大意是："村妇"（周恩来饰）提着竹篮、拿着一元钱上场，先后遇到"保皇党"（常策欧饰）和"政客"（李福景饰）都想骗"村妇"手中的一元钱。"大军阀"说："小媳妇，你把一元钱给我们军队买枪打天下，打下江山给你 10 亩地。""村妇"把一元钱晃了晃说："我这一元钱是给婆婆买药治病的，不能给你买枪去杀人。""保皇党"接上来说："小媳妇，你把这一元钱给我们保皇党用于保驾大清皇帝重新坐龙廷，包你过上太平日子。”“村妇”摇摇头说：“不行，不行！现在已经民国五年了，想做皇帝的人都死了，你还背对背运，靠皇帝治天下呢，不成，不成，一万个不成！”“政客”抢上前说：“小媳妇，你把一元钱给我贿赂竞选大总统，包你们农民过上民主的好日子。”“村妇”跺着脚，更加气愤地说：“去，去！滚，滚！我谁也不相信，我这一元钱谁也不给，赶快打一剂药、买一斤盐，给婆婆治病，回家好过穷日子。”“军阀”、“保皇党”、“政客”一齐动手把“村妇”推倒在地，气急败坏地同时抢“村妇”手中的一元钱，三人抢到一元钱，先高兴后惊讶，齐声说：“谁也别想花这一元钱！”“村妇”爬起来急问：“为什么？”三人一起回答说：“这不是钱，是已死的袁大总统的债券！”“村妇”气得大哭大叫：“老天爷啊！我上大当、受大骗了哇！”这一假面具活报剧有着强烈的反对复辟帝制，批判军阀、政客谋权、篡权、害国、误国的宣传作用，人民群众无不叫好，同时也遭到了反动军警的查禁。

周恩来在话剧开创的初期，就注意反映当时现实社会农村题材。以周恩来为主创人的编剧、导演、表演的五幕新剧《新村正》，描写了横行乡里、鱼肉人民的天津周家庄恶霸地主吴绅在辛亥革命后当上新村正的故事，揭露了流氓恶棍、土豪劣绅与农民的矛盾，批判了辛亥革命的不彻底性，塑造了农民革命者李壮国的正面形象，演出后产生了很大的社会反响，被称为中国早期话剧的重要成果。

当年在南开学校新剧团，周恩来是学生成员中的主心骨，《一元钱》中饰演政客的李福景则是他得力的助手，许多事只要有周恩来参加，李福景必然支持，两位少年同学结为挚友。南开学校新剧团的新剧创作和演出，吸引了“京津坤班奎德社”的掌班人杨韵谱。奎德社是以演时装新剧红极京津的戏曲团体。1915年秋季，杨韵谱花费一个多月的时间，把南开学校新剧团演出的《恩怨缘》和《仇大娘》，移植成河北梆子在北京公演，首场演出前派人到天津，邀请南开新剧团赴京观摩指导。是年10月18日，周恩来、李福景、伉乃如等20人组成天津学界观摩团抵京，当晚在广德楼戏院观摩了《因祸得福》上部，次日又观看了下部和《恩怨缘》。观摩团离京时将一面写着“移风易俗”的锦旗，送给奎德社作为鼓励。四个月后（1916年2月），周恩来、李福景等人又以南开学校新剧团的名义再次赴京，重看了奎德社演出的《恩怨缘》，并将《一元钱》剧本抄赠给奎德社。1916年4月出版的《敬业》杂志，刊登李福景所写《京师观剧记》，详尽地记述了天津南开学校新剧团与坤班奎德社友好往来的来龙去脉，还用不少文字评述了奎德社演出的优长劣短，所谈观点，颇有见地。周恩来所作点评是：“斯文斯评，两极其妙。”

新中国诞生后，李福景在国家煤炭部下属的研究所任副所长。国务院总理周恩来曾于百忙中抽暇看望这位昔年同窗，他们在一起回忆起学生时代的峥嵘岁月，从心底感叹着：苍茫大地，换了人间。

上世纪50年代末李福景患了重病，周恩来总理嘱咐医务界有关领导全力医治，李福景病逝后葬于北京八宝山公墓，也得益于周恩来总理的安排。

更值得特别一提的是刚刚成年的中学生周恩来，就对新剧创作和表演的理论进行了创造性的探索，据保存下来的史料，他在南开学校主办并向社会发行的公开报刊上的话剧文论有四篇。

著名教育家张伯岑校长首次发现周恩来的一篇戏剧专论，就高度评价：“像周恩来明确提出‘写实主义’戏剧创作原则的，纵观天津和北京、上海等文化发达的都市，尚无先例，更何况又出自一名中学生之手，不能不称之为奇才之见解。对这种有望成为我国新文化运动开拓者的栋梁之材的幼苗，作为师长理应倾心竭力培育啊！”

周恩来参加革命后首创革命军队的军旅话剧，在担任黄埔军官学校政治部主任时，组织建立了我国革命军队史上第一个军人剧团——黄埔血花剧社。在平定陈炯明叛乱的东征前夕，他导演了由陈赓等人表演的话剧《革命军》，大大鼓舞了革命军人的战斗士气。

周恩来不仅是戏剧的行家，而且他无时无刻不在关注、参与、领导中国戏剧(曲)事业的改革和发展，这些鲜为人传颂的经历也是他革命生涯的重要一部分。在抗日战争期间，他团结了广大爱国文艺工作者，建立了广泛的抗战统一战线，并亲自领导他们在八年艰苦卓绝的斗争中，写下了中国文艺工作者在抗日烽火中的爱国主义光辉历史篇章。也是由此开始，周恩来广泛地结交了文艺界的朋友。建国后，开国总理面对复杂的意识形态斗争形势，坚持戏曲改革，同时为保护中国的戏曲传统艺术不遗余力费尽心血。

改革开放 30 年来，我国文艺事业百花争艳，与建国初已不可同日而语。而周总理对我国戏剧发展的影响，在中国戏剧(曲)史上留下了不可磨灭的一笔。

二　西柏坡周恩来召见马彦祥谈“戏改”

1948 年 8 月，从事话剧工作的戏剧家马彦祥应邀从北平到石家庄去参加第一届华北人民代表大会。有一天他得到通知说，周恩来副主席要接见他。过去，马彦祥在国统区的武汉、长沙、重庆曾多次见到过周恩来，那是在 1937 年 12 月他到达武汉后的事。抗战期间，他曾在周恩来的领导下从事抗战文艺工作，从此周恩来成为马彦祥心中的偶像。这次在他觉得自己将开始新的人生的时候，要在解放区见到周恩来了，当时激动的心情真是难以言表。在平山县，周恩来住在西柏坡，这是党中央的所在地。那天，夜已经很深了，周恩来副主席在他的办公室里接见了马彦祥。当时他正在批阅文件，一见马彦祥，就起来和他亲切握手，笑着说："听说你来了，这里的生活习惯吗?"不知马彦祥是激动还是心情紧张，周恩来见他略显迟疑，便接着说："慢慢会习惯的。"说着把马彦祥让到沙发落座，十分关切地询问了在北平的马彦祥的家庭情况，然后又详细地问了有关北平和上海戏剧电影界一些同志的情况。马彦祥尽其所知一一作了汇报。随后，周恩来又问道："听说你在北平搞了一阵新平剧(京剧)，是吗?"这时马彦祥的情绪在随和的气氛中已经轻松下来，说："是的，演出过田汉新编的《琵琶行》。不过只是一次尝试，还谈不到什么经验。"并把自己对旧剧艺术必须通过革新以适应时代和广大观众的需要的见解向周恩来一一作了阐述。周恩来十分认真仔细地听了这位平剧票友的"高论"，接着周恩来就讲："这工作也很有意义嘛！过去我们比较重视话剧和电影，对于旧剧重视得不够，延安只有一个平剧院。今后我们要进城市了，这个问题就摆在我们面前来了。旧剧问题比较复杂，它是过去封建社会遗留下来的艺术遗产，广大群众喜爱它，它有深厚的群众基础，但是需要改造。旧戏的观众比话剧不知要多多少倍！我们怎么能够不重视它呢？以后你就参加这个工作吧。"马彦祥吃惊地发现周恩来对自己的旧剧改革观点早就心中有数，并把建国后"戏改"的重任交给了他。最后，周恩来又嘱咐马彦祥："这个问题，你和周扬同志一起研究研究。"

对于戏曲，从小生活在北京的马彦祥并不陌生，因为他自幼就是一个戏曲爱好者、一个热心的观众；甚至在读初中时因为看戏而抗父命中途辍学。但以它作为自己后半生的事业寄托，确是其始料不及的。马彦祥后来回忆这段历史，曾深情地说："周恩来同志的一席话竟改变了我人生进程的航向，我决定从此放弃我已从事了二十余年的话剧工作，转移到了戏曲工作方面来了。"9 月，当华北人民政府成立时，马彦祥正式参加了华北戏剧音乐工作委员会的工作，担任主任委员，杨尚昆的夫人、戏剧家李伯钊为副主任委员，委员有杨绍萱、贺绿汀、陈荒煤、周巍峙、丁里、孟波、阿甲、舒强、李焕之等 11 人。这个委员会当时的任务是以改革旧剧为重点，从平剧开始，对旧剧开始审查、修改、编写的工作，有计划、有步骤地进行旧剧改革。想不到解放战争形势发展迅猛，委员会成立不到三个月，工作还未深入展开，1949 年 1 月，北京就解放了。随着军管会进城，马彦祥开始踏上新的戏曲工作岗位。

马彦祥的"改行"，以公而论，是服从组织安排，以私而论，是周恩来的人格魅力和他对周公的无限崇敬。周恩来不仅是革命家、外交家，还是精通文学和戏剧艺术的领袖人物呀！让马彦祥心服口服，从此全身心地投入到新中国的戏曲改革事业之中。一直到 1988 年马彦祥临终前，他还念念不忘自己没有完成总理的遗愿和嘱托。

三 "占着茅坑不拉屎也好嘛！"

1938 年 3 月 27 日，马彦祥在中华全国文艺界抗敌协会成立大会上认识了周恩来，随即在 4 月 1 日参加了由周恩来、郭沫若领导的国民政府军事委员会政治部第三厅的中国文艺界抗日救亡工作。

据中央文献出版社出版的《周恩来传》载：

“四月一日，第三厅在武昌的昙华林成立。它的组织设三个处：第五处，掌管动员工作，由胡愈之任处长；第六处，掌管艺术宣传，由田汉任处长；第七处，掌管对敌宣传，由范寿康任处长；阳翰笙担任三厅的主任秘书。科长和科员中还有：张志让、洪深、杜国庠、冯乃超、史东山、应云卫、马彦祥、冼星海、张曙等。”

由此，马彦祥在抗战期间有了较多的和周恩来接触的机会，并多次遵照他的指示进行工作。

1943年，原中国青年剧社社长张骏祥辞职，CC派的阎折悟就惦记继任这个职务。当时中共负责统战工作的夏衍得知此事，便立即请示了周恩来，周恩来考虑了一下之后对夏衍说：“你去请马彦祥来接替张骏祥。”接着周又分析了形势，说：“‘三青团’的负责人是张文白（治中），他是不会把剧团交给CC派的，马彦祥政治色彩不浓，只要他肯出来，张文白是会同意的。”夏衍面带难色说：“‘三青团’的名声不好，进步文化人是不愿意沾手的，张骏祥不干，可能也是这个缘故。”周恩来果断地说：“你去劝他出来勉为其难，他假如不肯，你可以说，这是我的意见。”

不久，张治中便邀请马彦祥出任中国三青团中央青年剧社社长，当时马彦祥并不知道这是周恩来和夏衍布下的局，便以身体尚未康复（患肺结核）及“剧专”聘约未满为由婉辞不授。不久，张治中又派人到江安邀请，马彦祥便和同在“剧专”任教的洪深商量，决定去重庆找夏衍商量对策。夏衍见马彦祥找上门来，而且果不出他所料，说破了嘴，马彦祥仍是再三推辞不干，他认为三青团是反动组织，岂可与其为伍。夏衍一向对人谦恭，有谦谦君子之风，见状并不着急，瘦削的脸上露出一丝微笑，用上海腔说："这是周恩来同志的意见哟！他认为这个阵地很重要，你去比别人好。"见马彦祥不吭声了，又慢条斯理地说："我们会支持你的，如若别人有误解，我会替你解释的。你去了以后，即使无法开展工作，占着茅坑不拉屎也好嘛！"这样马彦祥才勉为其难，走马上任，并圆满地完成了周恩来的嘱托和党交付的任务。

周恩来意外地发现了马彦祥在戏曲方面的功力是在一次张治中举办的京剧晚会上。演出是在三青团中央楼上一间不大的礼堂。开演前忽然军乐大作，军乐队奏着雄壮的乐曲，观众全体起立，鼓掌，纷纷说"书记长来了"。书记长是张治中，他穿上将礼服，披着斗篷，陪着特别请来看马彦祥票戏的国民政府军事委员会政治部副部长兼第八路军驻渝办事处主任周恩来进场，并举手向大家致意。张治中很讲究服饰，礼仪气派。他讲话，满口的安徽腔。大家入座后，开始演出。戏演到一半，忽然来了许多便衣，张治中、周恩来一起去门旁迎接，原来是蒋委员长也来凑热闹了。他可是静悄悄的，没有奏乐，也没有全场起立鼓掌，直接坐进早准备好的一排座位，他是专来看故宫博物院长马衡之子马彦祥的压轴戏《武家坡》的，马彦祥的薛平贵，著名影剧明星吴茵的王宝钏。据当时现场的小观众温乐许后来回忆评说，他们都非京剧演员，但演得比专业的京剧演员毫不逊色。想不到马彦祥这次票戏竟为日后改行参加戏改工作埋下伏笔。

四　毛泽东说："戏改委的干部应当是懂业务的。"

1949 年 10 月 2 日，亦即新中国诞生的第二天，在周恩来的亲自指导下，中华全国戏曲改革委员会在中央文化部组建挂牌之前宣告正式成立并开展工作。

1949年10月初，在首都的欢庆活动中，有一台晚会是别开生面、具有历史意义的京剧演出。这场京剧晚会是根据毛泽东的提议安排的，他特别指出，戏改委的干部应当是懂业务的，尤其是领导干部。因此这台京剧晚会就由戏改委的干部登台亮相，请著名京剧演员来做观众，当考官，让“戏官”们接受戏曲演员的考核。

晚会由田汉、梅兰芳主持，演员全部出自戏曲改进局系统，演出就在戏改委二楼大会议室，没有舞台，没有幕幔，道具都是办公用的桌椅，一切因陋就简。那天周总理、贺龙等中央领导和王瑶卿、王凤卿、尚和玉、马德成、梅兰芳、程砚秋、周信芳等著名演员早早到场，周总理和大家一一握手后风趣地说：“今天请大家来不仅仅是看戏，还要评审我们戏改委的干部能不能胜任今后的戏改工作，各位专家一定要严格把关哟。”开场戏是马彦祥饰薛平贵和何海生夫人孙剑秋饰王宝钏的《武家坡》，马彦祥一口“一马离了西凉界”，就得了个碰头好，周恩来边鼓掌边向坐在身边的贺老总介绍说：“他可是在天津票房拜过孟小茹的。”后面演出的剧目是艺术处副处长阿甲饰萧恩、行政科长何海生饰教师爷和江新蓉饰萧桂英的《打渔杀家》，戏曲实验学校教师李紫贵主演的《石秀探庄》，剧作家景孤血饰店主东的《连升店》，大轴戏是由戏曲教育家史若虚饰周瑜、李紫贵饰孔明、曹慕髡饰蒋干、孙继文饰黄盖、新曲艺杂技实验小组组长刘乃崇饰太史慈、王子扬饰曹操、马少波饰鲁肃的《群英会》。每当台上演员有上佳表演的时候，台下的考官们都报以掌声鼓励。真可谓群贤毕至，盛况感人。

五　枪毙话剧《潘金莲》

周恩来总理在建国后，始终关注戏曲事业的发展，多次在紫光阁召集戏曲界人士座谈戏曲改革问题，在自己家中召开继承程（砚秋）派艺术研讨会和邀请戏曲演员座谈，并多次亲临各剧种创作会议指导工作。据我考察，这位开国总理在“文革”前17年中所观摩的戏剧剧目之多，和戏剧界交往之深，绝不亚于一位文化部的专业干部。像周恩来这样，把民族的人文精神完美地体现在一位国家领导人身上的现象，在世界史上是独一无二的。

大概是1960年左右的一个晚上，我到首都剧场观看北京人民艺术剧院演出的话剧，剧目是田汉的《名优之死》和欧阳予倩的《潘金莲》。当《名优之死》落幕后，我看到周恩来总理匆匆入场，他是专门于百忙中来看《潘金莲》的。《潘金莲》这出戏是欧阳予倩先生早年的作品，他的创作初衷是为《水浒传》中的潘金莲的不幸婚姻鸣不平，他是把潘金莲作为反抗封建压迫的正面人物来歌颂的，与《水浒传》中的潘金莲的人物形象大相径庭，可以说这是一出为潘金莲翻案的戏。当时我心里纳闷，总理为什么只看半场戏？其中必有原由。

后来还是在一次和马彦祥先生聊天提起此事，他老人家为我解开了这个谜：其实总理在前一天晚上已经看了一遍《潘金莲》了，发现了问题，为慎重起见，第二天又去看了第二遍，演出结束后，当晚就地召开了座谈会。他对欧阳予倩先生把潘金莲塑造成反抗压迫、反抗封建婚姻的正面人物不以为然，总理尖锐地指出：“潘金莲是受压迫者，而她不能为了解放自己，而去杀害同样受压迫的穷苦人武大郎。这样的处理是不合适的。”欧阳予倩先生诚恳地接受了周总理的意见，话剧《潘金莲》这出戏从此退出话剧舞台。

六 盖叫天拍电影《武松》趣话

1950年11月，盖叫天在文化部在北京召开的全国戏曲工作会议上第一次见到周恩来总理，有点拘谨。周总理热情地握着他的手说："我在30年代，就是你忠实的观众。虽然只是神交，但是我自信对你是了解的。我们应该成为好朋友，希望你今后能了解我们。"盖老望着总理，张着嘴，却不说话。事后，周总理对当时主持戏改和剧协工作的田汉和马彦祥说："盖老秉性耿直，拙于辞令。他过去不愿和官场打交道，怕见那些官僚豪绅，所以他在旧社会没有一个靠山。今天对人民政府的干部，虽然没有隔膜，但是那种清高的态度，要慢慢改变过来。只要我们对他坦诚相见，他会真正理解我们的。"同时，周总理对当时主持上海文化工作的夏衍同志说："上海的戏曲界，你首先要同梅兰芳、周信芳、盖叫天和袁雪芬等一些代表人物成为好朋友，多关心他们。有事情不是把他们找到办公室里来，而是去登门拜访。"

1961年清明节的下午，陪同外宾到杭州参观的周恩来和陈毅到燕南寄庐看望盖叫天，这已不是他第一次登门拜访了。周恩来告诉盖叫天："盖老，陈老总敬重你的为人，热爱你的艺术，今天要送你一幅字。"陈毅展开他写的一副对联，用他那四川腔高声诵读道："燕北真好汉，江南活武松。"盖叫天做梦也想不到，自己一个唱了大半辈子戏的艺人，竟受到党和国家领导人如此器重，这位刚强铁汉含泪双手接过陈老总题的对子连声道谢。周恩来对盖叫天说："我有一个想法，把盖老的全本武松戏用彩色电影拍下来，供后人观摩借鉴，你说好吗？”全本《武松》从“打虎”起，到“鸳鸯楼”止，唱念做打，功夫繁重，对已73岁高龄且腿有伤残的盖叫天来说不能不说是一个考验。他略思片刻，说：“总理，我心里的事您想到了，我愿意试试看。”周总理见盖叫天欣然接受了拍电影的任务，又说：“具体怎么拍，由文化部牵头，与北影协商，由导演搞出拍摄方案。”就这样，周总理决定拍摄舞台艺术片《武松》。

1962年春，文化部通知盖叫天到京拍摄京剧舞台艺术片《武松》。6月，盖叫天偕夫人薛义杰和孙女张明珠到京。文化部对此事十分重视，齐燕铭委派马彦祥负责接待工作。文化部为拍片召开了茶话会，齐燕铭、夏衍、田汉和马彦祥等领导出席了茶话会。会上，田汉指着一位身材魁梧、浓眉大眼的人向盖叫天介绍：“这位是北影厂的导演崔嵬，这次拍的《武松》由他来执导。”于是，心直口快的影坛老将和刚硬直爽的剧坛名家盖叫天紧紧地握手了，崔嵬开言道：“盖老，在周总理的指示下，我们有机会合作。我有几点想法，想听听您的意见，看怎么拍好。”说着就把拍摄计划交给了盖叫天；盖叫天接过来后看了一眼，又把计划还给了崔嵬：“我唱了半辈子戏，不懂电影，你是行家，我上听总理的，中听你的，下听全体工作人员的。”茶话会散时，崔嵬还是把计划交给了盖叫天：“带回去看看，有什么问题咱再商量。”由于盖老识字不多，对电影艺术知之甚少，对拍片计划没提出什么意见，《武松》很快就启镜拍摄了。

电影拍摄程序与舞台上演唱京剧截然不同。“活武松”盖叫天在舞台上面对观众表演虽然得心应手，出神入化；但是站在摄影机前，面对指手画脚的导演和工作人员却总感到别扭，一会儿拍这个镜头，一会儿拍那个镜头，尤其是拍特写镜头，水银灯的强光打到脸上，让他感到眼神都散了，情绪无法连贯，入不了戏。加上崔嵬和盖叫天性格都是刚直型的，一位是曾用名“疯子”的山东汉子，一位是燕北好汉，合作没几天，两人就争执起来了。盖叫天直白地问崔嵬：“这样东拍一下，西拍一下，精、气、神全散了，真没劲。”崔嵬则试图从电影艺术的角度说服盖叫天：“盖老，现在要拍的是你眼神的特写镜头，眼神拍好了，您的精、气、神全有了。”“你说有了，我感觉全没了。”“盖老，再坚持几分钟，拍完眼神就行了。”“这样拍我没情绪，做不到你要的眼神。”“盖老，拍电影要从银幕的角度来考虑。”“我拍的是舞台艺术片！”“舞台艺术片也是电影，不能受舞台的局限！”两人谁也听不进对方的意见，谁也不服对方，开始拍摄没几天，就由争论很快发展到争执。

盖叫天的性格是宁折不弯的，对于电影分镜头拍摄十分不满，这天，他对导演崔嵬直言不讳地说：“这样拍下去，拍出来怎么会像武松！”崔嵬简单地予以回答：“这是电影的需要。”“你要我的戏服从你的电影？”“我拍了多年电影了，请你相信我！”盖叫天生气了：“我不拍了！”崔嵬也忍不住了：“给你拍电影，我也真干不了。”就这样，盖叫天真的卸装走了。马彦祥听说《武松》因主演和导演闹矛盾而停机，便做双方思想工作，崔、盖两人又重新修好，《武松》又重拍了。但时间不长，终因两人对电影艺术与舞台艺术认识上的差异，以及两人性格上的刚强对刚强，两人的合作最终是失败了。

夏衍将《武松》在北影厂没有拍摄成功的情况向周恩来作了汇报，周很遗憾，亲自召来夏衍、阳翰笙等人商讨拍摄盖派《武松》事宜，决定由“上影”拍摄。

1962 年 12 月，马彦祥在扬州观摩扬剧《夺印》期间，忽接夏衍长途电话，他委托马去上海请“上影”为盖叫天拍摄《武松》。马彦祥考虑到前次“北影”拍摄失败的教训，由于对盖叫天有深刻的了解，他决定请出曾在舞台与自己合作30年的同道好友应云卫，为盖叫天再拍《武松》。1963年清明节后，已经75岁的盖叫天去了上海天马电影制片厂拍《武松》片，也正因为这次合作拍摄电影《武松》的班底，与盖叫天都是舞台上多年的艺友，便于相互理解沟通，所以京剧舞台艺术片《武松》便很快拍摄成功，为后人留下了这位老艺术家宝贵的戏曲舞台艺术资料。

七　严凤英心目中的周恩来

1955年著名黄梅戏表演艺术家严凤英与王少舫合作的戏曲影片《天仙配》公演后，一曲“夫妻双双把家还”的优美动听唱段，瞬间流传大江南北，成为脍炙人口，传唱几代人经久不衰的经典流行曲。严凤英无可争议地创造了亿万听众最喜爱的中国戏曲名段之最。虽然她只活了38岁，但她对黄梅戏的发展做出了卓越的贡献，影响极为深远，是她把黄梅戏从一个默默无闻的地方小剧种带向全国带出国门，成为全球华人喜爱的剧种。

1963年4月，红遍大江南北的黄梅戏著名演员严凤英又到了北京，住在民族饭店。19日下午，她在怀仁堂聆听了周总理作的《要做一个革命文艺工作者》的报告。周总理的讲话给她留下深刻难忘的印象。在报告中，针对排演现代戏出现的问题，周总理提出戏曲乐队不要越搞越大，不要呆在乐池里，形成一堵“音墙”，妨碍观众听唱。总理说，我们中国戏曲应该有我们自己的民族的风格气派。他举了很多外国舞台艺术的例子说，交响乐，主要听它演奏；西洋歌剧，主要听它演唱；芭蕾舞，主要看它舞蹈……而我们中国戏曲是歌、舞、剧高度结合，主要看演员的表演和唱，应该叫观众听清戏。日本歌舞伎，乐队坐在舞台正中的后方，这是他们民族风格。我们民族戏曲应该是什么风格？大家要研究研究嘛！不要盲目地把外国东西生搬硬套地搬过来，要有自己的特色。他说，有一次北京一个剧团叫我去看戏，一个庞大的乐队排在我面前，筑成一道“音墙”，我实在听不清演员在台上唱什么，没有办法，就走了。我一走，他们倒重视了，立刻问我有什么意见。我说，又叫我来看戏，又不让我听清，我只好走喽！他们说一定改，要我一定去看他们的戏。我说，几时你们改得能叫我听清了，我几时就去看——我还真批评了几句哩！你们呐，天天叫“听党的话！听党的话！”为什么我的话一句都不听呢？我也是党的副主席啊！我为这个问题斗争三年了，你们呐，就是不听！是不是我年纪大了？顽固？保守？

总理的话，大家听了非常感动。严凤英听了心里更是难过，想到总理这么高龄，对文艺界这么关心，苦口婆心，循循善诱，还有什么想不通的！于是在小组会上发言，坚决响应周总理的号召，多演现代戏。她说，黄梅戏本来在农村，最适合演劳动人民！

关于戏曲乐队问题，严凤英认为总理真是把话说到点子上了。在小组会发言时，她回顾了一件往事，验证了总理的话。她说：“我们省有个黄梅戏剧团巡回到山东一个县城演出，那剧场没有乐池，他们就用红布把观众席四座第一排围起来，隔成一个临时的‘乐池’。乐队就坐在观众的最前面演奏。这一下可苦了买甲座第二排的观众，三弦、二胡竖起来就妨碍观众看，锣鼓管弦一响就妨碍观众听，搞得观众火冒三丈。坐在打鼓佬后面的一位山东老乡实在忍无可忍，拿起烟袋，用铜烟袋锅在打鼓佬后脑勺上敲了两下。打鼓佬被敲得莫名其妙，问他干什么？这位观众打着山东腔说道，‘听你的？’指台上，‘是听他的？’”

总理看了严凤英的发言记录，把严凤英请到家里，要她把情况再详细讲一讲。总理听后哈哈大笑，风趣地说：“本来一个小小的戏曲乐队问题，讲讲道理就很容易解决的，没想到非要动动‘暴力’不可！”

严凤英告诉总理，自己准备排他推荐的《红色宣传员》。总理说，很好，问她能不能演好朝鲜姑娘。严凤英说，行，学习就行。严凤英告诉总理，自己以前演过朝鲜的古典名著《春香传》，还演过反映抗美援朝、中朝人民血肉相连并肩作战的《金黛莱》。这次来北京不定期请教了马彦祥，他才从朝鲜访问回来（参加朝鲜唱剧《红楼梦》演出开幕式并参观访问），也请教了北京人民艺术剧院的欧阳山尊，看了他们演出的《红色宣传员》。总理笑了，讲：“很好！朝鲜人民是英雄的人民，有很多值得我们学习的东西。这个红色宣传员不错，李善子很会做思想工作。假如我们农村，一个生产队有这样一位红色宣传员，我们的事业就好办多了！”

严凤英接着告诉总理，这个戏正在改本子，准备今年一定和观众见面。眼下要拍部电影《牛郎织女》，解释说：“这是陈（毅）老总交的任务。我们准备先拍好电影，接着就排《红色宣传员》。”总理示意拍片子的事他知道，他说：“这个任务也很重要，通过艺术加强和各国人民之间的友谊和友好往来。你们黄梅戏在国外受到欢迎，要更主动担起这副重担。”总理甚至估计到严凤英还会遇到新的困难，关心到她需要新的引导和帮助，就对她说：“有什么困难，有什么问题，你直接写信给我。”细心的总理甚至还具体考虑到，怕自己工作忙，来信多，文件多，不能及时看到，叫严凤英把信寄给他的秘书，并且给她写了秘书的姓名。

在一次晚会上，总理要严凤英唱一段。严凤英有些为难地告诉总理，这次是一个人来北京开会，我们剧团乐队没来，唱起来怕不好听。

总理说：“这次不要你唱别的，要你唱段‘洪湖水浪打浪’，会不会？”严凤英一听，高兴地答道：“会！”没想到总理走到乐队面前，亲自指挥起来；更没想到总理竟边指挥边放声高歌起来！总理一唱，全场都跟着放声歌唱，好个激动人心的场面！严凤英激动得当天一夜没睡好觉，和同房间的同志畅谈了一个通宵，以后也时常回忆这件事，经常和人念叨，这不是一个简单的指挥唱歌的问题，这是敬爱的周总理“身先士卒”，亲自率领知识分子、文艺工作者“脱毛”，向新的领域奋飞啊！

正当严凤英的艺术生涯如日中天之时，一场突如其来的浩劫竟将这位年轻的艺术家置于死地。“文革”中，她被指为文艺黑线人物、宣传封资修的美女蛇，被驻黄梅剧院军代表刘万泉诬蔑为国民党潜伏特务，屡遭批斗。1968 年 4 月 8 日凌晨，严凤英服下安眠药。一个刚刚翻身的旧艺人，一位新中国的年轻艺术家，就这样永远地离开了这个世界，她才 38 岁呀。

著名电影艺术家张瑞芳曾在《公祭勿忘告乃翁》一文中深情地回忆道：

“1963 年，周总理要严凤英多演革命现代戏。凤英非常热爱周总理，非常听周总理的话。回来以后就积极上演现代戏。1963 年到1964年的一年中，她的任务特别紧张，既要到广交会上为国外的朋友演出，又要完成拍电影的任务。但她从来没有放松执行周总理的指示，在不到十个月的时间里，接连排练演出了《丰收之后》《红色宣传员》《战斗在险峰》《党的儿女》和《江姐》等一批大型的革命现代戏。这个生产效率真惊人啊！她还排了一些小节目，一并送到农村去演出，深受广大群众的欢迎。

"敬爱的周总理关怀严凤英同志的事情很多，特别使我感动的是，在1973年4月14日，周总理在人民大会堂接见以廖承志同志为团长的'中日友协访日代表团'全体成员。当周总理看到好多熟悉的演员都在，唯独看不到严凤英同志时，总理很心酸地问到严凤英，总理叫着×××的名字说：'你是安徽人，你们安徽有个人死了，你知道吗？'她说：'……不知道……'总理说：'你不知道？'

"我说：'是不是严凤英？'总理说：'你看，她知道！要关心人！……'总理还强调说：'要有人关心呐！'我当时听到敬爱的周总理的话真是激动万分，周总理对逼死凤英同志的人，虽然没有指出他们的名字，但，总理当时的语气和声调，是表示很大愤慨的！"

八　周恩来与越剧大师袁雪芬

袁雪芬在1981年写给马彦祥的一封信中写道："你对《凄凉辽宫月》演出的鼓励，也增强了我们搞好男女合演的信心。这个戏我和范瑞娟等在解放前演出过，那是在演出《祥林嫂》之后。1946年，周总理从南京来到上海，在百忙之中还想到我们这些被反动势力欺负、歧视的女孩子，特地来看我们剧团的演出，那晚演的正巧就是《凄凉辽宫月》。看戏以后，周总理还对上海文化界党组织作了重要指示，要地下党多多关心帮助我们。因此关系，常使人们想起《凄凉辽宫月》这个戏。”

周恩来初次接触越剧是在1946年9月。这年5月，以袁雪芬为首的雪声剧团在上海演出根据鲁迅同名小说《祝福》改编的越剧《祥林嫂》，受到了文艺界和广大观众的一致好评，而袁雪芬却因此遭到了国民党当局的迫害。8月27日，袁雪芬在大庭广众之下被一伙流氓抛粪，继而又收到了带有子弹的恐吓信。9月14日，作为中共代表团团长参加国共和谈的周恩来来到了上海，当他得知袁雪芬因演出《祥林嫂》受到迫害的情况后，十分关心，便决定亲自去看看雪声剧团的演出。15日晚，周恩来不顾国民党特务的盯梢，从爱文义路(今北京西路)下车后徒步走过狭窄的碎石子小弄堂，绕过日本人留下的碉堡和铁丝网，来到了青岛路上的明星大戏院，不动声色地坐在后排观看演出。这天演的是历史悲剧《凄凉辽宫月》，剧场中热烈的气氛，无数潸然泪下的观众，都给周恩来留下了深刻的印象。

看戏回来，周恩来把上海文委的秘密党组织负责人于伶找了过来，谈起了雪声剧团。周恩来一再强调越剧演员大多都是穷苦出身，没有生路才学唱戏的，要动员党员从戏剧艺术入手，主动接近她们、尊重她们、帮助她们，耐心地引导她们逐步走上光明的革命道路。“她们有观众，这就是力量!”周恩来还叮嘱于伶，“不能性急，要全盘考虑，抓住重点。这件事，我们党不关心，就会被敌人利用。”接着，周恩来又特别强调了要关心袁雪芬，并对她的大无畏精神深表敬佩，对她的境况则深表忧虑。

在周恩来的指示下，上海秘密党组织加强了对袁雪芬和其他越剧界人士的工作，陆续派出了吴琛、钱英郁等人到“丹桂”、“玉兰”剧团担任编导，后来又派刘厚生到雪声剧团担任导演并主持剧务部。于伶对袁雪芬也很关心，遇到重大问题常给她出主意，田汉则亲自给雪声剧团写了借古喻今、抨击四大家族的剧本《珊瑚引》。渐渐地，上海几个主要越剧团都表现出较为鲜明的政治倾向。上海解放前夕，许多剧种和剧团处境艰难，越剧团却生气勃勃，深受观众欢迎。人民解放军进入上海当天，五大越剧团立即组成宣传队宣传演出，欢迎解放军。

一天，袁雪芬正在剧场后台忙碌着，中共上海市委统战部的一位领导和中国剧协上海分会副主席于伶来到了后台。袁雪芬与于伶是老相识了，彼此间说话也很随便。一看到于伶，袁雪芬便问："于先生，您今天怎么来了？""找侬有事体哩！"于伶操着一口上海话回答道，接着又把统战部的那位领导介绍给了袁雪芬。袁雪芬是个急性子，她大惑不解地问："你们是不是要请我跟你们去演戏？"

统战部的领导认真地解释道："新中国即将成立了，经周恩来同志提名和组织研究，邀请你作为代表去北平参加第一届全国人民政治协商会议，这可是件很光荣的事情啊！"

周恩来！袁雪芬的眼睛顿时一亮，这个名字早就熟悉了，但自己从未和他见过面。作为从旧社会过来的艺人，袁雪芬历经坎坷，遇到过不少挫折，可在政治方面还从未多想过，她有些不解地问那位领导："让我参加政治协商？这个我一点也不懂，对这也不感兴趣，我只会演戏，这活动我不想参加。"

袁雪芬一口回绝了，弄得统战部的领导有点不知所措，便看了看于伶。还是于伶有经验，他不紧不慢地用道地的上海话问袁雪芬："雪芬同志，侬去过北平吗？"袁雪芬摇了摇头。"阿拉早就晓得侬没有去过，北平交关有意思啦！”接着，于伶便绘声绘色地讲起了北平的名胜古迹。袁雪芬越听越有神，眨着一双大眼睛问：“北平真有这么热闹啊？”“阿拉哪能骗侬呀！”于伶摆出一副认真的模样，“要不是侬没去过北平，阿拉和这位领导还不来找侬呢！”？诚恳和乡音拉近了彼此距离，袁雪芬被说乐了，但转念一想，她又摇起了头：“在上海我要演戏，我有舞台和观众，到了北平不是就不行了吗？”这下轮到于伶乐了，他一拍大腿：“哎！雪芬，侬真是死脑筋，到了北平照样演戏！这次梅兰芳、程砚秋他们都参加，并且还要演拿手好戏，阿拉看侬过去也演过许多进步戏，这回侬也去赶考，考个状元回来！这还是一次极好的学习和交流机会哩！”醉心于越剧艺术的袁雪芬终于心动了，当即表示同意去。

1949年9月21日，中国人民政治协商会议第一届会议召开，27岁的袁雪芬和京剧大师梅兰芳、周信芳、程砚秋作为戏曲界的特邀代表出席了会议。几天后，政协筹备会常务委员会副主席周恩来要接见文艺界代表的消息传到了袁雪芬住地，她和其他许多与会代表一样都很激动。“周恩来一定是个威严高大的人……”袁雪芬默默地想着。

那天，周恩来和筹备会代理秘书长林伯渠等领导人准时来到了代表们中间。周恩来身着一件孔雀蓝色的中山装，两道浓眉下一双大眼睛炯炯有神，他微笑着和40余名代表一一握手叙谈。“原来周副主席好漂亮、好英俊、好气派哟！”周恩来给袁雪芬留下了极为深刻的印象。她更对周恩来非凡的记忆力赞叹不已，那么多代表，他都能一一说出他们的名字，记得和他（她）们第一次在什么地方见过面、谈过什么话。眼见周恩来和大多数代表都很熟，袁雪芬心中不由地生出一丝遗憾：自己是第一次见到周恩来。

不料，细心的周恩来似乎看透了袁雪芬的心思，信步走到她跟前，热情地伸出手说："你就是袁雪芬，我早就认识你了！"握着周恩来温暖的手，袁雪芬心中直犯嘀咕：奇怪了，他是什么时候认识我的呢？见袁雪芬没有反应过来，周恩来便提醒道："我在 1946 年离开上海前看过你的戏。"袁雪芬依旧疑惑，她还是不理解周恩来是如何认识自己的。

周恩来见袁雪芬满脸窘迫，便微笑着把那天看戏的时间和地点，看戏座位是多少排，以及袁雪芬演的是什么角色，一五一十地说给袁雪芬听。袁雪芬这才恍然大悟，笑了起来："对了，我想起来了，第二天报纸上还登消息说中共代表看越剧演出了。"袁雪芬开心极了，没想到三言两语就缩短了自己和周恩来之间的距离。她想表达些什么，却不知该从何说起，只是从心里感觉，此次北上能见到周恩来这位了不起的大人物，简直是太幸运了！

一天下午，袁雪芬意外地收到了周恩来和邓颖超请她去家里做客的邀请。当天晚上，袁雪芬兴奋得一夜没睡好。第二天上午，周恩来和邓颖超在家里热情地接待了袁雪芬，邓颖超就像是见到小妹妹一样地问长问短。过一会儿，周恩来突然笑着说："雪芬，我给你听张唱片。"

不一会儿，留声机里传出了袁雪芬在《凄凉辽宫月》中清脆悦耳的越剧唱段。"周副主席，这不是我的唱片吗？您是从哪里弄来的呀？"袁雪芬急切地问道。"哎，不是你送给我的吗？"袁雪芬一听就知道总理又在考自己了，好在这一次她没有被难倒，她想了一会儿便认真地说："对了，这唱片一定是于伶先生转送给您的！"原来，

1948年于伶即将离开上海时，曾找到袁雪芬要一张她灌制的唱片。由于她和于伶很熟，自己每每遇到困难和麻烦，于伶总是主动给予帮助，于是，袁雪芬便爽快地送给了于伶一张。

没想到，事隔一年后，自己居然会在周恩来的家里见到这张唱片，袁雪芬的心情自然格外高兴。她突然明白了自己从前在上海每每遇到挫折时，之所以会有许多人前来关心和帮助自己，那是因为周恩来很早之前就关心她了。周恩来接着说道："这唱片到我手很不容易，于伶同志是把它带出上海后又从日本、香港转道，转了一大圈才到了我手里的。"

这时候，袁雪芬再也抑制不住内心的激动了，眼眶里闪着泪花说道："周副主席，谢谢您对我的关心和厚爱。以后我一定争取录更好的唱片送给您。"周恩来听了，也高兴地说道："好啊，那我就等着这一天喽！"

此后，袁雪芬每次到北京，都要去拜望周恩来和邓颖超。有一次，袁雪芬去周恩来家，周恩来问她为什么越剧都是女演员。袁雪芬说，那是由于过去农村贫困，女孩子没有出路，只有去学戏。周恩来听后感慨地说道："京剧男演女，越剧女演男，这都是旧社会造成的，在新社会要逐渐结束了。"接着，他又问起了越剧与绍兴大班有什么不同。袁雪芬先唱了一段绍兴大班，刚唱罢，周恩来就兴致勃勃地说："绍兴大班我也会哼哼，唱一句给你听，叫绍兴高调。"说罢，周恩来便唱了一句，引得袁雪芬咯咯直笑。

文化大革命中，袁雪芬和许多著名艺术家一样，受到了诬陷、迫害。她遭受了上百次的批斗、毒打，长期被隔离审查。然而，袁雪芬挺过来了，而且她的思想更坚定、更成熟了。支撑着袁雪芬的一个重要支柱就是她对周恩来的崇敬和爱戴，她相信只要有周恩来在，自己的问题是会搞清楚的。周恩来同样也没有忘记这位杰出的越剧艺术家，1971 年他陪同美国总统尼克松到上海时，就专门问起了袁雪芬的情况。正是在周恩来的过问下，袁雪芬才得到了形式上的“解放”，避免了更大的厄运。

敬爱的周总理和邓妈妈虽已远去，但他们的故居西华厅却见证了总理生前和文艺界的交往，以及他多次召集戏曲界人士到家里座谈戏曲改革大计的情景，当时许多戏曲著名艺术家都曾是总理家的座上宾。周总理和毛泽东主席从不同视角喜爱并关注戏剧（曲）的改革与发展，并为后人留下那么多与艺人交往的趣闻轶事，这在世界各国元首和政府首脑中，恐怕也是绝无仅有的吧。

小平伯伯教我学游泳

小平伯伯一生酷爱大海。大海给了他无穷的力量和勇气，大海给了他冲击和磨砺，使他成为在20世纪革命洪流中坚韧不拔、不屈不挠为共产主义事业奋斗终生的一代伟人和最杰出的社会主义改革家。

小平伯伯的骨灰，伴随着花瓣回归他终生热爱的大海中去，蔚蓝无垠的大海迎纳了她的赤子，也唤起了我积存在脑海中40年鲜为人知的小平伯伯和我共同在大海中的情景。

那是在50年代中期的一个暑期，我还是个刚刚系上红领巾的孩子，随全家去了北戴河。到那午休后，父亲就对我说："去看看邓政委吧。"（那时的邓伯伯已被选为政治局常委和中央书记处的总书记，但父亲仍习惯称他为邓政委。）

车子很快驶进了一幢旧式二层楼的别墅中，院子挺宽大，高大的乔木上知了畅快地鸣叫着，树下面种满了花和草，显得葱郁幽美，当然空气总是那么湿润，远远地仍能看见蔚蓝色的大海，只觉得浪涛声时隐时现。那时邓伯伯才50岁出头，身体特别好，著名的邓式平头乌黑乌黑泛着光泽，脸晒得黑里透红，穿着短袖白布衫，下着灰色凡尔丁裤子，足蹬皮拖鞋，他在一个长长的、铺着白布的桌子前看报。旁边还有卓琳校长和系着红领巾的邓朴方和大姐邓林等。父亲进去后，他们起立握手，我忙向校长致少先队队礼：“卓校长好！”她直叫我的名字：“万伯翱，不调皮了吧？是少先队员了，该变成好孩子了！”（我曾在卓琳同志当校长的西南军政人民小学读过书，那时我的调皮是挂了号的。）

父亲和邓伯伯谈论公事，我和朴方就到院子里去抓知了。也不知过了多长时间，我们正玩得高兴，大人们喊：要走了。父亲走到院子里，看我们玩得正高兴，卓校长就说：“万里同志先走吧，回头我们带孩子下海玩玩，再送他回去就是了。”

大概是四点多钟，我们跟着邓伯伯、卓琳阿姨下海了。踩着越来越多和越来越细小的沙砾，海涛的轰鸣声越来越大，海风吹得也越来越猛了。脚能踩到水了，晒了一天的海水，并不太凉，冲过来的海浪似乎要把我吞掉，我抹去脸上苦涩的海水，还未定神又一排浪追过来，我不由后退了一下。此时，会水的都投向了大海，邓伯伯转头见我仍站在那里，便问我：“做啥子不下去，会游吗？”我忙摇摇头，又支吾着说：“我没有带游泳裤。”邓伯伯笑道：“还是个小娃儿嘛，不穿游泳裤一样游哟，快下来嘛！”我似接到命令，慌忙褪去衣裤就走进了大海。海水没过我膝盖时，浪接着又打过来，我不禁打了个寒噤。邓伯伯拉着我的手，走向海里：“不要怕！水越多越暖和。”但我还是怕这深水和大浪，邓伯伯鼓励我：“四肢划动起来才暖和呢！要先学会换气。”邓伯伯边说边给我们做示范，他深呼吸一下，双臂劈开涌过来的又一排浪涛，从容不迫地、胜似闲庭信步地游起来。他看到游来游去的朴方，忙说：“胖子（朴方小名），来教一下你的同学嘛，不要光是自己耍。”朴方很快过来，虎头虎脑的朴方看着我不敢动的样子，带来个救生圈（汽车内胎），说：“我们开始先学狗刨式吧！

这姿势不好看，但很容易学会。”邓伯伯看着我认真学起来，便很快游向大海的深处，那急风猛浪，他全然不顾，而且速度越来越快，像一艘稳稳驶向前的航船。警卫人员也都奋臂直追，紧紧护卫着这位可敬又可畏的三军元戎。

我也有了勇气，竟然有了水中的灵性，毅然决然扔开救生圈，按着邓伯伯的指导，竟然浮动了起来，霎时我心里乐开了花，憋足了气，挥动着双臂也能在风浪中游动向前了。

40 多年的时光弹指间过去了。回忆起大海中的邓伯伯，他多么像高尔基在诗句中吟唱的海燕：“这是勇敢的海燕，在怒吼的大海上，在闪电中间，高傲地飞翔。”

尊敬的邓伯伯安息吧，您和大海一样永存。我们都已学会了游泳，正在您开辟的航道上乘风破浪、奋勇前进！

贺元帅钓大鲢赠周总理

贺帅喜爱的幺女幼明去年就告诉我：今年(1996年——编注)3月22日是她父亲贺龙百年华诞，当时我就想写点什么表表心意，我有幸又是国家体委纪念贺龙同志100周年筹委会委员，说来也巧，我小时候曾多次到过贺龙元帅家，亲耳聆听过他的教导。

如今，贺帅已去，我每组织钓鱼活动，常常请几位老妈妈来参加。贺老总的夫人薛明已年过八旬，还有84岁的罗帅夫人林月琴，罗瑞卿的夫人郝治平等，积极参加垂钓活动的还有老将军陈锡联、傅崇碧等。

贺帅是一代开国元勋，也是新中国体育事业的奠基人。60年代他身为国务院副总理、军委副主席(主持军委工作)，也是新中国第一任国家体委主任。百忙之中，他最好的休闲活动就是垂钓。当时北京还没有什么现代化的人工饲养鱼塘，更没有设备齐全的冬菜大棚。贺老总和其他几位元帅的钓鱼场所大都在北海、颐和园、陶然亭、龙潭湖、青年湖等自然水域。

大约是1963年的初秋，批阅了一天文件的贺老总，摘下了老花镜，点燃了一支古巴雪茄烟。这种烟很名贵，劲很大，不常抽这种烟的人，只觉得冲脑而来。这是古巴的一个军事代表团送给他的，每一支烟都有一个铝制的小套筒。完成了一天的工作，贺总心情很愉快，提上靠在桌边那支又轻又合手的藤拐杖，信步来到院内。刚刚下过一阵雨的天空显得格外清爽，西斜的阳光下，花草树木格外葱茏，水珠在枝叶上闪烁着珍珠般的光彩。贺老总再低头细看假山下的鱼池，他钓的鱼儿在这里欢快地游动。他想起，上次钓了一尾五六斤重的大草鱼送给朱老总了。心想周总理工作十分紧张，身体又过于劳累，也该送尾大鱼让总理滋补一下身子了。只是池里这几条太小了，送一次不易，总理要求严，除了我贺龙送尾自己钓的鱼能收下外，别人送了，不收还不算，还要挨批评！想到这里，贺总立即叫警卫参谋小侯备渔具。

老总的吉斯和一辆吉普跟车很快到了青年湖。这是卫戍区副司令傅崇碧再三推荐的好钓场，人也少。那时的青年湖，哪像今天水泥铺地，栏杆井然，树木整齐。当年，青年湖的四周没有什么像样的高楼大厦，倒有不少的麦地和菜畦，岸边有不少柳树，那垂下的条条柳丝，不停地拂弄着清波。

贺老总看了看地形说："就在这两棵柳树之间吧，这里芦苇少，离那些娃儿远一点，又是下风处，水也深些！"他用自制的一副手竿。听薛妈妈介绍，贺老总自备一套做鱼竿、鱼漂的工具：刀、锉、钳子什么的。他有一副竹子的自制三节手竿，加上鹅毛浮子，用得挺顺手。

虽然是五点多钟了，夏末秋初的骄阳，仍晒得老总沁出了细汗。他戴了一顶草帽，上穿白布衬衣，下着绿军裤，脚蹬白色运动鞋，嘴叼着大烟斗，虽然警卫人员备好了一把小木椅，但他没有坐下，上好了蚯蚓，熟练而又准确地将钩抛到了理想的点。

他悠然地抽着烟斗，墨镜下的双目紧紧地盯着浮漂，这时的贺元帅没有了战场上叱咤风云的挥舞菜刀闹革命的英武豪迈，远远望去却像一位文质彬彬的老钓手。

换了两次食后，第三次抛入水中的竿上挂起一条三两重的小鲫鱼。40分钟过去了，不过是两个小穿钉和小鲫瓜。贺总很不以为然。

这时，傅崇碧将军过来了。那时，傅将军不过40多岁，正年富力强，腰板总是挺得直直的，近一米八的大个子，穿着解放鞋，一副正规军人的气质。他知道贺帅来钓鱼，一是来陪钓，二是来承担保卫工作。平时工作忙，他也很少在这时候来钓鱼。他向贺老总打个照面就想避开，去找个地方，他知道贺老总钓鱼总图安静，并且总是全神贯注。有次薛明被他拉来钓鱼，随手带一本俄语书来看，被老总说道："一心不可两用，还是把书收起来吧！"贺老总从嘴里拿出烟斗说："傅司令啊，你不说这里钓过大家伙吗？怎么今天都是丁点大的呢？"傅将军笑了笑："老总不能着急啊，大家伙在远处，上个星期叶帅还在这里钓了条四五斤重的大青鱼呢！""好！小侯，把陈先同志送给我的甩竿（即海竿）拿出来！"那时不像现在有这么多轻巧美观而又结实的碳素竿。作为中国乒乓球领队的陈先，是省吃俭用才从香港带回一副日本海竿。贺老总平时也不舍得用，看看天色已到六点多，虽然离天黑还有两个小时，但钓鱼和打仗一样，不可掉以轻心，得拿出好武器来。他还想给总理钓尾大鱼呢！鱼食当然也不会像今天渔具店有"东竣"和一袋袋包装精美、品种齐全的各种鱼饵。贺老总习惯于自制。他让管理员弄来些麸皮，加一点炒熟的芝麻，再加些标准粉，倒上几滴曲酒，和匀后，他总是先闻闻，认为可以，就用个旧铝饭盒装上带走。

老总将串钩装好鱼食，自己亲自甩到深水处，稳稳地坐下看着竿梢。

太阳已经没有多少威力了，水面上银光荡漾，贺老总把草帽压低了一下，只听小侯喊："首长，有动静！"贺帅定睛看："不要理它，是小鱼！"又见尖梢着实点了一下，小侯迫不及待赶紧提竿，飞快摇回轮子，可惜越摇越轻，出水了，露出四个黑钩，贺老总笑了一声："还不到时候，赶快装食吧！"装好后，贺老总像打枪一样又准确地甩到了原地。太阳完全下山了，晚霞把西天染成一片彤色，天气也凉了下来。只见鱼竿白色的尖子又抖了一下，贺老总示意不要动，自己的双手却早已经轻轻地挨近了鱼竿，只见竿尖几乎拖着轮子栽了下去，贺老总猛然一提，已经有沉重感，他不慌不忙地往回摇轮子，发现摇不动了，凭经验，他判断：大家伙！老帅45度角执竿，竿如满月，警卫员上来准备帮一把，贺老总命令："走开，老子来对付它！"贺老总仍含着烟斗，只是放线了，"突突突"放出十几米，然后拉回又放线，斗了几个回合。这家伙还是"死不回头"。看看暮色苍茫，站在旁边助战的傅崇碧建议把旁边的解放牌卡车开来，打开车灯，夜战。透过卡车的大灯，大家能看见湖里这个大家伙时而下沉如潜水艇，时而扬起大片水花，搏斗了20多分钟，小侯才接过鱼竿说："差不多了，摇上来吧！""不成，你怎么能摇得动哟，千万不要扯断了线和钩，和它再斗20分钟，我就不信拖不垮它！"元帅胸有成竹，指挥时而放线，时而收线。贺老总抽足了烟，又接过了竿："给我，它已差不多了，能拖上来了，准备抄网。"果然，"大家伙"只有招架之功了，已无还手之力，在贺总收线时，它时而露出白肚皮，时而不甘就擒地摆一下头，作最后的挣扎。离岸边就剩十多米了，贺帅摇轮的速度也越来越慢，他左摆右拉控制着钩上的大家伙，警卫人员个个欣喜若狂，有的卷起裤腿脱鞋子，有的忙着去拿贺帅的抄子，贺帅忙说："我那个抄子哪儿够用，太小了！"是啊，看看车灯下张着黑洞洞簸箕般大嘴，喘着气的家伙，大家一时团团转起来，还是傅将军熟悉情况："旁边小屋有个大抄子！"警卫员飞奔过去，拿回来一个桑木把像小鱼网似的大抄子，老总对下到水中的战士大喊："对准鱼头，小侯搬尾巴。"三个人，六只手，七手八脚硬把大家伙拖抱上岸来，元帅定睛一看，大脑壳细身、阔尾、浅鳞，"是条白花鲢，送给总理熬汤，下酒用！"元帅浓重的湖北乡音使夜幕下的空气都快乐地颤动了。

早有傅将军借来大杆秤，穿过嘴巴，一称，正好 12 斤 8 两，战士们抬鱼送进汽车后备厢，这正如苏东坡《后赤壁赋》曰："今者薄暮，举纲得鱼，巨口细鲢，状松江之鲈，顾安所得酒乎？"

元帅龙潭鱼水情

我军十大元帅中，罗荣桓是第一位仙逝的元帅。当时是 1963 年冬，罗帅年龄刚过 62 岁。那时罗家住在北京东交民巷 8 号院，同院的高邻有贺龙元帅、聂荣臻元帅、陈毅元帅、罗瑞卿大将和最高人民检察院张鼎丞检察长。

以上几位首长中，论起垂钓水平，应首推贺龙元帅。贺帅以垂钓作为一种很好的休息方式，可陶冶性情。在他的带动下，8 号大院里除较为年长的张检察长在院内散步、练练太极外，其他几位首长先后拿起钓竿走向了碧水清波之畔。

聂帅有些基础，稍经操练，每次垂钓必有所得。陈毅元帅时任外长，公务浩繁，忙里抽闲，由警卫人员备好一切钓具，坐于岸边椅子上，其从容之状，大有姜太公的风范，只是“愿者上钩”却渺无踪影。众人望穿碧水，恨不得潜入水中为他挂上一尾。但越心急这水中精灵越优哉游哉，不理老总摆下的香饵大宴。好在这元帅外交家钓翁之意不在鱼，虽借山水松弛一下神经，却还是满脑子国家大事，尽管时常无功而返，却也并不沮丧。罗大将当时身为总长，也是身在湖畔，心系国事，所获自然不丰。

再说说我们的儒帅罗荣桓。他早在红军时代的井冈山游击战中因子弹击伤肾脏负伤，当时医疗条件很差，尽管保住了性命，但遗留下很多后遗症，加之经历了艰苦卓绝的雪山草地的长征，身体愈加虚弱。不得已在40年代初到苏联割去了一个肾，回国后本应很好休养，又赶上解放战争，在大决战东北辽沈战场上，罗元帅将“每日只能工作三个小时”的医嘱抛在脑后，将生死置之度外，毅然地投入到两种命运的大决战中，四野的部队打到了平津战场。1949年10月的开国大典以后，罗帅才逐渐在马蹄和战车上平息下来。

50年代以后，罗帅一边主持总政的工作，一边开始了治疗。几乎是在1955年下半年被授予元帅军衔的同时，贺龙元帅看着只剩下一个肾，同时又患有高血压、心脏病的罗帅，不无心疼地说：“荣桓同志一定要把身体搞好哟，战争算是要结束了，但建设我们的新中国更需要我们老家伙有好的身体啊！这样吧，我们一起去钓鱼，这可是个治病的好活动。”从此，罗帅的业余生活，增加了有趣的垂钓活动。据林妈妈（罗帅夫人林月琴）讲，自罗帅和她迷上钓鱼后，身体状况明显好转。碧水青山，陶冶情操。一行人临池，贺总悉心指点如何上饵、看漂、抛竿、抖腕……罗帅耐心演练，直乐得贺总连声夸奖：“要得，要得嘛！”罗帅素有儒将雅称，悟性高，耐性强，执竿稳坐，竟能从目不可测的水中钓出些鱼儿，罗帅和夫人对钓鱼逐渐着了迷。

罗帅的伤病得到控制，身体日见好转，钓技也不断提高。贺老总看在眼里乐在心上，一高兴将自己亲手制作的甩竿和手轮送给了罗帅：“这副竿子最轻巧，我已钓上过几条大鱼了，拿去用吧！”那时的甩竿（海竿）和今天现代化的机制碳素、玻璃钢海竿相差甚远，那是选就的一根细长竹竿。手轮可谓真正的“手轮”了，它是用手指拨动像舵轮似的竹片线轮来收、放，哪像今天日本造、韩国式或者合资厂制作的合金尼龙线轮收放线自如，又轻又快。老帅们就是用此等“小米加步枪”钓上了一条又一条大鱼。

大约是1960年初夏的某一天，已经迷上了钓鱼的罗帅，听说贺老总又邀请钓鱼，早早把装备收拾妥当。从东交民巷出发，两位老帅的黑色“吉斯”车在两辆美式吉普一前一后的护送下，不到一袋烟的工夫，就驶到了京城宣武区龙潭湖畔。那时的龙潭湖是个未经整治的不规则的水域，东侧的湖面上有一个三面环水，一面与陆地相通的“湖心岛”，首长们通常喜欢在这里垂钓。

两位元帅来到湖心岛，各自选好钓位。贺老总熟练地组装钓具，管理员老聂、警卫参谋小侯早把小木椅和茶杯备好，贺老总顺手把遮阳草帽戴到头上，用手扶了扶墨镜，一扬竿，钓钩轻轻地、准确地落入水中钓点。此时坐在一边的罗帅也在夫人和警卫参谋小刘的协助下安排就绪。两位老帅相隔不远，不知谁眼尖说道：“今天真巧了，两位老帅穿得一模一样，都是咖啡色的茄克衫。”罗夫人林妈妈应声道：“这就对，是罗帅这个‘徒弟’表示心诚，向老总学习呀。”顿时，湖畔响起了欢乐的笑声。

风，吹拂着绽出嫩芽的柳丝轻轻摇曳，浮上水面探头摇尾的小鱼打破了平静，泛起道道涟漪，两支浮漂静静地立在水中，红黑相间的色标在阳光下显得格外醒目。半个小时过去了，浮漂皆无动静，闲来无事，职业革命家的习惯驱使两位老帅又“三句话不离本行”地聊起了军队的工作，伴着和风时而细语轻声，时而笑声朗朗。此情此景，仿佛鱼儿也不愿打搅老帅们的谈话，乖巧地躲到一边。

参谋小侯适时地为贺老总换好烟丝，贺总一边准备接过烟斗，一边双眼透过墨镜紧紧地盯着浮漂，只见浮漂徐徐上升，继而下沉，说时迟那时快,贺总一手把递过来的烟斗推开,一手抖腕提竿,水中的鱼儿拉着紧绷的渔线左右挣扎,贺总大笑:“看那漂儿一送一沉,我料定是条鲫鱼!”夕阳下的鱼,闪着银光被提上岸来,惊慌失措地乱蹦乱跳。贺总走上前不无得意地说:“我没说错吧,是条鲫鱼,最少有半斤重。”当时的龙潭湖内多为野生鱼,能钓获这么大的鲫鱼已属罕见了。

眼见日逼西山,红霞映天,林妈妈按时把药和开水送到罗帅面前,全神贯注的罗帅竟无察觉。林妈妈轻声提醒,看着罗帅服完药,坐回罗帅身边。眼见那边贺帅频频有鱼儿入帐,林妈妈不免有些替罗帅着急,求教似的说:“贺老总啊!你来看看,老罗这儿怪不怪,今天怎么咬都不咬一口呢?”贺老总把竿子交给聂管理员,起身来到罗帅身旁说:“钓鱼就是要磨性子哟,罗帅你试试我的食看看行不行?”说着贺总返回从旧铝饭盒里抓了一大块鱼食,边走边揉,林妈妈忙起身接过说:“您帮着看看怎么回事?”贺总看了一下水面,发现漂有些高,一边提竿,一边把墨镜交给跟过来的小侯。摇回轮子,提起竿一看钩上已没食了,把漂往下拉了一点,重新挂上面食说:“这面食除了麸皮、黑面、醪糟外,我又让聂管理员在院子里摘了些嫩草,剪碎了掺在里面,气味不错,你试试看。叶帅在这里钓起过大草鱼呢!”贺老总返回坐下,只抽了半袋烟的功夫,只听林妈妈激动地叫出声来:“老罗,有了!”罗帅忙一拉,就手感有些斤两,似有拉不动之感,罗帅忙想站起来,但牵拉力很大,又不敢松手,踉跄坐倒在座椅上。贺总见状大喊:“不要忙,放线!左右遛它。”贺老总知道罗帅缺少钓大鱼的经验,又是个病号,忙三步并作两步奔来。参谋怕有闪失,想扶一把,却被贺老总甩手斥退。尽管有老伴和警卫左右护驾,协助罗帅遛鱼，但仍顶不住水中物的莽撞逃窜之力。常说“四两拨千斤”，这水中的精灵对于陆上的人们也发挥着“拨千斤”的神力呢！到底是老总熟悉他自己亲手制作的这根竿子，只轻轻一拨，就听“刷！刷！”线又放出了几米远。那没露面的精灵，以为可以“中箭落荒而逃遁也”，岂不知两位元帅正合力擒捕，它已是囊中之物了。放线之后元帅们松了一口气，罗帅兴奋地摘下眼镜擦了擦汗：“龙潭湖还真有大鱼呀！”贺老总烟斗仍没离口：“罗帅呀，这钓大鱼的功夫，有一半是如何把上了钩的鱼，遛它个半活不死，然后才能拖得上岸来，这就是技术所在。”罗帅边解茄克衫扣子，边赞同地说：“是啰！是啰！”看着贺老总张弛有序，潇潇洒洒的样子，忙接过竿子点头称道：“让我来试一试。”很快罗帅也左左右右地牵动着水中的大家伙周旋起来，二十多分钟过去了，警卫小刘和林妈妈建议拖上岸来，贺老总忙制止：“还不到时候，最少也得再遛它一刻钟再说。”罗帅到底身体有些不支，年轻力壮的警卫小刘忙又接过竿来，按两位老帅的指令和样子，只是把竿子紧紧地顶在肚皮上，踏踏实实地左右逢源，如行云流水般地大练起来，20 分钟过去了，眼见水中之物再无逃窜之力，因力乏失去了平衡，仰浮着雪白的肚皮大喘气，似有归顺大帅之意了，贺老总忙下令：“小刘，交给罗帅，拖它上岸。”罗帅也养足了劲头，接过鱼竿，手指头拨动竹轮，大家伙如被击伤的小船，慢慢拖靠岸边，露出了原形，足有二尺开外，见了两位威风凛凛的元帅和卫士们，那圆眼中带着无可奈何的悲哀和恐慌，看着小刘迎头抄来的网圈，它趁着水势做最后一次垂死挣扎，掉头就跑，怎奈两帅 45 度执竿，左右牵动，实在让它难有片刻的养息。刚刚逃脱了这右面罗帅的夺命之网，左面贺老总指挥而来的生杀抄网已又快又准地对准了鱼头,岸上一片欢呼,大家伙终被擒获上岸。林妈妈急忙双手按住鱼身,小刘箭步窜上,摘取鱼钩,两位元帅欢步向上,几乎同时叫道:“真是条大草鱼!”两位元帅互相推让一番,最后还是让第一次钓到大鱼的罗帅带回去。回到帅府,这草鱼还有游丝之气,林妈妈让人推来磅秤一过,正好12斤重,孩子们和众卫士又是一番喝彩。

当时的国民经济受到天灾人祸的影响,人民生活不好,毛主席带头不吃肉,虽然元帅们的生活有军队供应相对好一些,但无论首长和孩子们粮食还是人人有限量的,就连刘少奇主席、邓小平总书记的孩子们穿的也是补丁衣裤。孩子们正在长身体之时,时常觉得肚子吃不够,卓琳也不得不向贺老总要些钓的鱼来改善一下生活。在这种艰苦的日子里,罗帅对夫人说:“小平同志家孩子多,他们又从不钓鱼,把这条大鱼送给邓家打牙祭吧!”

这真是:龙潭湖水深千尺,不及元帅鱼水情。

肖大将学钓鱼

上世纪 60 年代初，风景宜人的初夏时节，在广州珠江宾馆。

白天中午虽然骄阳也灼人，下过一场雨后的傍晚，宾馆小岛空气凉爽湿润，高大的椰子树和棕榈挺拔而修长，远处望去，就像北京天安门广场结实的旗杆一样稳稳当当，尽管八面来风，四面透雨，还是高高地屹立着，叶子在小风中沙沙作响。贺老总头戴那种越南人喜欢戴的白色大檐帽，穿了一件浅黄色的短绸衫，下着纯棉绿军裤，足踏解放鞋，手执从北京带来的手海两用竿，在警卫员的陪同下在珠江边垂钓。

肖劲光大将在儿子肖卓能和秘书陪同下悄声走到贺帅钓鱼处，静静观看贺帅垂钓。他们以为贺帅还没发现他们，谁知贺帅头也没回，在大帽子下冒出一句："是肖司令吧？"肖司令忙弯腰回答："老总你好，战果如何？"贺帅努努嘴示意，秘书和肖卓能忙朝所示方向提起了用绳挂在岸边的鱼护，只见八九条大小不一、四处蹿跳的鱼，在霞光下不停扭动着光滑的身躯。"我说肖司令，一起钓钓好不好？"肖司令忙答道："老总，我不会钓啊！""哈，哈，你一个堂堂的海军司令不会钓鱼吗？"肖司令坐下来回答说："我钓鱼不行，但我打太极拳、舞太极剑是一把好手啊！"贺帅仍然紧盯鱼漂不放松，边抽着烟斗，微笑着："我就让体委聘请你当太极拳太极剑的教官吧！"司令唱和道："好啊，那我就请你当海军的钓鱼教官呀！"说到这里，两位将帅互视一下，又哈哈笑起来。

实际上，肖大将在一方面军和贺帅的二方面军在共同经过了举世闻名的长征以后，双双胜利到达了革命圣地延安，更是患难见真情，英雄惜英雄了。到了延安，贺帅是陕甘宁晋绥联防军司令，肖司令任八路军后方总留守处主任和留守兵团司令，还兼任着贺帅部队的副司令，关系非同一般，是老兄弟加战友之情呢！关于贺老总的钓鱼史——无论在长征路上弹尽粮绝时，用自制钓具钓鱼维持"口粮"，到延安相对稳定搞大生产，还是抽空到延河临水垂钓一番来改善生活，肖大将都有所耳闻。只是那时大家工作都很紧张，战事也频频，没有机会去"观摩"和"请教"贺老总。而这次在广州开会时间长，他们离开了北京中央军委和海军司令部，手头案上的事反倒少多了，加上会上清算彭的什么影响那一套，两位嘴上不说，心里也都烦闷，所以过了两天，肖大将真的又走到贺帅钓鱼处，认真拜师学起垂钓来了。

肖大将这天借了副手竿，让秘书穿了蚯蚓，笨手笨脚地大鞭似的抛着鱼线和钓钩，鱼食早抛掉了，他也全然不知，还是卓能眼尖："爸爸鱼食都抛丢了，怎么能钓着鱼？""真的吗？"忙拉起，果然光秃秃的单个大钩，滴着水。秘书又给重上。贺总忙起立，置自己的阵地于不顾，接过肖大将的钓竿，只见老总站稳弓箭步，右手紧握竿尾，左手拉紧钓竿梢部，一个竿如下弦月，那竿儿只轻轻一弹，钓钩随铅坠就点破东逝江水下到理想钓点，让肖司令不由称道："老总真是驾轻就熟啊！""是啊，看你刚才的动作，还真是大姑娘上轿头一回啊！我这个钓鱼教官先得教会你这个司令官，下面就好办多了！"

肖司令似乎受到了一点刺激，忙回敬一句:“我听说你早年钓不上鱼，就下令派警卫去炸鱼，有这回事吗?”贺老总忙说:“胡说乱讲，是谁这么编造我的谣言呢?!”肖司令看着起作用了，就又加上一句:“还说你近年到部队去钓鱼，下面就派人把成车的鱼往池塘里拉呢，为的是让你多钓呀!”老总亦庄亦愠，大声辩白:“乌七八糟，你这个司令，是听了哪个不讲事实的家伙讲的? 让他来和老子对个质!”

其实肖司令仗着和贺帅是同龄人，又是湖南老乡，故意这么开个玩笑，现在看贺老总真有点冒火了，马上笑嘻嘻地对贺老总“撤着火”:“开个玩笑，不行吗? 谁不知你是我们首长里最会钓鱼、最爱钓鱼的元帅呢? 又谁不知你是两把菜刀在咱们湖南闹革命的传奇大元帅! 部队的同志特别欢迎你下来，都想见见你呀!”

这一番话说得情真意切，贺老总遮阳帽下的圆圆的脸上也马上由阴转晴，眼睛笑眯眯成一条线，恰在这时一阵子没动静的鱼漂猛地一个“黑漂”栽下没入江中，始终手没离竿的贺老总一个抖腕扬臂，鱼儿被高挑出水。为了向肖大将显示一下功底和钓鱼的全过程，他让早准备来摘钩的警卫和秘书退下，快速收线并及时抓住尾线，利利索索就把鱼拉上了岸。

“鱼不大，劲光同志，你刚才又给我戴上高帽了吧，你看看这么大的珠江，给我往滚滚江中放多少鱼才能钓得着啊?! 你亲眼看见了这两天我在江边的高技术了吧?”珠江宾馆当时也不开放，都是够级别的领导才能住进来，平时很幽静，是个花香鸟语的好地方。贺老总钓点正是选在河湾处，风浪很小，很适于垂钓。肖司令眼看着贺老总的鱼桶里接二连三地入鱼，望着夕阳下东逝的万年不息的茫茫江水，怎奈什么也钓不着，只见他来回不停地起竿又抛竿。

贺老总看在眼里，熄灭了这袋烟，耐心开导说："劲光啊，这钓鱼和打敌人一样，是以守为攻，守是主要的，看着我们钓鱼的人都稳稳当当在岸上坐着，这是守，稳坐钓鱼台嘛！但这守里头可有大技术呢！如何选点，看风向，观气候，怎样捆好钩，又如何做食、下钩、看漂、扬竿，处处都有技术和学问呢！都是以守转攻——钓它上岸时就由守攻占了它们呀，如你搞不好，鱼把食咬去——敌人不又以守为攻，它就跑脱了呀……"

肖大将到底是卓越的军事革命家，领悟很快，突然答出惊人之语："贺老总，我明白了，这钓鱼如同我们海军对付敌人潜水艇，目标隐蔽性很强，我们既要防它，更要诱它出水，发现它、消灭它呢！""对了，你只要加强锻炼，会很快把这些'潜水艇'搞上岸来的。"

在广州开会期间，肖大将终于从贺帅那里学会了钓鱼。说是钓鱼不谈开会批彭的事，也不谈"国事"，可是职业政治家，党和国家、军队的卓越领导人如何能不忧国忧民和不辨忠奸呢！贺老总在最后一次钓鱼时，终于对肖司令说出心中烦闷的话："劲光啊，有人说老彭搞了多少'军事俱乐部'，你能说出什么证据呢？算了吧，我这儿搞个'钓鱼俱乐部'怎么样？离老彭的俱乐部越远越好，劲光啊，有你这个会员吧？"肖司令忙答："目前我这钓鱼水平还太差，恐怕不够资格吧？""没关系，你有我这个钓鱼教官呢！今天我钓得多，请你到我家吃豆豉鱼，外加鱼汤泡馍，你看好不好？"肖司令收竿后还真到贺帅处吃了顿"鱼宴"呢。

从此，肖司令到北京就置备了钓具。以后每到北戴河和大连、青岛海滨等地视察和休息，总要留心观看垂钓的人，不时还一显身手。

三大姐碧波继雄风

《中国体育》杂志社每年都要举行几次大的垂钓活动。在众多的各界名人中，有三位老大姐格外引人注目，她们就是罗荣桓元帅的夫人林月琴，贺龙元帅的夫人薛明，还有罗瑞卿大将的夫人郝治平。

三位老大姐的夫君都是开国元勋毛泽东和邓小平同志的亲密战友，为新中国的建立立下了赫赫战功，做出过卓越的贡献。有趣的是解放后他们忙里偷闲之时都有个共同的爱好——碧水畔的垂钓。那时三位老大姐也时有跟随，久而久之也从将帅手中学会了垂钓的技艺，体会到了其中的乐趣。如今两位元帅和罗瑞卿大将都已先后过世，三位大姐的子女也都长大成人，继承了父辈的革命事业。老大姐们历经了革命的风风雨雨，万幸健在，并看到了三位革命先辈梦寐以求的中国人民丰衣足食、安居乐业的具有中国特色的社会主义现代化逐步实现，她们在邓小平同志亲自安排下，晚年生活个个过得舒心满意。

三位老大姐都说，她们现在的垂钓条件可比当年老帅老将们好得多。林大姐说："我还被选为中国钓鱼协会的副主席呢！你们看看国内外朋友送给我的好几副碳素高级鱼竿吧！罗帅去世得早，他生前见都没见过这么好的渔具！"今年已经 84 岁的罗帅夫人，只要我们请她，除非她身体不适，不管骄阳似火的炎夏还是秋雨淅沥的晚秋，她都早早到场。有时还要跟比她年轻二三十岁的部长们一比高低呢！

去年贺帅夫人荣寿了自己的八十华诞，更感欣慰的是党中央、中央军委和国家体委在人民大会堂隆重纪念了贺龙元帅诞辰100周年。面对新出版的贺龙文集、画册、纪念邮票，薛大姐深深体会到人民将永远铭记贺帅的丰功伟绩。我们杂志社还和北京电影学院在去年秋天特别拍摄了电视艺术片《贺帅钓鱼》，在开镜式的钓鱼比赛中，薛大姐拿起贺帅当年用过的钓竿又钓起了好几条大鱼呢！

最年轻的罗大将夫人郝治平今年也是75岁的老人了。郝大姐待人和蔼可亲，一口地道的河南话，更使我们在碧池旁无话不谈（我在河南劳动上学、当兵近20年）。她老人家总是很要强，在最近一次名人比赛中，不知是因为气压低，还是垂钓者过于密集，总之鱼儿是“视而不见，闻而不去”，不少钓者空竿而归，郝大姐却频频提竿，她的小战士更是屡屡抄获入护。到裁判哨响时，那护儿已是满满当当，过秤一称，8斤有余。郝大姐高兴得不亦乐乎，满脸堆笑，还向我这个组委会主任说：“小万，我这可是一人一竿，完全是自己钓的哟！”她老人家最后获得钓鱼总重量第一名！

这真是：碧波畔上常思老帅大将，柳荫飞浪三大姐显雄风。

龙归故里

有诗云：湘西在贺龙的枪杆子里，湘西在沈从文的小说里，湘西在黄永玉的画里，湘西在宋祖英的歌里，湘西在人民的灵魂里……是啊，身经百战戎马一生的贺龙元帅终于落叶归根，魂归山水毓秀地灵人杰的张家界故里了。

2009 年 6 月 26 日，是周五，上午八时半，到北京北新桥三条贺帅家迎灵的贺帅家乡省市的领导和总参、公安部等的首长，已早早来到帅府那幅“贺老总在洪湖”的巨大国画下站立，不算小的院中停满了车辆，历经沧桑的那棵近百年的老榆树又忠实地迎着今日风雨后的朝阳，那老枝新绿也焕发着青春的光彩，火红的石榴花虽是花期最晚，今天落英也都逝去，却留下了碧绿丰润的果实，想必秋实又是榴红压枝头呢！

迁葬已经中央批准，元帅骨灰从八宝山取出后，在家中已停灵三年了。九时整，送别仪式正式开始，所有的人都停止了任何声响。他们在元帅大幅遗像和半身雕像前默哀三分钟后，又深深地三鞠躬。

起灵了，由次女晓明手捧盖着鲜艳党旗的元帅骨灰盒，在元帅夫人薛明主持下，送出客厅。威猛高大手持上了刺刀长枪的礼葬兵护卫元帅灵盒上了中巴，所有车辆都鱼贯缓缓跟上中巴车驶向西郊机场，那里已有经中央批准空军派的专机在静静等候。战士和贺帅子孙们扶持元帅夫人护卫元帅之灵坐在前舱，后面大舱里早就坐满了近100人的护灵队伍，他们是由已故贺龙元帅亲密战友的子女们组成，是由共和国主席、元帅、将军、委员长、总理、部长们的子女组成。他们在父辈的教育下都已成才，不少是中将、少将军衔，大都已从第一线退出，也有像刘源中将（现已晋升上将）和刘京部长等仍奋战在军队和中央各重要岗位上。九点五十分，专机稳稳地驶向天空，元帅真正是永远地离开了。从1953年在西南军区司令员位置上中央调他入京，到今天整整56个春秋了；在十年浩劫的1968年，他被林彪、江青反革命集团无故迫害含冤死去，距今也整整40年了。他从1954年9月被任命为国务院副总理、国防委员会副主席和国家体育运动委员会主任，到今天也过去了55年。这一次他永远离开了这个令他无比自豪也无比痛苦并在此遇到如此屈辱和冤枉的城市。百战一生，操劳一世，元帅累了，回故乡永远安息去了。

经两小时十分钟飞行，专机平稳降落在青峰起伏的张家界荷花机场，我们后舱的后生们静坐在椅子上等元帅灵盒和贺帅夫人一行走下飞机，与早已在舷梯下列队迎接的省市领导，分乘几辆中巴，在开道警车带领下驶向张家界市专家村宾馆。

第二天又是蓝天白云山岚绕峰，大家早早起床用完自助餐，不到八时，只见服务员们也身着皂装早已列队两厢，我们中间身着戎装的中将、少将、大校星辉闪现不停。突然镁光灯闪烁，93岁的元帅夫人薛明，这位至今唯一健在的元帅夫人，经历了生死劫难和中年丧夫、老年丧子这天大的悲痛，还是再三坚持来到了元帅故里，几经劝阻才在宾馆门口倚户相送，因为还有二三十里山路，下了电梯和索道缆车还要爬山，都担心她老人家在烈日下吃不消，刘京干脆相告，贺老总家乡风俗，丈夫出殡，夫人只允许送到家门口呢！就由幺女儿黎明打头，双手捧元帅戎装遗像，二女儿晓明手捧覆盖党旗的骨灰盒，两个威武战士紧持钢枪护卫在后，手捧鲜花的大女儿贺捷生将军压后，三代四代小辈殿后，在鞭炮响足后，贺帅灵魂在大队人马护卫下，缓缓驶向太子山——贺龙公园迁葬。一路上翠山退让，绿水相迎，这灵山、圣水、坚石、绿松都自豪共和国的这位党政军卓越领导人终于荣归故里，永远安息于他熟悉的这青山绿水之中了。

在贺龙公园战马铜像不到二百米处，有新建的一面青黄铜大墙，精心雕有元帅头像和薛明夫人亲笔书写的“元帅之墓”。美术家勾勒出元帅头戴八路军帽蓄着著名的贺龙胡子和叼着木烟斗的头像，真是可敬可亲活灵活现，犹如老帅再现，和山下贺家等设计筹资的黄铜马上不着军帽的青铜雕像相呼应，真是不可多得的两尊元帅铜像！

还不到十点，无论是赶到太子山后坐电梯还是乘缆车的两路迁葬人马都提前到齐了，山区天气竟然比北京还炎热，人人都冒着热汗，组委会决定仪式提前开始。迁葬的队伍中有从广州军区、兰州军区及一些省市体育局自发来的领导和从张家界洪家关闻声赶来的三五成群的父老乡亲们。陈明山是随大军南下到重庆，一直担任贺帅的警卫工作，后授衔中将，他也远道赶来。还有从昆明专程赶来的 84 岁的王金水，他和毛主席卫士长李银桥在 1937 年抗战时期一起入伍后，就护卫元帅南征北战了。他最知晓贺帅的战斗生涯及体育思想和活动，说准备找我好好谈谈呢！

在鸣炮、奏乐和默哀后，元帅的骨灰盒由贺晓明亲捧到正面铜壁铜像后墙下，那里早就留有活动的水泥板，二米深的墓穴中标有

"贺龙元帅 1896—1969"紫檀骨灰盒,就永远安息在这儿。与群山为伴,听着家乡的水声和晨起的百鸟晨曲,元帅不会寂寞,更何况常有游客、乡亲和后人不时前来致敬和凭吊呢。

在墓前参加迁葬的各界领导人先后发言,他们一致盛赞贺帅对我党我军和祖国人民的不朽贡献。毛主席曾表扬他:"一是忠于党,二是忠于人民,对敌斗争狠,三是能联系群众。"我们过来时看到叶帅的儿子选宁将军带着儿孙们,在烈日下挺立着身躯静静听着,聂帅的女儿聂力中将也和我打着招呼。我在无产阶级革命家习仲勋的儿子远平老弟背后站下,聆听着国家体育总局刘鹏局长发言,他着白短上衣,黑色领带,下穿黑色长裤,他讲到贺龙元帅是新中国体育事业的开拓者和奠基人。早在革命战争时期,贺龙同志就积极倡导体育,把体育作为提高部队战斗力和活跃部队生活的重要手段。新中国成立后,受中央委托担任了第一任国家体委主任。在贯彻"发展体育运动,增强人民体质"思想方针上,在兴建各种体育设施上,在抓体育队伍组织和思想建设上,都为我国体育事业打下了坚实基础,为彻底甩掉"东亚病夫"的帽子,为我国进入奥运会做出不可磨灭的卓越贡献。2008 年我国取得了第 29 届北京奥运会金牌和风格的双冠军,中国体育的辉煌战绩使新中国跨入了世界体育强国的行列,这些都与贺老总的体育思想分不开,与在他领导下几代人努力奋斗分不开。他讲话时,不会拍照的我,也拿起相机,因为习远平老弟谦让才使我的镜头有了位置,使我拍下了难得的镜头。当刘局长在烈日下大汗淋漓讲完话下来时,他半开玩笑地对我说:"好啊,你得给我送照片呀!"

第二天下午三时半,专机在张家界荷花机场上准时拉着贺帅一家和原班人马起飞返京。俯视机下渐远的山峦起伏绿色葱茏的锦绣河山——张家界，贺帅两把菜刀起家的家乡故里，我不由满怀豪情击节吟唱起张家界著名词人谭大钰先生为贺帅所写《临江仙》曲词：

“巨幅观来惊世界，贺门又一豪雄。形如大海浪排空。光照英魂处，日出映山红！几度还乡多眷恋，笑容满面英风。京师恨别喜重逢。丰碑千古在，相颂武陵中。”

鱼·人·领袖

人类溯源

鱼类实际上应和人类最亲近，可许多人只知道人类是经过几十万年从类人猿进化而来，“猿变人”嘛，这是家喻户晓的事了！实际上远在五亿三千年前，地球上应没有什么动物，海洋是生命的摇篮，孕育着生命；是由于海水中含磷量增多，低等的蓝绿藻引发突然之变，水中低等生物逐渐变复杂和变大，形成动物的起源，然后门类也开始丰富多彩起来，进入了寒武纪生命大爆发时演变成脊椎动物，此乃生物界称之为的“神秘时代”。1987 年 4 月 7 日中国科学院南京地质古生物研究所在新闻发布会上宣布了一条震惊中外的消息：在云南澄江县帽天山岩石中发现了世界上仅见的动物化石群。我有幸在 2004 年金秋，和中国奥委会名誉主席李梦华走访了云南澄江帽天山，这些十分珍贵的动物化石，就是类人猿的祖先，当然就是我们整个人类的祖先——曾生活在这里水中的云南鱼类！

这可见就是亿万年的人类之路，一条十分漫长的阴阳进化之路。感谢在浩瀚的宇宙中，上帝赐给了人类有水有山有四季，有阳光有空气有土壤，能让人类和动植物生养繁衍的地球。恩格斯说过，劳动不仅改造了世界，还同时改造了人类自己。实际上人类在长期生存磨炼中始终特别亲近水和鱼！

碧波诗画

从新石器时代那生趣盎然的鱼纹陶器到《诗经》之《季风》中，就开始记载垂钓捕鱼的诗章了。从周朝记载的“姜太公渭水直钩垂钓”（作家莫言对我说“姜太公钓官钓爵”），到东汉严光弃官渔樵的隐居（莫言又说“严子陵沽名钓誉”），到唐宋大量诗词中，李白杜甫白居易这样的诗家翘楚的许多有关垂钓和鱼水的诗词，使后来的诗词爱好者耳熟能详，实际上读者和渔人则更喜欢代代流传的唐宋八大家之一的柳宗元的“孤舟蓑笠翁，独钓寒江雪”名句和张志和的“西塞山前白鹭飞，桃花流水鳜鱼肥，青箬笠，绿蓑衣，斜风细雨不须归”，一致认同“雅有远韵”，每每使后人吟唱顿觉“清气宛如，意境幽深”，脍炙人口，名扬千古！

一代伟人和诗人毛泽东从小亲山近水，善运动身强体健。尤其是游水赏鱼，更使他其乐无穷。毛泽东留世的几十首诗词中多有鱼水情深处，上世纪 40 年代末以七律答和友人柳亚子“莫道昆明池水浅，观鱼胜过富春江”；1964 年所填词《浪淘沙》中“秦皇岛外打鱼船。一片汪洋都不见，知向谁边”，这是关心渔家的名句；也有让武汉人谈起来就引以为自豪的，1956 年在武汉畅游长江后感兴佳作，起句为“才饮长江水，又食武昌鱼。万里长江横渡，极目楚天舒，不管风吹浪打，胜似闲庭信步”，充满了一代领袖和诗人对鱼水的豪情逸志。

晚年的毛泽东，还给他的护士吴旭君讲过他的有关人和鱼的辩证唯物主义人生哲理，说：“我们生活在地球上吃了不少鱼，我在世时吃鱼比较多，我死后把我火化，骨灰撒到长江里喂鱼。你们就对鱼说：'鱼儿呀，毛泽东给你们赔不是来了，他生前吃了你们，现在你们吃他吧。'"他还向吴护士对自己生死做了这样的评论："毛泽东死了，我们大家来庆祝辩证法的胜利，他死得好。从古至今，没有人不死。这是生物发展的法则。"美国作家罗斯·特里尔就此评论说："毛泽东曾是一位激情青年，现在他是一位激情老人。"

鱼水情怀

可以说毛泽东主席一生都和鱼水有不解之缘，在大规模的三大战役硝烟散去，五大书记"毛刘周朱任"刚刚入京的1949年春天，早在1920年就投身共产主义运动的中共领导人任弼时，因残酷的战争环境和忘我的工作，患了重病。叶剑英元帅曾形象地称呼他为："中国人民和党的骆驼，担负着沉重的担子，走着漫长的艰苦道路，没有休息，没有享受，没有个人的任何计较。"1949年北平和平解放之后，共和国开国的各项准备工作千头万绪，全国的枪炮声还未最后平息，而任弼时总不听医生和中央劝阻，还在拼命地工作。到了京城绿草红花的五月，任弼时在会议中看到了新中国即将诞生，在纪念五四运动30周年时，精神上过于兴奋，竟彻夜难眠，眼底开始出血，出现了昏迷状态。这时毛泽东和中央各位领导人都十分惦记这位忠实的从战火中走过来的战友。毛主席在听了周恩来和医生的报告后，特别指示要加强护理。主席所居住办公的双清别墅中，友人刚刚送来七八尾鲜红的北京金鱼，有的鱼上还带着微微浮动的红绣球呢！它们在绿色的水草中上下左右自由自在地游着，毛主席批阅文件或读书疲惫时，时常走到近前观赏，有时还拿点鱼虫喂喂它们。所以主席一靠近，它们便争先恐后围拢来抢鱼食，主席很开心地对旁人说：“鱼都和我熟了，认识我呢！”毛主席想到任弼时病重在床，这个工作狂此刻躺在病床上，一定备感寂寞了。他立即割爱，让警卫人员用专车把这一缸鱼送到松竹梅环绕的山泉幽静之地——西郊玉泉山七层塔下的别墅里，任弼时从医院出来后正在那疗养。

当战士们手捧鱼缸和毛主席的书信放到任弼时卧室的桌上，任弼时内心热乎乎燃烧起来，又读到毛主席龙飞凤舞的毛笔字：“弼时同志：送上红鱼一群，以供观览，敬祝健康！毛泽东六月九日”，不住地再三点头致谢，对送鱼的战士们说：“主席这么忙，还这样挂念我，谢谢毛主席，向他致敬！”这是毛主席在一生中第一次以一群水中红鱼为礼，送给他亲密的战友并附上书信一封。

刚刚进京，弼时同志久病不愈，他自己又着急工作，经毛主席批准，1950 年春到苏联去治病，那里的医疗条件和医生水平当然比刚刚成立的新中国要强得多。他在苏联著名的休养胜地黑海边治病边疗养，那里大海滔滔，碧波连天一望无垠，岸上绿树成荫，繁花似锦，气候十分湿润宜人，让饱经战争苦难的中国同志感到惬意和怡然。那里著名的面包黄油加鱼子酱和各种水果也颇对他的胃口，他在医生指导下，做做健身体操，散散步，时而也垂钓一番，他爱好的打猎是打不了了！他能读俄文的《真理报》和列宁斯大林的著作，国内的报纸文件来得太慢太少了，身体看来是大有恢复。

返回莫斯科，果然再一检查血压已从 220 降到了接近正常人的 160，这时他心情不错，欣喜这次苏联之行效果良好！立即致电中央要求回国，以便减少费用，心里却默念：要参加浩繁的新中国建国工作了！五月中下旬，就着急启程了，28日在北京前门老火车站旁，他见到了接站的两位老战友朱德、聂荣臻和欢喜若狂的孩子们及夫人。毛主席亲自批示："同意弼时意见，试做工作。每日不超过四小时，主管组织部和青委。"

就在他归来刚刚开始工作也就不到一个月的时间，老天不假寿于这位开国的功勋，这位中央书记的血压突然又升到230，再次出现昏迷、失语、半身不遂。虽然中央及时命令名医傅连暲和苏联两位专家加上有经验的医护人员全力抢救了几天几夜，却无力回天，1950年10月27日，这位最吃苦耐劳的"骆驼"，中国共产党最优秀的党员，最富有自我牺牲精神的革命家"骆驼"任弼时，溘然与世长辞了，正值他英年46岁，全国一片惋惜悲悼声！

中共四大书记全部挥毫题词致悼，毛主席的题词为："任弼时同志的革命精神永垂不朽！"

我的袜子

我上小学前是战争年代，已记不清穿什么样的袜子了，也许是祖母用针线缝制的粗布袜子吧！我有一张儿时的照片，我们一群“二野”子弟或排坐或被母亲抱着，好像都不穿什么袜子。妈妈说过，抗日时我们军队几乎没发过袜子，解放战争军队开始发布袜子，带着厚厚的袜底，都是支前妇女昼夜赶制出来的，据说可结实了，行军打仗几个月都穿不烂呢！

在1953年春节前，全家随父从大西南重庆调入首都北京安家了。经过考试，我进入北京育才小学，正式成为二年级的小学生，结束了在战争中一直读小学一年级的动荡不安的学习生活。起初在这里和在重庆“西南重庆市人民小学”一样是供给制，我在重庆读书时，“人民小学”的第一任校长是卓琳，她是邓小平伯伯的夫人，她对这批“二野”部队从战争硝烟中马背上抱下来的顽童们十分爱护，不但亲自教我们读书识字唱歌，还教我们着衣穿袜。我永远记得，第一次穿上每个人量过尺寸而定做的闪亮的皮鞋和崭新的洋袜子时，这群“小土包子”个个乐得合不上嘴。我拉着同室同学邓朴方、林小安等携手下楼梯时，看看自己的新鞋袜，再看看对方的新鞋袜，简直不敢下地，生怕被泥土弄脏了……

进京上了育才小学，阿姨教我们如何洗袜子和衣服。我们大都在洗脸房水管下用小手匆匆忙忙马马虎虎冲洗了事，当然常常是洗得不干不净。

后来妈妈发现我们还不会洗衣袜，周六放假回家时，我和弟妹都是把一周的脏衣袜全部换下，那时可没有什么洗衣机，父母正忙于战后的经济恢复和发展工作，也顾不上洗我们五个子女堆成小山似的衣袜。奶奶年迈，还裹着小脚，只能洗洗自己的衣服。妈妈就请了一个“临时工”，周日这一天来洗全家衣服。这个现在叫做“钟点工”的阿姨，好像出身不好，是解放前什么大户人家的姨太太。她管妈妈叫“太太”，管我们叫“少爷、小姐”，当然遭到妈妈严厉批评，忙改了称谓。她说，我们的衣服又脏又破，鞋袜又臭又脏，真想不到“这么大的官家里没钱买新衣新袜”。我记得那时的袜子是一种又粗且硬的“纯棉线袜”，我们男孩在校踢球跑步，又正长个儿，五六天不换，自然是臭不可闻。难怪使这位几年前还养尊处优尽情使唤丫环、老妈子的姨太太洗的时候直犯恶心。洗完的衣物妈妈奶奶帮忙晒上，这个阿姨就匆匆走了。夕阳下妈妈和警卫员又忙着收起满院满绳的衣物。爸爸的衣袜总是由妈妈亲自叠好，有时还得用煤火烙铁烫好，因为要会见外宾的。有时也免不了缝补一下“首长”的衣和袜，有的衣裤鞋袜缝补后稍改一下就下放给我们穿了。

我记得奶奶最发愁每周缝补我们的袜子。她戴上老花镜，用警卫员给她买的一个木制的脚形的“袜撑子”，把袜子套上去，就粗针大线地缝起来了。破烂的地方得先用各色大小不一的补丁补上前掌和后掌，结果一年半载下来前后掌补丁摞补丁，缝补处似铜钱般鼓起来，越来越厚，穿上后都硌痛我们稚嫩的小脚。加上每个孩子也就一共两双这样的袜子轮流补，最后奶奶不得不笑着对妈妈说：

“孩他娘呀，你看看这袜子都烂成啥样了?！我实在补不上了，你能再给孩子们买双新的吧?”妈妈拿起五颜六色重重叠叠的补丁袜子也笑了:“好吧！下周我去给孩子们每人买双新的！”

上世纪60年代，我上高中以后，下放到河南当知青。发现农场大多数农工只在严冬才穿上袜子和自制的“棉靴”，有时农闲不下地还穿一种木底上了桐油的木靴子(里面塞满了麦秸或稻草，再穿上厚厚的自制的棉袜)，好踏上冰封大地的冬季。

在“文革”中出现了新潮的塑料凉鞋，曾大受我们农工青睐。因为春夏秋都能穿上它下地，不必穿任何袜子。收工回来，到井旁打上一桶水一冲，鞋和脚都干净了，即可端上大饭碗蹲在地上吃饭了。但这种塑料鞋并不经久耐穿，几经折腾就断裂了。开始我们用烧红了的烙铁焊接上再穿，当然也坚持不了多久，就又开裂了。

改革开放实行有中国特色的社会主义后，人们的生活质量和品位大幅度提高了。色泽鲜艳而又经久耐磨的“尼龙袜”穿着不久，就又嫌不透气，很快也被人们淘汰了。“混纺的好”！尤其加上纯棉和羊毛的更好，又透气又舒服。打倒“四人帮”后，我也当上“军官”和“国家干部”了，换洗袜子越来越勤，到今天各种质地的袜子几乎都试穿过，每天换洗也不用搓衣板使劲揉了，扔到洗衣机里自动清洗又甩干就得了。老奶奶也过世了，她补袜子的“木撑子”早不知到哪里去了，想起来怪可惜的！保存下来这种“南泥湾”式的艰苦朴素的东西是个“文物”呀！可以教育我们的子孙后代，不能忘记艰苦朴素的过去！

现在我穿的袜子不但两天就要换洗，而且每人的拥袜量也今非昔比，到超市买起袜子来常常是“三双一组”、“半打一捆”。上周一位制袜的老板朋友竟然一下大手大脚地送给我两礼盒各种袜子,怕是每盒一打。老婆高兴地说:“够你穿一辈子了!”我也打趣她:“你和女儿的连裤丝袜和长中短筒袜,还有什么没腰的隐形袜子也多得都数不过来了吧?! 你们可是跟我沾了不少‘袜子光’呀!”

手提电话响了,我忙着接电话,只见她们母女在我身后笑声响成一片,这真是火红的好日子,从穿袜可窥全貌,正是——“芝麻开花节节高呀!”

廖公请我吃烤鸭

1964年春节，我下放河南当知青一年半了。我这个刚入团不久的共青团员，到了农场就和农工们一样埋头苦干。当时的中央大员、负责港澳台和华侨工作的廖承志伯伯向他常接触的周恩来总理报告了此事。正巧1963年总理受中央委托，给当年的首都大学生、出国留学生和高中生代表在人民大会堂做报告。总理就当场特别表扬了主持会议的我父亲万里"送子下乡"这件事。因此不久《中国青年报》《人民日报》《中央人民广播电台》《河南日报》等主流媒体的记者都纷纷到农场和我"同吃同住同劳动"，考察和采访了我，这些媒体就开始着力宣扬，使我成了全国上山下乡的"知青先进典型人物"。我下乡的第一年春节，父母复信说："虽然我们都想看到艰苦劳动的你，但你下去才半年就回家不好，容易动摇。应像坚守交通岗位的警察同志，坚守炼钢高炉的工人同志，像保卫祖国荒岛高原的伟大战士一样，在自己岗位上过一个革命化的春节，才真正有意义！"阅过父亲的亲笔信后，我决心不动摇在农村过了第一个春节——慰问军烈属、为贫下中农写春联、和留守职工一起联欢等。后来又遇到"文革"，大批知青和老干部下乡，因此我竟一口气在这块黄土地上干了整整十个春秋的艰苦农活，直到1972年父亲"第一次解放"后，我被全场职工一致认可保送到河南大学（开封）当了省首批“工农兵大学生”。

我出了名后的1964年二月份又该过春节了，也就是说一年半后我才回到北京过大年。除了父母给我写信并让公务员不断寄书寄报给我，就数廖家最关心我这个独自身处远方、艰苦劳动的知青了。除了年事已高的奶奶何香凝没给我写信，画过一张挺拔向上的墨梅教育我，廖家全家都给我写过信鼓励。廖晖（当时叫廖恺孙）从他上学的“哈军工”给我寄了全套的《莎士比亚戏剧选》等古典名著，廖家全家七八个孩子都争先恐后发信给农业第一线的我。廖公就在他夫人写给我的信上幽默地写上几句。廖夫人经普椿亲自给我邮寄过塑料雨衣和国产小闹钟等日用品。因为全生产队几乎都没有手表，知青宿舍又住得远，厨房老槐树上半截铁轨的“钟”不够洪亮，熟睡的我们时常听不见，我们只能看着日出日落而作息，阴天无太阳可参照就会误工。因此廖家邮寄的小闹钟成了全宿舍的宝贝，有时下地我们也提上它呢！

这次返京探亲大家把我当“知青劳模”对待了。当时何奶奶是全国人大副委员长，中国国民党革命委员会中央副主席，还是中国美协主席。1964年何老奶奶已86岁了，不便出动，国家照顾她老人家，节假日到她家放一场小电影。我有幸在这个春节去她家客厅参加了，放映的是中日青年联欢的纪录片，有老奶奶给中日的孩子们作画联欢和中日友好协会招待两国学生们吃烤鸭的镜头。年轻的我不由口水直咽，还冒出一句：“我还没有吃过一次烤鸭呢！”说者无意，前排的廖公却很在意并诙谐地问了一句：“真的吗？万老大没吃过烤鸭呀！”

这年的初三，廖家的女儿汀汀小妹打电话给我：“今晚爸妈在前门外全聚德烤鸭店特别请你万老大吃烤鸭!”“真的吗？请我？”心想，有生以来没有过中央大员请我这个毛孩子到大饭店吃过宴会呀！这都是当了“知青劳模”特别优待我的结果吧！我忙和弟弟仲翔骑车赶到前门“全聚德”烤鸭店。廖公两口子和七八个男女孩子全家都到了，廖伯伯和夫人经阿姨还专门从家里带来一瓶在阿尔及利亚访问时带回的红葡萄酒。廖公亲自为我夹菜把盏，我发现他的衬衣袖口是缝补过的，在当时从上到下都是如此清廉作风呀！经阿姨为我示范展开烤鸭所用的小面饼，配好鸭肉、黄瓜条，廖伯伯还加上一句：“山东人离不开大葱，给万老大多加点!”这一桌家宴十多个人其乐融融，我不但第一次吃到了烤鸭，也第一次尝到了外国葡萄酒。宴会后，经阿姨亲自从小提包里拿出50元人民币去结账。我回到农场和场党委路书记谈起这次欢宴时，路是个红军10级经过抗日战争的老干部，也感慨地说：“中央首长多关心你们青年接班人，好好干吧!”不过，他夫人张姨说：“我可不舍得花50元请你吃烤鸭呀!”我们都笑起来。

以后我不知吃过多少次烤鸭，尤其是粉碎“四人帮”后改革开放了，大家生活普遍提高，手头也宽裕了，互相请吃一顿烤鸭已是不在话下之事，但我却忘不了上世纪60年代第一次吃烤鸭的经历。人们生活中的“第一次”常常是栩栩如生，永不忘怀。廖伯伯对我的教育，他的宽容大度、诙谐幽默和礼贤下士，都让我对他们这一代领导人的形象更加难以忘怀，老一辈革命家的风范永远铭记在我们后辈人心中。

体育运动就是生命

我的父亲万里可称为一位健康老人。他已逾八旬，须发皆白，但精神矍铄，气色很好，真可谓鹤发童颜。走起路来从不用拐杖，也不用人搀扶，而且走路飞快。

父亲主动要求从党和国家领导人的职务上退下来（时在 1993 年——编注），斗转星移已有五度春秋了。现在他除了兼着中国桥牌协会和中国网球协会的两个名誉主席职务外，已要求不再担任任何名誉职务了。我看正是由于父亲这两个兼职协会的运动项目，保证了他老人家晚年生活的健康、陶然和欢乐。

父亲退休后的生活很有规律，每周的活动可归纳为"三打、两看、一接见"，即：打桥牌、打网球、打高尔夫球，看文件、看书报，接见客人。这样一周下来活动安排得满满的，生活充实而有节奏。打桥牌时，父亲很投入，而且牌技高超。用世界桥牌皇后杨晓燕的话说，同中国领导人邓小平、胡耀邦和万里打桥牌时，总让人学到很多东西：他们的神机妙算，尤其是叫牌时的胆略和高超总是具有国家领导人风格和魅力，常常出乎人的预料……父亲有一次和荣乐地（荣高棠之子）搭档，在梭罗门世界桥牌通讯比赛（在世界各地同时有十个赛场）中打出了妙张而获得世界亚军的称号。他的叫牌之快也常使对手防不胜防。

父亲打网球的历史是30年代在山东曲阜师范学校上学时学会的。那时的球拍都是木制的，弦是牛筋做的。从那时起，除了战争年代和“文革”时期，父亲打网球没间断过。北京最早的网球馆先农坛、北京体育馆和国际俱乐部等的设计和建设都浸透着父亲和吕正操等老伯的心血和智慧，也都是父亲和他们经常锻炼的地方。他还把球拍送给李瑞环、胡启立、张百发等同志，带出了一批中央和地方的领导开展这项高尚的健身运动。他每次到外地出差都忘不了带上球拍，并鼓励各地建立合格的场地、球馆和球队，推广这项老少皆宜的健身运动。他常说打网球使他保持了旺盛的工作精力。网球场上攻防和球速千变万化，是培养人的判断力和勇敢顽强意志品质的好场所。

父亲从不吃各种补药，也不相信什么气功大师的奇功魔法。他的座右铭是：运动就是健康和生命。实践证明：一静（桥牌）一动（网球）保证了他80余年的工作和身体健康。他说：这两项运动都要打到90岁。

过去父亲在一线工作时免不了加班加点，开夜车是常事。退下来后，生活越来越有规律，吃饭、睡觉和“三打两看一接见”都很按时，而且做到了早睡早起，常年坚持睡午觉和晚饭后散步。他早就戒了烟，只是偶尔喝一点国产酒，并对国产青岛啤酒情有独钟。父亲的饮食以清淡为主，每天的花生米、豆腐干和山东风味的酱牛肉是必少不了的。母亲和警卫人员一起在院子里开了块菜园，因此还能时常吃上一些自己种的新鲜蔬菜，有时蔬菜丰收了，他还把菜送给高龄的陈云等老同志尝个鲜。父亲看着母亲和身旁工作人员的辛勤劳动，感到了小小自留地的神奇作用和劳动果实的无比甜美。

父亲一生淡泊名利，知足常乐。退下来后请他题字的人很多，都被一一婉拒了。他手不释书，当毛主席批注过的二十四史新版发行后，他非常想一睹为快。老人家说：我在秘书那儿还有点钱，快去买一套吧！可秘书联系回来说，人家特殊照顾您，只收成本价，也得十三万五呢！老人家一听只得摇摇头，默不作声了。弟妹们听说了，忙集资给买来一套。父亲这才如了愿，从此一有空就翻阅起来。

这真是：

八十不称翁，挥拍仍从容；

一生淡名利，细品春秋情。

杨成武上将的体育情怀

中国人民解放军百万雄师中著名的“三杨”杨得志、杨勇和杨成武上将中的最后一位杨成武上将也于今年(2004 年——编注)二月早春料峭、寒梅绽放时离开了我们,享年 90 春秋。

曾当过代总参谋长和全国政协副主席的杨老将军在革命战争中立下的赫赫战功,知道的人不少。他和体育运动也有着特别的缘分。他个子高,身材矫健,面容白皙。虽家境贫寒,父亲还是咬着牙供他读到了初中,在军队中也是个文化人,智勇双全,大有儒将风采,被三军喻为“常山子龙将”。他注重文化教育,经常教育官兵读书识字。同时他也很注重体育。在战争年代,他曾号召部队战士强健体魄,加强刺杀的力量和准确,提倡急行军中的体质锻炼和行军速度。他还特别喜欢打篮球,通过对抗增强团队精神,活跃部队的气氛,又调节了紧张的战争生活。他的儿女对我讲:抗日战争时期,有一次,侦察排报告说,日军想扑灭杨将军的司令部。杨将军问明了敌人的进攻路线和详尽情况后,幽默地说:“小伙子们不要慌,敌人离我们还远,咱们照常打一场篮球再撤退都没问题!”他亲自上场,打完这场比赛才从容不迫地撤离司令部,使敌人扑了空。他的部队战斗作风是出名的过得硬,战士们大都是苦大仇深的“泥腿子”,而且杨将军很重视做政治思想工作,军事训练时要求极严,“平时多流汗，战时少流血”成了战士们的座右铭。而且夺得敌人的好武器，诸如当时精良的“歪把机枪”，每个班排都能配备上。在著名的平型关战役中，他的部队担任“腰战”地区阻击日寇增援部队，就是靠这种过硬的战斗作风，一举歼敌 300 余人。

将军的女儿荣荣说：毛主席号召到大风大浪中去锻炼，父亲就说：主席 70 多岁还横渡长江，你们年轻人还怕什么？硬逼着我们全部子女在江海中都学会了游泳！子女们自豪地回忆着当年练习游泳的场景，如今个个都坚持游泳和打球。

上世纪 90 年代初，我们体委报请国务院批准，请杨将军担任了中国自行车运动协会的名誉主席，从此将军就十分关心中国自行车运动的成绩。他曾特别赶到福建为获奖的姜翠华等自行车优秀运动员颁发了“金轮奖”，并应邀讲了话：“学习解放军，不怕苦，不怕难，拿出长征的精神就能赶超强国。总有一天我们的自行车运动员也能像乒乓球运动员一样夺取奥运奖牌呢！”他的普通话带着闽南口音，说话时挥舞着手臂，就像当年给战士们作动员报告一样。吃饭的时候，他还对肖天（现任国家体育总局局长助理）和当时的福建省委领导习近平讲：“当年我在河北组织武工队，他们都是昼夜骑着自行车，行动迅速，神出鬼没，消灭敌人，使日伪闻风丧胆。”我们问：“您骑过自行车吗？”“怎么没骑过？我从缴获的日本仓库里推出了自行车，几天就学会了。武工队和司令部都跟着我骑车在冀中平原察看地形和敌情呢！”他不时站起来，两眼如炬，惟妙惟肖地描述着当年的战争年代与敌人周旋的情景，使听者都更加热爱自行车运动，大家表示要尽快让中国这个自行车大国变成自行车运动的强国。

1993 年 9 月，已年届 80 高龄的杨老将军应中国登山协会和中国自行车运动协会之邀，不顾战争中曾四次受伤的伤残之躯，兴致勃勃地参加了在泰山举行的第三届国际登山节。开幕式在刚刚落成的泰山体育场举行。五岳之首的雄伟泰山脚下，红旗招展，锣鼓喧天，在雄壮的运动员进行曲中，各国登山健儿列队入场，杨老将军和登山协会名誉主席杨得志上将，迎着秋日金色阳光，神清气爽，满脸笑容，频频向运动员和欢呼的群众招手致意。杨老将军对我说："小万，我们下午也要登泰山！"这豪言壮语，让省市领导人为之一惊又一喜，纷纷跟随上山。车到南天门，大家扶杨将军下车，只见他头戴遮阳草帽，一身灰色的中山服，足踏白球鞋，手持泰山百年老藤手杖，精神抖擞，好一副老登山家的雄姿！坡度越来越陡峭，我们劝他坐坐滑竿，他连连摇头："不用，坐那玩意儿，就达不到登山健身的意义了！"他慢慢地爬山，真是一步一个脚印。尽管"秋老虎"发威，他已满头沁汗，仍不肯休息。他还开玩笑说："这叫'稳如泰山'呢！你们年轻人干革命工作，就要像这泰山一样稳健才对呢！"

杨将军退出一线后，对于体委的活动都尽力支持，多次参加我们组织的垂钓活动。1998年春，正当春风杨柳万千条，在颐和园的达园，我们把他扶下车来，他还笑着说："你下命令，我就和你赵阿姨马上赶来了！"他一点大将军的架子也没有，和我们的优秀运动员、教练员及各界名人一一握手，互致问候。可以看出他当年对官兵一定是"爱兵如子"。在一排大柳树下，警卫人员给他做好鱼饵，把丝钩抛出，钓竿放在支架上，他就坐在小板凳上静静钓起来。湖水如镜，岸上草嫩柳绿，风儿融融，春光灿灿，只是鱼漂毫无反应。将军就和紧靠他的九段围棋高手刘小光聊起天来，小光久仰将军大名，肃然起敬，又问起长征路血战湘江，抢占娄山关等。杨将军面对眼前翠草繁花，宫墙柳丝拂地随风翻作浪的盛世祥和景象，感慨万千地和我一起背诵1935年杨将军打下娄山关后，毛主席马上挥就的《忆秦娥·娄山关》："西风烈，长空雁叫霜晨月。霜晨月，马蹄声碎，喇叭声咽……"我们都沉浸在历史的画卷中，全然没有理会"阵地"上发生的情况。还是体操冠军李小双眼尖："啊，快看，老将军的鱼竿跑了！"我们忙往湖中扫视，只见水下物拖着将军的六米长竿，正大摇大摆分开碧水，箭也似地向湖中深水驶去。正在无奈之时，大概这条"大鱼"（一般跑掉的鱼儿，钓者都习惯统称为"跑了条大鱼！"）也该歇歇了，竿子在湖中心深水处转了两圈打住了，大家鞭长莫及，只好望湖兴叹。

杨将军此时站起来，手搭凉棚往湖中细看，哈哈一笑："好啊，钓鱼钓鱼，我还没钓着鱼，鱼儿倒'钓'着我的竿跑了，不过此时胜负还难说呀！"岸边垂钓者一阵欢笑，园丁催舟去湖中抓竿捉鱼。我又递给将军一支新竿，将军重新坐下来，也不聊天了，他叫刘小光也坐好，并肩作战，人鱼之战又静悄悄地开始了……

春秋刀练就钢筋铁骨的刘建章

新中国成立61年以来，尤其是开国的将军部长们，能称龙似虎者不胜枚举，我有幸认识的一位百岁老人刘建章就是其中之一。

刘伯伯长我父亲六岁。粉碎“四人帮”之前，也就是1976年10月之前，“四人帮”强行批判以“邓小平为首的右倾翻案风”，其中被“四人帮”称为邓小平的“四大金刚”的国防科工委主任张爱萍上将、中国科学院党的核心小组副组长胡耀邦、教育部长周荣鑫、铁道部长万里，都是“文革”期间赋闲多年的老同志，是周恩来总理赏识又经毛主席圈阅定下来的“解放”干部，他们都是经过革命战火考验出来的优秀干部。

此时的父亲顶着压力，奉中央“九号令”大刀阔斧地整顿一团糟的中国铁路。他在铁道部的得力助手就是1926年参加共产党的老革命家、铁道部常务副部长刘建章。他们昼夜奔忙在千里铁路线上，在他们的治理下，跑出了“四通八达、安全正点、多装快跑”的火车。难怪从不爱题字的父亲，新中国60华诞时，应刘伯伯的爱女、昔日的中国女篮健将刘玉民再三之邀，特别题写了“刘建章同志为中国铁路事业鞠躬尽瘁”的题词，以表彰这位第六任铁道部长对中国铁路的献身精神。

刘老1910年出生于河北衡水的普通农民家庭，1926年加入中国共产党。他从上小学的时候就喜欢跑、跳、投这些基础运动，使他在后来的足、篮、排上又大显身手。值得着重一书的是中学时代，刘老还特别喜欢上了中国国粹运动——武术。自古名师出高徒，教他武术课的老师赵国祥就是北京当时大名鼎鼎的“大刀李”的高徒。行家们都知道，长短冷兵器好手都需要以拳脚为基础，否则格斗中怎会有“徒手夺刀”的高手呢？所以刘老很用心学会了“形意拳”后，开始学习关云长手握的这种“春秋大刀”。中国武术博大精深，讲究的是武德，如少林武术学习的目的不是去“杀人越货”，而是强身健体、防身自重，实在被敌手逼得无路可退才只好破杀戒呢！刘老青少年时对武术可说是到了痴迷的地步，无论地方大小，他都能将老师所传授的各种拳法演练一遍又一遍。如形意拳，就是 1928 年在国民党监狱中和 1968 年“文革”时期住秦城监狱时，在这样的弹丸之地，没有大刀和任何器械，只能苦练形意拳。当然自古说“艺不压身”，1929 年他出牢房后，回到了当年八十万禁军教头林冲被发配的武术之乡河北沧州西南的景县，在寻找党组织的同时，他以自己任教武术的学校为联系地点，积极开展革命斗争。1932 年终于与党组织取得了联系，在党的领导下他积极组建了景县第一个共产党支部。

1939 年冬，刘建章所带的部队被日军包围，在他的带领下，全体战士英勇奋战，激战中刘老不幸被敌人机枪子弹打穿了右肺，刘建章坚定地对同志们说：“不要管我，你们赶紧突围！”但战友们绝不放弃他，冒着枪林弹雨硬是把浑身血染的冀南五分区专员刘建章抬着杀出了重围，好不容易转移到肖张镇教会医院以后，不幸再次被敌人包围。情急之下，老乡们把他抬到漫天大雪的院中，用一快白布盖在他的身上。冲进来的敌人用刺刀指着担架:“这是什么的干活?”扮装成老百姓的警卫员机警地回答:“一个快断气的传染病人。”日本鬼子听说是传染病人,马上掩鼻悻悻而去,这真如影片中出现的死里逃生,虎口脱险的惊险镜头。

建国以来的刘老一直在铁道部辛勤工作,浩繁的工作并没有让他放弃刀枪、剑棍和拳术等运动。上世纪六七十年代,他跟我父亲万里同志又学会了打网球,父亲还特别送给他一对好球拍。我最后一次见到他是在2006年内蒙古区府呼市举行的全国老年人业余网球比赛主席团聚餐的餐桌上。那时他还担任中国老年体协的名誉主席,自1983年担任首届主席并连任两届后,又担任名誉主席总共长达20多年呢,这真是众望所归了。就算上国家体委各届主任,还没有一个比他掌握的运动项目多呢!当时他精神矍铄,还略带点红润,可能是刚运动过,又喝了点葡萄酒,看上去真是古人常说的鹤发童颜!他没有一点晚年老人的倦怠、迟暮。席间还颇狡黠地眯着眼,头一斜问:“你真能拿55岁以上的双打冠军吗?搭档是哪一位?”我回答完提问后,看着这位不屈不挠,屡次逃过鬼门关的老人,敬佩之情油然而生。因战场受伤他长期只用一个肺呼吸,晚年又动过胃切除手术,真可谓“屋漏偏逢连夜雨”了,可他对生活的乐观态度始终如一,永不向任何艰难困苦低头!这位在敌人面前永不弯腰的舞春秋大刀老人,在建国以来最为残酷无情的十年浩劫时期(1968年),被扣上了“死不改悔的走资派”和“叛徒”的大帽子,非法投入秦城监狱达五年之久,当然他的耿直和不时带有讽刺的态度大大不合造反派的口味,竟把近六旬的老人吊起来毒打,常常不给吃喝,实在不行就让喝自来水,甚至还惨无人道地逼供。老伴刘淑清探监时了解了这些情况，这位无论是惠风润雨还是暴风骤雨总是和他相敬如宾、坚定贤惠的妻子，看着窗外来回走动的狱警，忙用手指沾水在桌子上写道："1. 坚决不自杀；2. 绝不害别人；3. 实在熬不过去就说些不关紧要的事吧！"回去后她想方设法通过王海蓉、唐闻生两位能常见到毛主席的女外交官把此事报告给了毛主席，使"龙颜大怒"："请总理办，这种法西斯式的审查方式是谁规定的？应一律废除。"经总理严厉过问，刘老这一次又逃离了地狱樊笼。

1976 年总理病故后，早春时节还是"悬崖百丈冰"时，在"四人帮"指挥下，掀起第二次打倒我父亲万里的高潮，父亲满脸阴云对刘老说："你就在铁道部里揭发批判我吧！否则你过不了关呀！"久经战火洗礼的刘老坚定地答道："揭什么，批什么？如揭批你不就是揭批我自己吗?!"两位志同道合的革命家在这"黑云压城城欲摧"的日子，手握得更紧，"一切尽在不言中"了。在父亲病重住进医院的日子，造反派无论怎样对刘老进行"攻坚"，始终掀不开他的铁口钢牙！

刘老的春秋大刀为革命也为自己铸造起钢铁体魄，他的大刀和拳术一直挥舞到 98 岁的最后一刻啊！

八路军是谁第一个抓获日本鬼子俘虏

大家都知道1937年威名远扬的我八路军115师，在山西东北部平型关伏击战中，军号劲吹，战士个个如天兵天将降临，几乎全歼了伏击圈内的日本板垣师团运输大队1 000多人，成为战胜日本法西斯的经典战役，给了耀武扬威不可一世的日本侵略军有力重击，从此打破了“皇军不可战胜”的神话。当然当时的战斗还是相当激烈的，遭到突袭的日军回过神来，逐渐恢复了凶悍的战斗作风，利用手中的精良武器拼命顽抗。当时我军会日语的很少，当场能用日语喊出“缴枪不杀，八路优待俘虏”的极少，就是能勉强喊出，也因为发音不准，鬼子也难听懂，就是听懂，顽固不化的鬼子们“杀身成仁”忠于天皇的“武士道精神”也使这些亡命之徒不肯投降，而且还妄想组织突围逃遁。这股日军被我军用机枪、步枪、手榴弹压制在老爷庙至小寨村的峡谷之中，最终被我八路军全歼，当时赶来增援的日军也被林彪、聂荣臻指挥的我八路军成功阻击。平型关大捷后不久，林彪又和115师343旅参谋长陈士榘，在山西昔阳县西广阳地区指挥歼灭了进入我伏击圈的日军，再次打了个漂亮的闪电伏击战。

时间离平型关大捷不过两个月，当时已进入深秋时分，山西山区呈现着斑驳的红黄紫色彩，霜后的柿子、山楂果、大红枣等果实都已成熟，发出诱人色香。陈士榘指挥的我八路军官兵从夜半冷瑟的秋风等到凌晨曙光来临，又耐心等到了热乎乎的大红太阳照热全身。一直苦等到下午三时，摇头晃脑的鬼子部队的钢盔、刺刀、望远镜才在阳光下不断闪烁着耀眼的亮光。根据平型关大捷经验，以静制动放过其精锐二十师团主力部队后，陈士榘和686团以李天佑为团长的指挥官们果断鸣枪吹号，对大摇大摆缓缓进入伏击圈的后续辎重部队发起了突然猛烈攻击。刹那间我686团官兵从山路两侧高山上不断掷出成排的手榴弹，机枪、步枪、驳壳枪也同时发出了怒吼。手榴弹在谷底爆炸着，地动山摇，炸得鬼子则鬼哭狼嚎。

陈士榘命令小司号员又吹响了声振军威的嘹亮冲锋号。这些长征过来的老骨干带上新扩充的战士，个个犹如下山猛虎，他们枪枪都上好了寒光闪闪的刺刀，嘴里呼喊着“冲啊！”“杀啊！”，不少官兵是边开枪边冲锋，脚板下越过浅沟深坑。不知是被我军气势如虹吓破了胆，还是这批鬼子“武士道”差了劲，总之抵抗顽强大不如刚刚结束的平型关战场上日本板垣师团运输大队鬼子兵。

随我军686团官兵冲下来的指挥官陈士榘一直遗憾平型关大捷中最后竟未抓到一个日本侵略军俘虏，他用望远镜判定前沿是一群逃窜的日本兵，斜阳下慌慌张张如漏网之鱼钻进了百米外公路对面低洼处的草丛灌木林中去了。他忙把正紧握的德国手枪收起，附耳对他带来的警卫排长下达了命令：“小伙子，我这里不用这么多警卫人员了！在这里一个班足够，你立即带上两个班专门去给我抓几个鬼子俘虏！”

只见警卫排长挥舞着手中快慢机盒子炮，带领两个班十几个最精壮的警卫战士冲出去。陈士榘用望远镜目送他们越过了公路，冲进了路边的草丛，有两袋烟的功夫，沟里枪声大作，如同过年的鞭炮。阵响之后不久，这两个班很快返回了，每个人肩上几乎都多挎上了一两支“三八大盖枪”，有的腰间还别上了手枪洋刀什么的，但并没有带回一个俘虏。陈狐疑发问，只见领头的这个小伙子排长一边用军帽擦着黑红脸上的血迹和汗渍，一边气呼呼地汇报：“首长，这群王八羔子，太顽固不化，中毒太深了！不得不把他们全灭掉，否则他们会干掉我们呀！”

陈士榘一听又称赞又摇头，看来这回抓俘虏又泡汤了！夜幕已不知不觉低垂下来，激烈战斗已经基本结束了。这次他亲自指挥的686团一共歼灭鬼子500多人，枪炮、骡马、衣物战利品也缴获不少。在亲自向林彪电话汇报后，陈士榘又令团长李天佑将团指挥所向前推进到广阳镇，那里尚不时有零星枪声和手榴弹爆炸声传来，镇内仍有残敌负隅顽抗，做困兽斗。这枪声又唤起了陈参谋长内心的欲望，不抓住日本俘虏，绝不罢休！他不顾个人安危，顺着不息的枪声急循过去，几个警卫人员阻挡不住首长就全部拔出枪，子弹上膛紧跟左右。他们摸黑来到一个土墙小院门口，看到不少战士将小院里三层外三层围住，这时只见两个战士还拔出手榴弹准备往里猛甩！

只见陈参谋长三步并做两步来到门前，小声坚决地对投弹战士喝令：“慢着！”赶上前向小战士们发问：“里面有多少鬼子？”“报告参谋长，好像是刚跑进去一个吧！钻进去后这家伙就一个劲朝我们开枪！”陈士榘把手枪装进腰间枪套后，忙拍了一下大腿又一挥手：“小战士，好啊！那我们这么多人还不抓他个活的？还用手榴弹干啥！”只见陈参谋长敏捷地闪身迈进院门，当时的师侦察科长苏静（后来的开国中将）也拔出手枪紧跟了进去，贴身警卫们也都忙冲到了参谋长、苏静科长前面或左右。

院外的几个战士也已把刺刀上好了。陈士榘领着这班人马都低猫着身腰，趁夜色掩护先后都摸到了此屋窗户下和门两旁。陈参谋长用他刚刚学会的日语大喊：“缴枪不杀，优待日本俘虏！”这时苏静也带领战士们齐学喊这两句“缴枪不杀——”的劝降日语，里面的“武士道”仍又拉枪栓胡乱朝窗外射击了两枪壮壮胆吧。陈士榘又示意大家安静和耐心等待，又尽量用长官加特别温和的口气对屋内敌人连说：“你的明白——明白‘缴枪不杀你’！”只见沉寂了一会，仍不见任何动静，屋里发出了一句颤抖和生硬的中国话：“明白……不杀？”又是一阵沉默，陈参谋长见还无任何动静，忍不住一脚猛踹开薄薄木门，借着月光只见明晃晃的三八大盖刺刀闪着幽光——就在他胸前，陈急忙紧拉鬼子枪身往门外拖甩，众人一声喊叫：“抓活的！”七手八脚地下了他的枪，把这个活捉的鬼子团团摁住又拉起来。明亮的月光清楚地照在满脸胡子拉碴的鬼子发青的惊恐万状的脸上，陈参谋长趁着月光定睛一扫他的下身，不觉暗自发笑，日本兵下半身卡在一个桶似的白蜡条所编的装谷穗豆类的高筐内，不得脱身，看来他自己已奋身挣扎，折腾了好一阵子，还是被紧紧卡在了筐中，因为紧张和惊恐，鬼子浑身上下大汗淋漓，已把军装湿透了，此时面对一屋荷枪实弹的中国官兵，他惊吓得浑身发抖，汗、涕满面。陈士榘参谋长命令战士把鬼子从筐里搞出来。陈士渠参谋长亲手活捉鬼子兵的事迹，传遍了全镇也迅速传遍了全军，以后活捉的日本俘虏也就越来越多了。

日本共产党领导人之一野坂参三抗日战争中也到过延安，他提出以打倒日本法西斯、结束侵华战争、建立人民政府为日本共产党当前的任务，号召建立广泛的人民统一战线。鉴于日本国内的反战、日本士兵自发投降的增加、在华日本共产主义者的团结和不断扩大，野坂认为进行广泛的政治斗争的条件正在成熟，于1944年2月指导各地把日本士兵俘虏组织的反战同盟发展成立了“日本人民解放联盟”，共同抗击日本法西斯的侵略。

陈士榘这位共和国的开国上将，1927年的老党员，曾任八路军115师参谋长，新四军参谋长，华东野战军参谋长。这位参加过井冈山和五次反“围剿”斗争的钢铁战士，建国后历任南京警备司令，中央军委工程兵司令兼工程兵特种工程指挥部司令，为“两弹一星”发射基地的建设做出了卓越贡献。活捉鬼子小兵只是他传奇人生一个小小故事而已。

巾帼不让须眉

2008年3月,《乔冠华与龚澎——我的父亲母亲》一书由中华书局正式出版发行。

这部书是作为医生的乔松都的处女作。松都是新中国一代外交奇才乔冠华、龚澎夫妇的亲生女儿,她费时几年,翻阅了大量解密和公开资料著作,用心血拌着泪水写成了这样一部记录父母革命事迹和家庭亲情的作品。

松都知道,作为一部写实性传记,最重要的是真实,因此本书是具有史料价值的。如书中写到龚澎阿姨如何在毛主席、周总理指示下几次负责具体接待中国人民的老朋友斯诺的真实情况等等,是第一次向外界详尽披露。作者以女儿家特有的精细、理性、绵密的笔触,以一种充满了只有血脉儿女才具有的真实感情和深深埋藏在心底的思念,写出了父亲乔冠华和母亲龚澎这对老外交家,艰苦奋斗、忠实执行党和人民所赋予重大光荣任务的历史原貌。夫妻二人并肩战斗,比翼双飞,毛主席曾赞誉乔冠华与龚澎:“天生丽质双飞燕,千里姻缘革命牵。”

龚澎阿姨无论在战争年代,还是在新中国刚刚建立时的艰苦卓绝的外交工作上和对人生的正确态度上往往是巾帼不让须眉。龚澎阿姨是开国首任外交部新闻司司长,也是外交部最早的新闻发言人，后升任外交部部长助理。在“文革”的动乱年代，作为周恩来总理的得力助手，面对无理取闹的造反派，显示了非凡的才能和坚定不移的革命立场；她甚至表现出比乔伯伯还要更大无畏和坚韧不拔的革命精神，是我们下一代人心中无比自豪的现代伟大革命母亲的形象！这些在作者笔下都有出色生动的描绘。

上世纪50年代初，笔者尚在儿时，经常到乔家先后居住的台基厂3号、无量大人胡同6号、报房胡同35号等处做客，亲眼看到乔伯和龚姨总是因为开国外事繁忙，有时匆匆钻进汽车去上班，但更多的还是目睹龚姨常常骑上一辆女式“凤头”瞬间消失在胡同口风雨中。大约是1953年吧，松都尚在襁褓中，她的哥哥宗淮和我同读小学，而他们的父母一身戎装，胸前佩戴着“中国人民志愿军”标志，多次奔赴硝烟弥漫的朝鲜战场。停战后金日成元帅特发给他们军功章。

1963年我的父亲万里(时任北京市委书记处书记，北京市第一副市长)与乔伯伯一起跟随刘少奇主席去平壤访问，一路上，万、乔两人谈笑风生，我父亲教乔伯伯学会了打桥牌，这也是乔伯伯第一次叫牌“过招”呢！那是一次充满战友情同志谊的愉快的出访，也是两人唯一一次共同出访。

弹指一挥间，这都是近半个世纪前的如烟往事了呀！

不容置疑，在中国百年难遇的改革开放盛世，开始真正显示了多少人向往的“百花齐放、百家争鸣”的明媚春天，出书写传蔚然成风，也难免鱼目混珠。然而多少有些遗憾的是，在大力宣扬乔外长叱咤风云时，有关他长达28年的夫人，也是一代杰出女外交家龚澎的记录就颇为单薄了。有幸的是松都此书做了有力、生动和较为全面的补充。“文革”中，同样受到高压和冲击的龚澎阿姨，身心受到严重损害，以壮年之时早逝。难怪周恩来总理在龚澎重病期间，十分悲痛地命令医护人员大力抢救，并亲自到病房探望她。

龚澎的姐姐龚普生也是外交界的一位前辈，她的夫君章汉夫伯伯则是建国初期时的外交部常务副部长。龚澎的父亲龚镇洲德高望重，追随孙中山，被周总理尊称为“有德有年，功在民国”的革命先驱。

忆萨翁

看到不少报刊、网页皆头版头条报道了萨马兰奇以 90 高龄仙逝的消息。毫无疑问他是新中国成立以来中国人民最伟大和最熟悉的朋友之一，他高举五环奥林匹克大旗，在中国迎风飘扬，除了国旗以外还没有任何一面旗帜让 13 亿中国人民如此光荣和自豪吧！

我作为一名退休的体育官员，曾担任过中国奥委会委员和中国奥委会新闻办公室主任，虽然当时没和他有过密切接触交流，却也不是泛泛之交——

我知道他这位终身的奥委会名誉主席，是除了奥运创始人顾拜旦外，担任国际奥运会主席时间最长的一位（21 年），也可以说是卓有贡献的主席，比如在 1984 年前举办奥运会，似乎是“烫手山芋”，可现在早已是各国抢手的“香饽饽”了。鲜为人知的是出生于奥运举办地西班牙巴塞罗那的他，是毕业于德语学院和西班牙“商业研究院”的高材生，青年时代的业余爱好很多：足球、骑术、射击、拳击……

他的运动成绩亦堪称优秀——曾加入西班牙冰球国家队，能在这种力量和速度的对抗中有一席之地，可见身体素质不错。从国家队退役后又被任命为国家冰球队教练，可见技术和头脑当属一流。

中国人民的国球乒乓球，几乎人人都能打两下，笔者高中时曾获全校冠军并荣获二级运动员称号，但萨翁在五六十年代，曾获西班牙全国乒乓球比赛混双冠军，水平应在我之上，难怪他的乒乓球情结深厚，特别喜欢我国最优秀的乒乓球女选手邓亚萍。萨翁特别告诉人们，小邓的非凡成绩是打法快速勇猛而又变化多端，她的成功之道是艰苦卓绝与天才、不屈不挠精神相结合的结果，体现了奥运宗旨（更快、更高、更强）。我国亿万观众和球迷多次见到小邓取得世界冠军后热泪抛洒，当时小邓对采访记者说出心里话"这个冠军争得太不容易了"……

当然我多次见到萨翁，那是在他频频亲临我国全运会、体育美术大展、邮票大展开幕式上，他剪彩，我站立，他招手，我鼓掌而已。因为当时没有直接的接待任务，没有作过什么交谈，我只是一名普通的外事工作人员而已。中国著名的画梅高手王成喜的夫人是我河南西华县黄泛区农场的知青战友，因此两口子成为我的莫逆之交。上个世纪 80 年代末，王成喜精心绘制了一幅《冰雪红梅图》托我这个体委搞外事宣传的小老弟呈交萨翁。我斗胆写了报告，通过体委宣传司、中国奥委会上报，终于获得通过，由我和成喜亲自交给中国奥委会副主席何振梁和秘书长屠铭德，他们亲自带往国际奥委会总部洛桑，面交萨翁。当展卷呈交时，鹤发童颜神情矍铄的萨翁十分欣喜，前后抚摸把玩，不断地问："这真是中国毛笔画的吗？中国墨水的秘笈精神到底是什么？"

屠秘书长返国后向我娓娓道来，并展示了萨翁观画的大幅彩色照片。进入新世纪后，新华社一名记者老肖在采访万里委员长大量体育活动后，以《万里的健身之道》成书，特别要求通过我请萨翁写序。我们的信寄出后，书等着印刷，正当我们忐忑不安时，萨翁千里传书而至，为该书写了热情洋溢的序言，还亲笔签上了富有特色的“长长弹簧”似的大名，使我们倍感鼓舞，他是一位多么善解人意、亲切和蔼的老人啊！

国家体委老主任、现任中国奥委会名誉主席的李梦华曾对我说：“1983 年在上海举办第五届全运会时，萨翁应邀出席，当时我陪你父亲万里同志（当时他是国务院常务副总理，也是主席团主席），宴请他吃上海菜。萨翁很是兴奋，对上海餐具的精美，对上海的佳美和带甜味的菜肴点心，对丁香花园的环境都赞不绝口。之后组委会又特请上海裁缝专门为他裁剪了一套藏蓝色的西装，也让这位穿惯了西方名牌的萨翁又吃了一惊，说：‘这么合身，这么细致周到，上海制作出了我最喜欢的一套西装……’”

2005 年 5 月，由中央电视台和国家体育总局联合举办的 CCTV“体坛风云人物”颁奖仪式在中央电视台演播厅拉开帷幕。组委会一致评定授予第七届全国人大常委会委员长万里为此届唯一终身成就奖获得者，最后才通知由正好在中国的国际奥委会终身名誉主席萨翁颁此届最后一项重头奖。得到通知的万办和我们万家兄妹又立即当面向父亲出示邀请函。父亲虽很想参加，但因年近九旬，此奖颁发时已过晚上十时，老人按正常规律已入梦乡，因此他老人家不得不放弃出席，我和妹妹万紫应邀特前去代父领奖。

那天我们兄妹盛装提前近两个小时被安排在紧靠萨翁座位的第二排。这次中央电视台搞得十分隆重，在门口铺设了红色地毯，迎接此次得奖的优秀运动员和嘉宾。事先有新闻部程主任为首的中央电视台记者专门拍摄了老人坚持了几十年的网球和桥牌运动场景。老爷子在 80 年代担任党和国家领导人时，曾主管我国体育事业。终身担任了桥牌和网球这两个运动项目协会的名誉主席，是目前我国年龄最长、运动年龄最长的中国领导人。中央电视台的主播大楼上放映了老人击球、打牌的“虎老雄风在”的英姿风采。这是我所见父亲最为高大的活动画面，可见中央电视台对这位两项运动“终身名誉主席”的热爱和尊重。

萨翁在他的老朋友——中国奥委会名誉主席何振梁和体育总局局长刘鹏陪同下，终于在十点前来到了第一排就座。我和妹妹连忙起身欢迎，经何的英文介绍，萨翁显得非常高兴，忙问：“我真诚地欢迎你们兄妹，老朋友万副总理不能来了吗？”何忙说万里老人年事已高，不能在此久等，我忙指指手表，说父亲已按他的生活规律此时已入睡了一个多小时了！萨翁说：“你们两位代表，很高兴，很好！”他微笑着，像摸世界乒乓球冠军邓亚萍一样，轻轻地用双手摸了一下妹妹万紫的脸蛋。十点整主持人张斌宣布了萨翁颁最后大奖，并由“中国网球协会副主席万伯翱代父万里领奖”。我们在热烈掌声中走上舞台。当我从萨翁手中接过“小金人”（一个金色的运动员雕塑像）和鲜花时，萨翁满头白丝在闪光灯下闪烁着银色光芒，一身深蓝色笔挺的西装衬托着他不胖不瘦的理想身材。我的脑海中不由闪过，正是这身打扮，甚至也是雪白衬衣映衬着淡蓝色的领带，1986年萨马兰奇亲自带着国际奥运会的五环旗到北京，向中国历史上第一位获得国际奥林匹克金质勋章的国家领导人万里颁奖，以表彰父亲对新中国体育事业，对国际奥林匹克运动的贡献。我记得父亲在致答词中特别强调，他是代表中国政府和人民接受这一最高荣誉的……

萨翁此时微笑着说：“祝你父亲万里先生和全家都健康愉快！”

我用英语表达了对他本人和全家的真诚祝福和感谢。中央电视台主持人、此次担任萨翁翻译的水均益站在我左侧微笑着点头致意。

有趣的是第二天重播时，父亲在电视上看到了这些镜头，竟忘却了一切，充满感情地说："啊，萨马兰奇是我的老朋友呀，我应该去见他呀！你们怎么不叫醒我？"秘书和我们兄妹只好嫣然一笑："爸爸是老小孩了，开始经常忘事了。"

在金大中先生家做客

受到国际社会广泛尊敬的韩国前总统金大中于今年(2009年——编注)8月23日在首尔下葬了。那11位高大壮实的韩国海陆空三军官兵,抬着前总统的灵柩的镜头给我不小的视觉冲击。韩国民众几乎都参加了他的葬礼和追悼活动,哭泣着告别这位前总统。这位舍生忘死,为了促进韩国的民主、人权、和平和南北朝鲜实现阳光政策的民主斗士受到了全世界人民的称赞。韩媒体还在国葬活动中特别展现了金大中荣获诺贝尔和平奖的历史性画面。

我国各种媒体尤其一些晚报和网络都不惜篇幅,给予金大中前总统各种宣扬报道,使我更加认识到中国政府特使唐家璇出席葬礼时,对现任总统李明博说的一句话:“金大中先生是中国的好朋友!”

是的,我也可以颇感荣幸地说:“金大中也是我个人的好朋友!”

记得是1997年,我在当时国家体委国际司朱文先生的周密安排和陪同下,第一次踏上了韩国首都汉城(现改名首尔),不但见到了金大中先生,还被他热情相邀到家里会面并共进早餐。

每年的8月15日,是我国庆祝战胜日本法西斯侵略者的纪念日,同样也是“韩国战争胜利纪念日”,汉城各党派政要都会参加这个隆重的纪念活动。在一位姓赵的“金大中竞选组织委员会委员长”热情安排下,正繁忙紧张准备参加总统激烈竞选的金大中先生特别挤出时间，赶在 8 月 15 日纪念活动开始前，友好地邀请我们一行到他家里会面。

金大中家在京师近郊处，一个高墙小院里，是一所典型的韩式青瓦蓝砖白墙的院落。不远处就是闻名遐迩的韩国母亲河——汉江。江面很是宽阔，流水充沛千古不休，好一派大江东去的景色呢！岸边不远的小院里，青竹下有繁花绿草，走廊里秋菊兰花错落，使这个未来的韩国第一家庭独具东方典雅风韵。

那一天风清云舒，只见西装革履的金大中先生早已站在门口等候我们一行来自中国的客人。我们在他书房兼客厅里分宾主坐下，金先生当时神清气爽，头发梳理整齐而泛着青光，略为黝黑透红的脸色显得神采奕奕。经过多年共患难、始终不渝的夫人李姬镐，看起来个子好像还略显高他一点。她清瘦而干练，满头青丝盘着发结，身着朝鲜民族长长拖地的衣裙，微笑着亲自上茶，又悄然退下，很显朝鲜女性的贤惠、谦和礼让的美德。

客厅不大，有一个四扇屏风与书房隔开，使我作为中国人感到自豪和亲切的是，四扇屏风皆用中文行书写满了唐诗宋词，那殷红的闲章和华章文字后面的明章，显示了汉文书卷气和主人的中国情结及品位。我忙问作者是谁，大中先生说是位韩国的书画家所作。我们赠上从国内带来的纪念品，正好其中有中国著名书法家李力生的丹青作品，写的也是一首唐诗，我向他诵读一遍，中间有一个近“狂草”的字停顿了一下，正在默想之际，想不到大中先生已读出中文。这使我们一行中国人感到汗颜了！我们敬佩之余又好奇地问：“金先生缘何中文如此之好？您在哪里专攻过？”先生莞尔一笑：“住了几年大狱，一个人在单人牢房为磨炼意志，狱中利用这大好时光，在我原有的汉文基础上坚持自学，这也是我割不断的中国情结吧！”我们环视先生的藏书架上果然有不少中国书籍呢！主要是中国的古典名著和诗词线装选本。此时，大中先生站起，离开沙发，双腿因为被反对派打坏而走动略显高低跛行。只见他从二层书架上拿下一个褪色的旧式帆布书包，看着他双手捧持，面色凝重，知道这不是凡物：“这是南非总统曼德拉所赠，是他在狱中装书和笔记本的书包呢！我访南非时，总统就相赠予我了。”我们忙观看，每人上前都把摸一下，霎时觉得它历经沧桑而似金子般沉重了。他接着让助手拿来不少回赠物品，是他签了名的自己的著作和一些韩国工艺品，分别亲赠我们在座每一位。很快夫人笑盈盈走来致礼并用中文说：“请客人用早餐！”餐厅只能放下一个长方形的铺有洁白桌布的餐桌，大中先生坐酒柜前面的主位，我打头紧挨着主人，其他中国客人挨着我一字雁阵坐下。对面是他的“竞选组委会”赵委员长及助手等，也一字对面坐下来。忙了半天的夫人仍微笑致礼后手持托盘退下，并不和大家共餐。早餐较丰富但不铺张，记得是每人首先一碗用享誉世界的高丽参加小米熬制的粥，每人前面少不了一盘放几种韩式泡菜的多格盘子，还有豆浆、牛奶，配上一些冷热糕点茶水之类，不过四十多分钟大家都用毕。只见身着彩裙的夫人飘然又至，手托茶具为每个客人再上茗茶，她的淑德、贤惠和忠贞给全体客人留下深刻印象。临返国前金大中令其儿子又在汉江畔设宴为我们送行，以再尽地主之谊。

我们回到中国的第二年，经过多年生死奋斗，几经大狱和海上生死离别的金大中先生在大选中获胜，当选为韩国第 15 届大总统。他访问中国时还派他原来的助手，已被任命为仁川市领导人的赵先生，亲自捎来了我与金总统的合影照，上面有亲笔签名“大统领金大中”，还有背面刻有金总统名字的韩国手表等礼物。今年春夏之交，我再次访韩时很想再拜访这位传奇的“大统领”，不料金大中先生已病重住院，呼吸都很困难，为了保证他的健康，韩方只好遗憾地表示无法安排见面了。

这真是：幽兰秋菊皆有骨，金风吹拂又忆君！

第二辑

我所知道的齐如山

2008 年岁末，电影《梅兰芳》放映后，不仅曾被禁忌的梅孟恋成为热门话题，就连被人遗忘了的齐如山也在影片中化名邱如白，以梅兰芳的经纪人身份登场了。齐如山究竟何许人呢?

一

对于邱如白的原型齐如山，相信对中国戏曲尤其是京剧比较陌生的年轻人，并不会十分清楚。齐如山先生曾有言:“说到我帮梅兰芳的忙这一层，实实在在我也帮了他二十多年，可以说一天也没有间断过……他的名气，固然我帮助的力量不小，但我的名气乃是由他带起来的。几十年来，知道梅的人，往往就提到我，由这种地方看，岂非他帮助了我呢?”

齐如山先生是中国受过完整、系统旧式教育的最后一代知识分子。他原名宗康，字如山，1875 年出生于河北高阳县。自幼泛读经史，对流行于家乡的昆山腔、弋阳腔、梆子等地方戏曲十分喜爱。他 19 岁进官办的外语学校——北京同文馆，学习德文和法文，前后约五年。毕业后毅然决然地游学西欧，用心学习和考察了欧洲的戏剧。辛亥革命后回国，担任了京师大学堂和北京女子文理学院的教授。齐如山对戏剧和戏剧理论都有着深入的研究，他早年还编写过话剧剧本《女子从军》，戏曲剧本《新顶砖》《新请医》等。当然他对京剧最为醉心。他酷爱京剧，但又看到了旧皮黄的一些缺点，因而产生了研究和改革京剧的兴趣。

其时，齐如山经常参加一代宗师谭鑫培（现代著名京剧表演艺术家谭元寿的曾祖父）、田际云领导的正乐育化会的一些活动。该会还经常邀请文化艺术界的人士到会作演讲，齐如山是其中之一。他为该会的会员介绍西洋戏剧的情况以及讲述有关戏剧理论，极力主张改进中国戏曲。他的演讲使长期封建闭塞在京剧舞台一隅的伶人们大开眼界。谭鑫培和田际云称赞："讲得实在好！"而在台下众多的听众中便有冉冉升起的新星——青年京剧演员梅兰芳。

齐梅二人的相识过程在梨园界亦是一段佳话。1913 年，刚刚崭露头角的梅兰芳在天乐茶园演出《汾河湾》，据说这是齐如山第一次观看梅的演出。正如电影所表现：当台上薛仁贵唱到窑门一段，饰柳迎春的梅兰芳按照师傅教的传统演法，面向内坐，竟自"休息"了，或者说他也如台下的观众一样，在一旁毫无表情地背对着薛仁贵坐在那里静静听其独唱。

梅兰芳这出戏当时已经深受老观众的欢迎，而当时的观众大多也是来"听"戏的，戏迷们甚至会闭目摇头晃脑地拍打着板眼来听，听到好处便睁双眼大声喝彩叫好，好像并不在意其他角色和剧情的关系。因此在中国京剧舞台上的角儿们，常常是你唱你的，我唱我的。不少演员甚至为了取悦观众而不顾剧情一味地斗嗓子。但齐如山以当代戏剧家独特的欣赏眼光，从旧戏中发现了不少瑕疵和不足。齐如山对这位比他小 19 岁好学上进的青年伶人非常看重，并很想帮助这位年轻人。但他当时与梅兰芳还不相识,便采取文人常用的办法——写信。他用毛笔蝇头小楷写成的这封信竟长达三千言,且颇费斟酌,花去几乎一天的时间。其主要内容是以《汾河湾》为例,谈了表演与剧情如何结合的问题:“假使有一个人说,他是自己分别 18 年的丈夫,自己不相信,叫他叙述身世。岂能对方在滔滔不绝地叙说着,自己却漠不关心呢?”齐如山在信中直率地批评了传统戏剧的演绎,对梅兰芳所演的柳迎春这个人物的身段设计提出了自己的建议——戏里薛仁贵离乡背井 18 年,如今回来了,柳迎春怀疑是陌生人冒充自己的丈夫,便一气跑回寒窑,顶住窑门不开。这时薛仁贵在窑外有一大段“西皮”唱段,回忆了当年在寒窑新婚的情景,表露自己的思念之情。按照传统演法,梅兰芳进窑后一直背对门外的薛仁贵纹丝不动地坐着,尽管薛仁贵唱得声情并茂,她却还是无动于衷,脸上、身上一点“戏”也没有。但当薛仁贵刚一唱完,柳迎春却立刻开门相认,这就不符合生活逻辑和戏剧人物情理。齐如山在信中建议柳迎春在听薛仁贵诉说时,要趁着胡琴“过门”见缝插针地加进身段、表情,随着薛仁贵的叙说,要表现出柳迎春复杂的心理变化。听他唱到“常言道千里姻缘一线定”的时候,要有十分倾听的神态,因为这句话与自己息息相关。薛仁贵唱到“你的父嫌贫心太狠”的时候,柳迎春要显得很气愤难过。而唱到“将你我夫妻赶出了门庭”的时候,柳迎春要为之动情,做出以袖拭泪的动作。等到薛仁贵把当年的隐情全部述毕,柳迎春就可以明白门外之人正是分别 18 载的丈夫。如此再开门相见,就如同瓜熟蒂落,水到渠成了。齐如山在信的后半部分,把薛仁贵唱段分成九个段落,一一配上自己设想的柳迎春的身段表演。

二

梅兰芳接到齐如山的来信，十分高兴，认为信中的意见切中肯綮，建议十分合情合理。梅兰芳果敢地根据齐如山的建议重新编排柳迎春的身段、表情和心理活动。十天后，梅兰芳再次表演《汾河湾》，推出的便是齐如山设计的新版本。当饰薛仁贵的谭鑫培唱到那一段时，梅兰芳忽然站起身来，与谭的唱段内容相配合，身段、表情丝丝入扣。散戏后，谭鑫培对别人讲："窑门一段，我说我唱的有几句，并非好得很啊，怎么有人叫好呢？留神一看，敢情是兰芳那孩子在做身段呢！"齐如山看了这次演出十分激动。想不到这位风头正健的青年名旦如此虚怀若谷，完全按照他的意见对作品作了如此认真的修改，使其扮演的角色丝丝入戏。

此后，只要梅兰芳有演出，齐如山就去看，看完总是即写信加以指导，前后竟写了 100 多封。二人以"函授"的方式分享对中国传统戏剧艺术的理解，却从未谋面。

既然齐如山与梅兰芳同在一个城市，而且齐如山也经常去剧场看梅兰芳演出，为什么不约会当面交谈，而要费笔墨之劳呢？这与当时的社会风俗状况有关。旧社会戏曲演员常常被鄙称为"戏子"，而列入下九流。清末民初还流行一种"相公堂子"，即一些面目俊姣的男童伶充当类似男妓的角色，供那些"风雅人士"调笑和淫乐，他们大捧某些男旦，相互之间甚至争风吃醋。在齐如山晚年所写的《回忆录》中曾谈到，他当时不大愿意与旦角有来往，是怕被朋友误会，再说那时梅兰芳也不大肯见生人。所以这种"函授"方式才会持续良久。

直到有一天，梅兰芳派人给齐如山送去一封信，邀请他来家中见面，两人才由此订交。此举对当时的齐如山来说也是需要一些勇气的，因为他实在太热爱京剧，才有此抛却世俗之举。自此，齐如山正式开始为梅兰芳排戏。他先后编写了《一缕麻》(齐如山为梅编写的第一出时装现代戏)《嫦娥奔月》《黛玉葬花》《霸王别姬》等以旦角为主的新戏26部，后来又把古代描写舞蹈的辞赋中的动作找出来，编成身段，教给梅兰芳。只可惜这些在电影《梅兰芳》中只表现出短枝零叶，而难现其全貌。

1916年后，齐如山与李释戡等陆续为梅兰芳编写剧本多达40余种，如《牢狱鸳鸯》《麻姑献寿》《童女斩蛇》《红线盗盒》《天女散花》《晴雯撕扇》《木兰从军》《上元夫人》《廉锦枫》《洛神》《太真外传》《俊袭人》《凤还巢》《春灯谜》《双官诰》等剧。他编排的古装戏，善于运用舞蹈手段刻画人物，对改进旦角身段作了大胆有益的尝试。1929年为梅兰芳赴美演出，齐如山曾编译梅兰芳介绍，并将剧情说明书、演出剧本、曲谱及戏曲服装、脸谱、乐器、刀枪把子等全部附上英文的图解。梅的几次出国演出，齐如山都亲自协助策划，并随同出访日本与美国。1931年他又与梅兰芳、余叔岩、清逸居士、张伯驹等，以改进旧剧为宗旨，组成北平国剧学会，编辑出版《戏剧丛刊》《国剧画报》，搜集展出了许多珍贵的戏曲资料。附设的国剧传习所，有学生75名，其中刘仲秋、郭建英、高维廉等人，在艺术上均有一定成就。

齐如山对梅派艺术的形成并走向成熟竭尽心智，功不可没。可以这样说，没有齐如山中途的介入，也就不会有名满海内外的“伶界大王”梅兰芳！同样，倘没有梅兰芳全力的配合，齐如山也不可能有如此深入地研究京剧艺术的机缘,成为一代著作等身的戏剧大家。梅兰芳与齐如山是如此紧密地联系在一起,因此,要研究梅兰芳,就不能不提到齐如山;要总结梅兰芳的艺术经验和成就,也不能不关注齐如山对京剧改革所做出的种种尝试和贡献。但是由于种种原因,在过去的几十年中,齐如山先生的生平事迹寂寂无闻,这对我们更好地继承和发扬京剧艺术的优良传统,不能不说是一个很大的缺憾。更不幸的是电影《梅兰芳》竟把戏剧大家齐如山演绎为小花脸的二三流角色。

三

1933年,因种种原因,梅兰芳举家南迁上海,齐如山则留在了北平。齐如山和梅兰芳长达20余年的合作就此黯然结束。齐如山对这次分手十分无奈和惋惜,此时写给在上海梅兰芳的信,让后人读出了凄楚伤感和他的骄傲倔强:“我从民国二年冬天给您写信,至今已二十年了。……我大部分的工夫,都用在您的身上。……您自今以前,艺术日有进步;自今之后,算是停止住了。”

1937年,抗战前的北平危在旦夕。为了保住北平国剧学会的行头和珍贵文物资料等,齐如山找到故宫博物院的马衡院长(戏剧家马彦祥之父),请故宫博物院代为保管。这也许是离开了梅兰芳的齐如山,在大陆对京剧事业和梅兰芳所能做的最后一件事情。1950年,新中国成立后才迁回北京的梅兰芳亲自找到马衡院长,取回正在展出的国剧学会物品,此时的齐如山人已在海峡彼岸的台湾。

1947年,齐如山在上海和梅兰芳见了最后一面,并曾长谈。据齐如山晚年撰文回忆：

“……大家谈笑之间，已到上海。下机后有舍侄焌来接，即住在他家。即与梅兰芳打了一个电话，挂上电话，他就来了。于是晚上就在他家吃的涮羊肉，我在上海住了不到一个星期，他（梅兰芳）是天天到我家，也共同吃过几顿饭，谈的话当然很多。除谈起我二人共同工作的情形相与感叹外，大致谈的话可以分两个部分，一是他拍电影的情形，一是他是否离开上海的事情。

“‘……我敢说你们那位导演，绝对不懂国剧，不光他不懂，连您也不懂。我们二人共同工作了二十来年，我的情形，你尽知道，你的情形，我也尽知。若按技术来说，您比我强万倍。不但您比我强，是一个票友都比我强，因为他们能登台，能唱几出，我则不会。若按理论说，不必说您不及我，就是谭鑫培他们我都很领教过。我们离开之后，又已经十几年了。在这十几年之中，您的情形，我虽然不能详知，但我理想不会有什么进步。因为我所看到这里的人写的书，在报纸上的文章及谈的话等等，证明他们对戏剧原理了解还不够深刻，所懂者乃肤浅的一部分，我这话说出去当然得罪人，但系事实。我常听他们谈的，不是这个名角是这样唱法，就是那个名角是那样的做法，这在技术上说是未尝不可。您在上海所认识的人，以这几类的人为多，他们都不能帮助你，使你知识有进步，所以我敢断定你只有退化而无进境。反回来说到我自己，我对于戏剧的知识如何，你知道，我们二人认识虽早，但民国二年，才天天见面，那个时候，我的戏剧知识，可以说是刚刚入门，以后每年都有进步，这都是你亲眼得见的……为什么说这些陈芝麻烂谷子的事情呢？因为可以证明，我的知识比您进步，在你离开北平的时候，我们二人对戏剧的知识差不了多少，现在你差的相当多，在理想来说，你已经比我差了。现在听你所述说导演人所说的话，更知道你对于国剧的理论，又模糊了许多。'我说完这一大套的话，他也大乐。"

这是齐如山借机当面向梅兰芳倒出了自己憋了一肚子的忠言苦水。这次会晤后齐如山即返回北平。不久齐如山又从北平去了香港，1949年取道香港到了台湾。齐如山到台湾后，曾于1949年3月23日致函上海（按：当时上海尚未解放），邀梅兰芳及言慧珠赴台演出。梅兰芳于3月26日复信云："您所询赴台表演一节，根本无人来谈。此间小报又云，顾正秋之管事放空气说，台人反对梅、言来台表演，影响顾之上座也。但顾系澜（按：梅兰芳之学生），其本人当不至有何歹意……"梅兰芳婉拒了齐的邀请。建国后，梅兰芳也邀请齐如山回北京主持京剧研究工作，但均未果。新中国成立后，梅兰芳每逢过年必到齐宅探望其夫人子女，仍在堂前按传统以大礼参拜。在那个政治气候十分敏感的年代里，这无疑是令人十分感佩的。也可见梅先生对齐的深厚感情和敬佩之情，而齐如山在台湾也一直关怀着梅兰芳，他从子女们自北京寄来的隐晦的家书中，推测梅兰芳的种种近况。

齐如山在台湾，仍继续写作，先后完成了《中国的科名》《中国的工艺》《中国的固有化学》及《华北农村》等著作。他的最后一部著作《国剧艺术汇考》，是他毕生研究京剧的结晶，学术价值很高。在这部580多页的巨著中，他通过向戏曲艺人求教，深入调查研究，掌握了第一手材料，然后去粗取精，归纳整理，得出合乎实际的结论。至此，他还不敢自信，再去请教各位老艺人，在他们都同意之后，才算定论。这种细致、笃实的做学问的态度，是很值得后来之戏曲研究者学习仿效的。

1961 年夏天，当身处台北的齐如山从广播中得知一代京剧大师梅兰芳逝世的消息时，再也控制不住自己对梅君、对家乡的思念之情，不禁老泪纵横。他以 86 岁的高龄连夜伏案疾书，写下了《我所认识的梅兰芳》，字里行间表达出对这位杰出的一代旦角宗师和自己忠实的艺术伙伴的深深怀念。他还把早已束之高阁的梅兰芳手写的中堂张挂出来，日日瞻望，情不能已！

齐如山知识渊博，治学严谨，早年著有《中国剧之组织》《梅兰芳艺术一斑》《观剧建言》《戏剧脚色名词考》《京剧之变迁》《国剧身段谱》《脸谱》《脸谱图解》《戏班》《上下场》《梅兰芳游美记》等，对京剧作了比较系统、全面的介绍和研究，皆有一定学术研究价值。以上各篇均收入台湾出版的《齐如山全集》前两集。《全集》共分十集，后八集收有《国剧概论》等 32 篇。1962 年，齐如山以 87 岁高龄病逝于台北。

绝代梅派名伶言慧珠

言慧珠是20世纪在京剧舞台上一位很有天赋和造诣的京昆表演艺术家，曾被公认为是中国戏剧美的创造者。她艳美绝伦又酷爱京剧表演艺术，只要有戏演，再苦再累再委屈也在所不惜。年轻时她曾到处拜师求教学艺，看前辈演戏总是随时用笔记录，更用心再三揣摩。平日里她不仅不间断地苦练深思，在表演艺术上不固步自封，更能一招一式大胆创新；她还旁涉绘画、文学等诸多领域，甚至还能成功改编整本的大戏，如《梁祝》《春香传》《木兰从军》等等。她写的关于孟小冬、言菊朋、梅兰芳等先辈大家的文章，都显示了她的艺术才智、文学修养、对艺术感悟的独到之处，以及对中国戏剧有着深厚和女儿家特有的缜密情感。这一切使言慧珠有了秀外慧中浑然一体自然的美。这就是她面对众多坤伶争艺斗艳能脱颖而出，成为其中佼佼者的原因。因此，那时她曾被媒体和观众评为“平（京）剧皇后”。

出自显赫名门的小戏迷

言慧珠1919年生于京师，蒙古族正蓝旗人。她不像当时孟小冬、梅兰芳、荀慧生等大多伶人，或出身京剧世家或因出身贫寒，自幼别无选择地走上从艺之路，更没有经历过十分严苛的科班正规习艺。

慧珠其父言菊朋,幼年就学于清末的陆军贵胄学堂,满业后,曾在清政府的理藩院和民国以后的蒙藏院任职。是时正值北京京剧兴盛之际,言菊朋好听京戏,常出入戏园、茶园,着迷至"春阳友会"票房彩唱,与梨园界广有交往。曾从名票红豆馆主和名琴师陈彦衡学习演唱,同时从钱金福、王长林勤学身段练武功,并得杨小楼、王瑶卿二位京剧大师悉心指导,专学谭鑫培。以演《战太平》《四郎探母》《桑园寄子》《捉放曹》《南天门》《空城计》《汾河湾》等谭派名剧受到好评,被誉为"谭派名票"。慧珠祖父为清末举人;曾祖父曾任职粤海;高祖熙昌,官至工、刑两部侍郎;太祖松筠,是清朝嘉庆、道光两朝名臣,曾官武英殿大学士,军机大臣,去世后追加封号"文清"。家世如此显赫的言慧珠从小接受的是正统而又规范的教育,少女时就读北京名校春明女中。言慧珠自幼聪慧伶俐能歌善舞,这位出身晚清的"干部子女",在少女时期便显露出恣情任性的个性来。因受其父熏陶,小小年纪也酷爱上了京戏,看戏时,还学着老戏迷的样子小手使劲鼓掌,同时高声喝彩,其状俨然一位"捧角儿"的老少爷们。面对小报上"言二小姐如痴如狂"、"小姐狂捧男角"等花边新闻,她是我行我素不屑一顾。她边上学,边学戏,12岁开始跟王(瑶卿)派传人程玉菁学程派青衣,又从朱桂芳、阎岚秋习武旦,并以小票友客串登台。言菊朋生怕女儿学戏为伶有辱家风,一直从中阻挠。17岁那年,出落得如出水芙蓉亭亭玉立的言慧珠自觉羽翼丰满,竟抗父命毅然要辍学正式下海唱戏了。看到女儿对戏如此痴迷,老言夫妇拗不过从小任性的她,只好改变初衷,允她放弃学业,下海学艺。由于当时慧珠十分崇拜四大名旦之一程砚秋先生的唱腔和表演艺术，所以放弃自身先天的好嗓子不用，拼命学程腔，只是一味地憋着嗓子想把它学得一点不走样而已。学了一段时间，像是有点像了，但自己的嗓子却越憋越粗，越来越不得劲了。言菊朋见状很耐心地开导女儿，指出这样学程派一辈子也学不好，同时向她详细分析了自陈德霖、王瑶卿到梅、尚、程、荀各京剧流派的渊源和如何形成自家的特色。其父的一片苦心教导，使慧珠顿开茅塞，从此毅然决然由宗程而改为宗梅，并凭着自己独有的甜美脆亮的嗓音，俊秀妩媚的舞台扮相，初登舞台，叫座居然就胜过了许多科班出身的女演员。

当仁不让名角严父

1940年3月10日，从大上海载誉归来的年仅21岁的言慧珠，随父赴天津在中国大戏院与金少山合演《霸王别姬》。言慧珠的表演纯以梅派艺术为规范，唱腔舒展大方，字音清晰甜美，而且文武兼长，并能从戏里人物的思想感情出发，通过声腔与表演生动地展现在舞台。言慧珠扮演的虞姬，因处于楚汉相争战乱频仍、戎马倥偬的军旅野外，虽神态华丽雅典，但又不失一路风尘之色。在全剧的重点场"劝酒"与"剑舞"中，她都处理得极为出色。言慧珠初闯津门献艺就轰动了京津京剧重地，犹若一颗熠熠闪光的明星，腾跃夜幕，放射出灿烂无比的光辉。

1940年5月30日言菊朋临时喉肿，历来菊坛救场如救火，戏比天大。言慧珠急出救场代父出马，特请杨小楼弟子傅德威饰霸王，演《别姬》《宇宙锋》双出。正式登台不到一年工夫，这位言二小姐的号召力，竟超过已力不从心的其父老言。有一次，言菊朋在北京吉祥戏园唱大轴《托兆碰碑》，开场座无虚席，当慧珠压轴的《女起解》

唱完后，那些专为看言慧珠的青年学生粉丝们竟然纷纷退场而去，待杨老令公(言菊朋饰)上场时台下的观众席居然空了一多半；这可叫老爸颜面尽失，从此和女儿分道扬镳。个性极强的言慧珠对老爹也是当仁不让，巴不得另起炉灶，展翅高翔。

1940年7月，言慧珠自己正式组班挂头牌，转战北平、天津舞台。此时梅兰芳蛰居香港，言就聘用了北平梅兰芳班底的贯大元、程继先、萧长华、刘连荣、朱桂芳等著名演员，所演的多为梅派代表剧目，如《西施》《洛神》《太真外传》《宇宙锋》《霸王别姬》等，深受平津观众欢迎。当时公认"四小名旦"中的李世芳与新崛起的言慧珠，是梅派艺术传人中的伯仲也。她还演出梅兰芳的时装创新戏《邓霞姑》与新编历史故事剧《木兰从军》，同样赢得观众的如潮好评。

多才多艺正式立雪梅门

言家女儿慧珠聪慧绝顶，其反串其父言派老生堪称一绝。一出《贺后骂殿》她既能演贺后，也能反串出演宋朝皇帝赵光义；《让徐州》《卧龙吊孝》等典型言派戏唱来言味十足也颇受戏迷赞许。她多才多艺，像《戏迷小姐》《戏迷家庭》《打面缸》等节庆玩笑戏的九腔十八调也能信手拈来表演得多姿多彩。她从不低调，也不会深沉和任何掩饰。只要梅兰芳出场，她一下子像变了个人，目不转睛地盯着老师表演的每个细节，还不时用笔记录，情到深处甚至不顾场内众目睽睽，如痴如醉地跟着老师的表演一起比划，并悄声吟唱起来。言慧珠凭其特有的现代气质、女性美和执著专注的学艺精神，加上她又在学习梅派艺术的基础上，大胆融汇吸收中西(戏曲、话剧、电影多门类表演艺术)，终于独创一格；可以说，言慧珠使得那一时期的京剧旦角形象更为时尚多彩化了。

言慧珠好学不倦，按梨园传统执弟子礼甚恭，随侍师侧。为了尊师，她有两次知道梅大师喜欢喝北京特有的豆汁，竟怀揣一瓶热豆汁从北京坐飞机到上海直奔梅府，从怀中拿出还保持温度的豆汁双手献于恩师。如此对梅派艺术的执著追求，数年如一日，深获梅氏夫妇和梅氏孩子们的赞赏和偏爱。梅兰芳还让自己的班底陪她唱戏，使言慧珠的技艺日臻完美，渐入佳境，终于成为得天独厚的梅派传人。有“台湾梅兰芳”之誉的顾正秋曾评说：“慧珠《生死恨》的唱我最佩服，因为她学梅先生极像，和梅先生一般无二，几可乱真。”京戏和梅派专家学者许姬传也认为：“梅门弟子中，言慧珠是刻苦钻研、造诣较高的一位。她是得到梅剧团的乐师、演员的指导和梅兰芳先生亲自指点而成为优秀演员的”；“她嗓音宽亮，扮相华丽，身材适度，很快就赢得了观众的赞扬，成为梅派女演员中的佼佼者”。

正像豫剧大师常香玉常说的一样：“戏比天大”，言慧珠爱戏如命。她虽尊崇梅派艺术，但她并不只限于单纯去模仿其师，而是根据自身条件去演绎梅先生所传授的剧目。1946 年她再组“言慧珠剧团”，带着梅派剧目赴各地演出。她对自己的戏曲舞台艺术前景充满了自信。

解放区的天是明朗的天

1949 年 5 月 27 日，上海迎来了庆祝解放震天的鞭炮和锣鼓声，在欢迎解放军的群众人海中，出身于名门望族、从小满脑子里只知道学戏、爱戏和爱美、日后成个大名角儿的言慧珠，也随大流穿着俭朴，打扮得如同女学生一般，兴冲冲地赶到了南京路，跟着大家一起扭起了秧歌，唱起了“解放区的天是明朗的天，解放区的人民好喜欢……”那个时候虽说她和大多数老百姓一样不太懂政治，但她是由衷地欢迎人民当家做主新时代的到来。天资聪慧的言慧珠当然明白要跟上新社会形势变革的道理，她也暂时脱下自己名贵的绛红细呢子大衣，拿下鲜见的玄狐围脖，替换成朴素的流行蓝布制服，一双辫子扎上一对黑色蝴蝶结，显得朴素大方别有一番风韵呢！她想看看风头再说吧。当她看到工农兵大众欢庆新中国诞生的时候，要求进步，成为她对政治最通俗易懂的解读。但在新中国成长的风风雨雨中，言慧珠的强烈个性和她不知不觉长期养成的个人主义的作风是与那个新时代的要求格格不入的。为此，后来她一次又一次地付出了沉痛的代价。

早在建国之初的 1950 年 5 月，人民政府就大刀阔斧地开始了以“改戏、改人、改制”为中心的戏曲改革工作。北京的著名京剧演员李少春、叶盛章、袁世海在文化部戏曲改进局领导马彦祥的说服动员下，促成了李少春的“起社”与叶盛章的“金声社”合并，随即组成“新中国实验京剧团”。不久即由马伯伯主持请他们这些大名角，参加了由戏曲改进局所属的京剧研究院，成为北京市第一个由民营转为国营的戏曲剧团。随之，1951 年 3 月 5 日，时任上海市文化局戏曲改进处处长的京剧名家周信芳，出任国营的华东戏曲研究院实验京剧团团长。同时，如国营上海市人民京剧团(前身是大舞台“共和班”，1951 年 11 月 20 日成立国营上海市人民京剧团，1955 年 3 月同华东实验京剧团合并成立上海京剧院)和新民京剧团等一大批由私营戏班合并的公营剧团也相继诞生。面对戏曲界刮起的剧团所有制变革的旋风，言慧珠心里有自己的盘算，她依然幻想着能够和自己的梅师一样(1950年,几乎在新中国实验京剧团成立的同时,北京市批准梅兰芳、程砚秋等四大名旦相继成立了梅、尚、程、荀四大私营剧团),当然是梅先生自己挑大梁,她能在上海再组她的“言剧团”啊。1953年10月中旬,言慧珠作为私营剧团班主,积极报名参加了中国人民第三届赴朝慰问文艺工作团,在朝鲜进行了两个多月的风餐露宿慰问演出活动。言慧珠第一次真切受到了强烈的国际主义和爱国主义教育。1954年1月从朝鲜回国后,她大胆集编、导、演于一身,整天忙上忙下,苦思勤作把朝鲜大型歌舞剧《春香传》和越剧《梁山伯与祝英台》两出国内外名剧移植到京剧舞台。她满怀信心辛劳带着新剧目到北京巡回演出,取得了空前的轰动,可谓名利双收,单她一个人的收入就有好几万元。这样的巨额收入,对建国初期的国人来说可谓天文数字(当时国家行政一级不过五百多元,毛主席主动辞去一级只拿二级工资;国家演员文艺一级是当时工资最高层,也不过一千三四百元,一般工人不过三五十元月收入),后来慧珠回上海用八千元购置了华园别墅,这个时期当是她一生最得意的时期,谁人敢与她相提并论?!

旁若无人天马行空

虽然言慧珠也不时试图跟上新时代的步伐,但是她还是承受不了让她伤筋动骨的剧团所有制巨变。在剧团所有制的改造中,让她放弃其苦心经营并取得硕果的私家班底,并入国营剧团,她很不理解,也颇不情愿。在京期间,她常自己开着当时北京城少见的一辆美国雪富兰高级豪华轿车,提着一篓篓她和许多上海人都十分爱吃的大闸蟹,去找好友、当时文化部专管戏剧改革的局长马彦祥和夫人云燕铭诉说自己的苦闷。那时小学三年级的我到同窗好友马思猛家玩，巧遇言慧珠拜访其父马彦祥，目睹了她的风采，领教了她的作风。当时我和思猛正在院中抖空竹，忽闻门铃大作，我便随思猛去开大门，只见一身材高挑穿着时髦的女人一步跨进门槛，思猛还没来得及叫她阿姨，她却看也不看我们一对小儿郎一眼，就冲着里院大呼："马局长！马局长！"其人其声就像一阵旋风似的，从大门、二门一直刮到前后院每个角落，直到主人忙不迭出迎为止。马彦祥、云燕铭夫妇曾多次热情地、苦口婆心地动员她留在北京发展，后来在马彦祥的苦心协调下她参加了北京京剧团。但她那我行我素的极端任性让领导总是"不放心"，她的天马行空独来独往的作风，在刚刚成立的新型国营剧团里十分孤立，终导致新老演员分离、她心血所成的《春香传》停演的尴尬窘境。

1957 年 5 月，又报到马局那里后经文化部批准，言慧珠被调到上海戏曲学校任副校长，这一来，登台公演机会就越发少了。恰逢其时，中共上海市委举行宣传工作会议，言慧珠在会上发言，指出在戏曲工作领导中存在的分配演戏不公等问题。这次会议标志了文艺界整风鸣放运动全面开始。从来就不懂得自我反省多做自我批评的言慧珠在会上大呼"我要演戏"、"让我演戏"。她的发言被上海报纸报刊全文刊载，并被解读为"极端的风头十足的个人主义"，要取得群众谅解，必须深刻检讨。不久"反右"运动铺天盖地地开始了，言慧珠的心声由"极端的个人主义"升级成了"对社会和党发泄不满情绪"、"猖狂向党进攻"。言慧珠开始知道政治运动的厉害了，惶惶不可终日，寝食不安，真的坐立不宁了，不知何去何从。老朋友许寅在上海市文化局局长徐平羽的暗示下，忙去为言慧珠指点迷津。而个性使然，言慧珠拿不出一份像样的自我检讨过关，许当面生气地说：“你不做检讨，戴上右派帽子，你自己怎么过暂且不说，小清卿怎么办？”（言清卿，是言慧珠在1955年秋36岁时生下的唯一儿子。）老许的话一语中的，切中言慧珠的要害，言慧珠顿时泪如雨下……后来言慧珠在文艺界群众大会上做了深刻的检讨和反省，主持会议的徐平羽借势说道：“言慧珠同志的检查很深刻，态度也很好，戴不上右派分子的帽子。”言是在周恩来总理与当时上海市文化局局长徐平羽的细心保护下，花了整整三个月，让她作了“极为认真的深刻检讨”，最终才过了关，没有被戴上右派的帽子。

1958年4月20日，言慧珠、俞振飞、李玉茹、张美娟等参加中国戏曲歌舞团出访英国、法国、比利时、卢森堡、波兰、捷克斯洛伐克、瑞士等国，10月回国。

言慧珠在担任上海戏曲学校副校长期间，除了教授学生京昆表演技艺，仍不断争取一切机会登台献艺，她所出演的昆剧《百花赠剑》《长生殿》都极具特色，广受行内行外赞誉。她与俞振飞合演的昆剧《墙头马上》，与梅兰芳、俞振飞合演的昆剧《游园惊梦》先后被拍摄成彩色影片，当然当时对于她也是十分的荣幸，而对于后代演员和观众已成为不可多得的国粹艺术传世之作。应当说这一时期言慧珠无论在生活上，还是舞台上还是比较顺心的。

虽然言慧珠会经常做出一些令各级领导头痛的事情来，但她仍然受到中央领导的礼遇。1963年2月中旬，马彦祥接俞振飞长途电话，说他和言慧珠二人拟来京与中国京剧院合作演出（实为借中国京剧院的演出班底）。马彦祥随即请示文化部主管副部长徐平羽同意，在马的协调安排下中国京剧院也表示了欢迎。俞、言夫妇得到马电话答复后，遂于3月初来京，与中国京剧院合作演出十余场，周恩来总理还特意观看了他们精彩无比的联袂演出。4月上旬，周恩来总理特邀俞振飞、言慧珠、马彦祥等赴中南海西华厅总理家谈话。当谈到近一时期舞台上的演出剧目经常受到毛主席批评和舆论指责时，周总理深有所感地说：世界上任何一个国家，他们的戏剧总是以反映当代的生活为主，古典戏总是少数；只有中国舞台上演的，大量的是表现古代生活的传统戏，而表现现代生活的戏却很少。我们有那么多的丰富的戏曲遗产，当然是好事，但是，其中经过推陈出新，真正能为无产阶级政治服务的优秀剧目，为数总是显得太有限了。接着总理提出了一个方案，他说，能不能把传统剧目（主要是指京剧）排排队，从中选择那些内容比较好，而又能保留各种唱腔和生、旦、净、丑各行当的表演技术的剧目，再在全国范围内约请几十位懂行的剧作家，每人负责整理改编一两本，一年之内整理完毕。

马彦祥后来在回忆周恩来总理这次对京剧改革意义深远的谈话时，十分痛惜地说：不料不到一年，第一届全国京剧现代戏汇演中，江青开始兴致勃勃而又蛮横地插手了，全面攫取了京剧革命的果实，形势发生了急剧的变化，其后果不但葬送了京剧改革，同时也葬送了传统戏曲的推陈出新，以致使总理生前的这一愿望未能实现。

言慧珠聆听了周总理一席话，年轻好胜的她决心为戏改做点事情，为此特意编排了她有亲身体会的反映抗美援朝战争的现代戏《松骨峰》。谁知已经插手文艺界的江青得知后，放出话来："叫言慧珠别演啦！好好闭门思过，休想到我这里沾边！"一句话，似三九天冰水泼头，让言慧珠止步了，再也没有机会登台，塑造新的舞台形象。江青打击埋葬了多少有才华有志向的优秀演员啊！自 1964 年夏，第一届全国京剧现代戏会演开始，言慧珠再也无戏可演，从此不得不孤寂地淡出舞台。

未能逃出女伶惨痛定律

言慧珠一生所疯狂追求者有二，一为京、昆舞台表演艺术而生，二为希望得到男人真正的理解和关爱。而 1966 年初夏刮来那场暴风雨般的劫难，让她绝望了，其人生所求的精神支柱彻底崩溃了。

在言慧珠的恋爱史上，几乎所有看上她的男人都是恋于她的姿色出众，但也都惧于她落拓不羁的性格。与电影名人白云的闪电婚恋失败让她痛悔："没有真正爱我的人……"直到 30 多岁仍未再婚。在舞台艺术上言慧珠是极有远见的，但凡与艺术相关的戏和事，她总是从不轻易放过。从赴朝慰问回国后，言慧珠在北京住留了大约两年时光，在朋友们的劝说下，她终于放弃了自己的班社，加入了北京京剧团。同时，她幻想着在北京能找一位多才博学并有一定社会地位的圈内人士结为秦晋之好，结果是有缘无份，一场空。时又逢昆剧名家俞振飞自香港被周总理等请回北京，言慧珠就千方百计地接近他，想跟他学昆曲，俞自然也成为她心目中追逐的白马王子目标之一，而老俞这位"王子"已有家室，难以涉足。一切事与愿违，她的尝试与努力都失败了。青年老生演员薛浩伟于 1953 年间曾搭班"言慧珠剧团"，小言慧珠八岁，期间曾受言多方关照和提携，在其剧艺成长过程中受益匪浅。从赴朝慰问归国后本已分道扬镳，各奔前程。1955 年 1 月，言因工作及生活追求的诸多不顺、服安眠药自杀未遂后，薛浩伟闻讯来京探视，这才有了人们所谓的与薛浩伟的一夜情和婚姻，但言慧珠似乎一直避讳这桩事实婚姻，没有任何彩礼也没有婚礼，夫妻二人也很少一起公开亮相，且在五年的婚姻中因为演戏排戏离多聚少；而上帝却赐给了她一个爱情结晶——只能随母姓不能随父姓的儿子言清卿，也才有所谓她在北京生活方面的绯闻。言慧珠又不得不离开北京再调至上海京剧院。

绝代佳伶的挽歌

1957 年反右前，经文化部批准，她又由上海京剧院调至由俞振飞担任校长的上海戏曲学校，被任命为副校长。应该说，言慧珠是并非情愿地进入上海戏校的，而塞翁失马焉知非福，却为她带来了在艺术上创造新辉煌的机遇，也给她的生活带来难得的近九年的安定平静。这也正是得益于她与舞台同仁——后来的丈夫俞振飞二人性格互补，及舞台艺术上的珠联璧合。对于这段令人诧异的婚姻，言慧珠是有着自己的想法的。一方面，她想得到一个博学多才的男人为晚年伴侣，这是她多年的追求和愿望；另一方面，她似乎也有借重俞振飞这位“昆剧翘楚”“小生王子”的艺术地位，提升自己的艺术水准与声誉的意愿。俞振飞丧偶之后，直率的言慧珠就开始穷追不舍。“言慧珠嫁我，是为了要我陪她唱戏”，这是俞振飞在言慧珠身后对言的评说。俞老人家也有过五次婚姻，年轻时其身边莺燕环绕，追求者不曾断过。他说他同言慧珠发生感情的起源，是在 1958 年访西欧回程的软卧车厢里，与外界隔绝的这长途旅程，他与言慧珠被安排于一室，而对方是一位敢作敢为的现代解放女性。而“言”在戏校，演出机会少，而且言慧珠也没有合适的琴师。苦闷中的言慧珠想改唱昆曲，并且效仿梅兰芳、程砚秋的故事，借重俞振飞能为自己配演小生，力图以此扭转这些年不利局面。俞认为，言慧珠对他比较主动是出于艺术上的原因，当然自己也曾迷恋过她声色文武皆佳。言慧珠后来同薛浩伟先生离婚了，俞老对此颇感内疚。许多学生都听到过，俞多次用“生活糜烂”的重语来自责。

1966年，“文化大革命”爆发，俞振飞与言慧珠作为上海戏曲学校的两大“反动戏剧权威”，首当其冲受到猛烈冲击……

中国有着几千年封建历史文化传统，在中国做女人是不容易的，尤其是做艳美得十分的女艺人就更不容易了。言慧珠早在四十年代就撰文自辩：“为了‘红’，为了名利，不得不忍受周旋，外力引诱逼迫我们去作社会的罪人，又对我们下着极恶毒的批评。”言慧珠是这样全身心专注地盯着舞台，功利而迫切，甚至不惜忍受现实的种种恶言恶语。“言慧珠的一辈子活得太超前了，时代跟不上，历史不允许，使她没有生路!”著名戏曲理论家龚和德先生心痛，却真诚地说出了这番令人刻骨铭心的话，为这位风华绝世的一代名伶唱出了最后的挽歌。

画坛一代宗师徐悲鸿和他的《渔夫图》

徐悲鸿(1895—1953)是新中国成立后的第一任中央美术学院院长、第一届全国美协主席；也是中国近代以来最具影响力的艺术大师和杰出的美术教育家之一。看他所教育培养出的学子：吴作人、靳尚谊、艾中信、李苦禅、钱绍武、宗其香、杨之光、詹建俊、李天祥、韦江凡……个个星光闪耀于中国画坛。

徐悲鸿大师幼承家学，绘画、书法、诗文、篆刻无一不精。早年的他，目睹旧中国画坛某些抱残守缺、一味模仿抄袭古人的现象，痛心疾首，大声疾呼："如此时再不振奋，起而师法造化，寻求真理，则中国虽不亡，而艺术必亡。"

1917年，徐悲鸿东渡扶桑研习美术，学习东亚艺术，开始觉悟萌发国画之变化。1919年，24岁年华的他在康有为、傅增湘的支持下，又赴法国进一步学习油画，得到法国艺术大师达仰的全面指导，其间还曾赴德国等访问参观。在法国和德国时，他每天作画十几个小时，或者整天在博物馆临摹名家作品，或者几个小时不动，在著名的德国动物园白描速写游客和各种猛兽。

徐悲鸿以他过人的艺术天分和无比的勤奋，在达仰的精心教育指导下，尽得西方写实主义艺术真髓。1923年，年轻的中国画家竟以油画《老妇》入选了法国国家美术大展，这是中国画家第一次入选法国国家美术大展。1927 年，这位年轻有为的中国画家再送上九幅油画作品到法国国家美术展参赛，让他意想不到的是九幅作品全都入选大展，这一年他不过 32 岁。32 岁的徐悲鸿以精湛无比的技巧和带有独特浓厚的中国东方韵味的作品征服了法国大展全体评委，他们一致认同了这一批由一位中国年轻画家所创作的、让西方也引以为豪的油画。

1940 年，徐悲鸿大师完成了摄人心魄、气势磅礴的《田横五百壮士》。在油画获得成功后，他又创作了中国画《愚公移山》，在抗日烽火遍烧中华大地的时候，他号召人民以坚韧不拔的愚公精神，推翻日本法西斯这座大山。在意境上，这一中一西风格的两幅作品都来源于中国历史人物，颂扬了不灭的“富贵不能淫，威武不能屈”的中国民族传统精神，不同风格的两幅巨作大有异曲同工之妙。在艺术上，徐悲鸿将中国传统画法融入《田横五百士》的油画创作中，使得油画这一典型的西方艺术具有了鲜明的东方特色。徐悲鸿同时又将西方画法融入传统中国画创作中，从而开创了具有写实主义风格的“新中国画”。从这个意义上说，徐悲鸿是近代开一代中西兼收之新风的中国水墨画大师。早在 1933 年徐悲鸿就在法国国家美术馆举办了他的个人中国绘画画展，当时无论是他的中国古代人物，还是中国花鸟、山水、马、牛等水墨丹青，都受到了大多为第一次接近中国独特笔墨的欧洲人的大力赞扬。他那历经沧桑的水墨古柏被欧洲人赞为“堪与巴比松画派大师卢梭的橡树相媲美”。

徐悲鸿的夫人廖静文近日签名题字送我两本徐悲鸿师生作品集。作品中他的《奔马》《立马》《回头马》《河边饮水的马群》，和千年的梅、机警的猫、辛勤的牛，以及为中外人物所绘的画像，特别是画册封面长条的《巴人汲水图》等作品，无不摄我魂魄、震撼我的内心。廖夫人对我讲："你徐伯伯画马，都研究过解剖学的，筋骨、头尾、四蹄的比例都不会差多少呢！但当今不少他的弟子只学徐伯伯的表面画法，不肯深入写生和研究所绘对象，有不少基本功不扎实却胡乱'变法'、'抽象'起来，如果你徐伯伯还在世，岂能认这些弟子们呢！"

翻看着这些栩栩如生的作品，突然我眼前一亮——作为中国运动钓鱼协会的副主席、中华名人垂钓俱乐部的副理事长、《中国钓鱼》杂志的名誉主编，我被一个不少人也许不会注意的作品——《渔夫》所久久吸引，并引起了我极大的兴趣。

1926年秋，徐悲鸿在新加坡筹集留欧资费后回到上海，这是他阔别祖国七年后第一次回祖国。中国现代戏剧泰斗田汉特为他举行了"消寒会"，为他洗尘并祝贺老友回归故土。"消寒会"起自唐代，本为文人雅士冬至之日的聚会，一般与会者为九人，而冬至之日数九，取九九消寒之义。聚会之时，与会者各携笔砚，或山水，或花卉，或翎毛，或草虫，随意所适。田汉与徐悲鸿的这次聚会是在深秋初冬之时，当时与会者共九人，所以席间被田汉戏称为"消寒会"。会上老友们把盏举杯，庆祝徐悲鸿七年西游，师从大师，取得西方写实主义真髓而归。赞赏他是首位将西方写实主义艺术与中国传统画技法完美融为一体的中国画家，同时还称赞他在此基础上推陈出新，大大改变了过去中国画坛盛行的抄袭仿古之刻板腐朽画风。

会后，徐悲鸿创作了《渔夫》。此画堪称中西结合新国画的开山作品、划时代的代表作。在这幅作品中，他改变了以往中国画"以理念作画、以墨为主、以线造型、以书法用笔的千百年不变的传统技法"，可以说具有鲜明写实主义的艺术新风格。朝气蓬勃的"新中国画”从此确立了！

细细品读《渔夫》，颇耐人寻味——笔锋力透纸背，绝妙地描绘出了一老一小两个垂钓者。老者已到花甲之年，几十年的渔樵生活使他的背都累驼了。他赤腿赤脚似在附近垂钓，但也许是在下水田劳作。他常年头戴一顶竹笠，既遮雨又挡阳。他腰中的烟袋和烟斗，也许就是他唯一的嗜好。你仔细看看大师所绘烟斗，不似富人那般镶金嵌玉，只不过是普普通通渔人的铜烟嘴和铜烟锅而已。这就是渔翁一辈子的青睐之物，这又是我们辛勤智慧的中国劳动人民的代表形象！我们的老渔翁是不爱美吗？没有生活情趣吗？非也！大师笔下那精美的绣有荷花的烟荷包和同样不离身的也绣有花朵的汗巾，证明了渔翁和描云绣花者亦有爱美之心。这精美的纯手工制品，可以大胆想象是没出场的人物——他精于花红的儿媳的巧手细针之作，也就是对面小渔孙他母亲的悉心之作。这老渔翁在作者的笔下其实也不老，你看他四肢健硕，筋骨硬朗，笑颜开怀。劳动人民是仁者，因此常常高寿呢！

小渔童肯定经常受爷爷柳下河边悉心指导钓技，否则不会右擒大鲤鱼，左执爷爷亲制丈余钓竿，来向爷爷报喜：这条大鱼是我自己擒拿上岸！你不信问问同在岸边的张妈、李婶！大画家不仅画出了鱼尚在左右摇尾、张合嘴唇的动态，更描绘出了孩童稚气灵动而会说话的双眼。乌黑浓密的头发上妈妈给戴好的草帽，也在跑动中甩到了背后。描绘孩童的线条圆润而富有变化，他漂亮的衣衫在微风中飘拂着。而老爷爷则满心欢喜，胡子都乐开了花，不由得伸出双手，像是要接那条大鱼，又像是要搂抱一下自己聪明能干的孙儿。而这一老一少从身体各部到手中物品，都有着极鲜明的艺术着墨和线条对比，衬托出他们各自的身份和年龄差异，这神来之笔只有神仙方能为呢！

我国各朝代都有《渔夫》这类作品出现，但如此鲜明生动，刻画入微，并远离山水舟楫来直接表现两代钓者心灵沟通的作品，笔者还没有见过。彼时大师回国心情甚好，这里也寄托了画家内心祈盼多灾多难的祖国早日和睦生财、年年有鱼（余）的美好心愿啊！

墨宝背后的故事

上个世纪 80 年代中期我和大画家范曾先生交往甚笃，在一个星期六晚上酒后谈得甚欢，他兴致很好，就泼墨为我作了《庄周梦蝶图》。《庄子·齐物论》上说："昔者庄周梦为蝴蝶，栩栩然蝴蝶也……俄然觉，则蘧蘧然周也。"这种千古大哲学家庄子化蝶、非蝶的感觉，范生神笔之下就跃然纸上了！

范先生善写中华传统优秀人物，此画也是写得栩栩如生：发福的庄子头枕青石和衣而卧，面色微红，想是诸友雅聚豪逸不减，一醉方休。花园之中，青石之上，鼾声已起，众人不敢惊动先生美梦。真是：近看见醉态，远观闻鼾声，妙笔之下的庄生谁人敢比！还不尽然，那花、黄两只粉扑扑的蝴蝶双双飞来，欲停驻先生旁，似又怕惊醒了先生美梦一场，这种欲停欲飞的形态，又被范先生"抓拍"了！实在是神来之笔。这幅画用中国传统线条和笔墨完全恰如其分地表现出，睡梦中的庄子已化为了寥廓空中的蝴蝶，也可以说精灵的蝴蝶也化为了梦中的庄生。这也是庄子自己说过的"天地与我并生，而万物与我为一"的人生哲理中在地球上的和谐并生论了。

作品裱好后我即请戏剧文学大师曹禺（万家宝）题写，想不到他很认真，几个月后（当然小生也不敢催）才"完璧归赵"。曹老先生题："不知悦生，不知恶死，蝶乎！庄乎！梦乎！醒乎！天地与我并生，万物与我为一。曹禺浅识于丁卯年。”后来吴欢兄告诉我，还有这么一个插曲，曹伯伯曾专门为题款打电话给戏剧大师吴祖光，商量或用曹先生的话说“请教了吴先生”，达成共识后才写上。这教育我：越是大师越不浮躁！我当时就又顺水推舟将此画让吴欢带到府上请吴老爷子题写，吴老先生很痛快，时间不长就让我到家中取回，吴老先生所题只有一句唐诗名句：“庄生晓梦迷蝴蝶，望帝春心托杜鹃。”落款句为：“范生此作有深意焉，吴祖光己巳年。”不过从落款时间上看已跨过一年了。

实际上请两位大师题字前都曾征求过范先生意见，他回答：“怎么不成，好啊！两位又是文学戏剧大师，又是前辈，题写当然太好了。”这样几方满意的一幅墨宝就降临在了人间。

玄真与《五百罗汉》长卷

山东一级画师韩玄真刚到不惑之年。他立志以佛教题材为创作内容，近20年来已创作完成了《五百罗汉》长卷、《十八罗汉》手卷、《同登彼岸》《禅悦》《自在》《调心》等作品，禅境意趣，令人瞩目，引起画坛和佛教界关注。

玄真出身贫寒，但“寒士”人穷志不穷，心静志坚，为完美地创造出新时代的佛教绘画作品，他翻阅大量资料，靠着朋友的接济、支持，离齐鲁远游川、滇、晋古刹宝殿进行素描写生，到西北踏沙、爬坡观敦煌壁画，常常独自一人居住在晨钟暮鼓、青灯黄卷的清冷寺院，早出晚归，多多感受体验南北佛教文化和各种各样的罗汉造型，用心观摩临写，忍饥耐渴，备尝艰辛，历经数年，以无比顽强的毅力创作完成线描《五百罗汉》长卷。

丹青线描，自古以来就是我国人物画最主要的造型手段之一，在世界上具有独立的欣赏价值和艺术品位。50多米的长卷，起伏有序、遒劲流畅的线条，优美飘洒的衣纹组织，古朴高雅的人物品貌，个个栩栩如生，充分再现了五百罗汉众生相和“世尊拈花，迦叶微笑”的俨然妙境，具有鲜明的艺术独特性。

1990年10月，全国政协副主席、佛教协会会长赵朴初先生看到玄真创作的《五百罗汉》后，老人家显得十分兴奋，大加称赞，欣然题词:“毫端宝刹,笔底庄严。”王光英副委员长称赞《五百罗汉》长卷为画之“瑰宝”,楚图南、爱新觉罗·溥杰、启功、沈鹏、冯其庸、范曾等分别为此长卷题词、题诗。

1992年,画卷在开封大相国寺开光大典专场展出时,赵朴初会长又亲临观展,国内高僧真禅、明旸、昌明和众多海内外居士驻足良久观赏长卷,纷纷赞许有加。

1994年泰国僧王颂德帕耶纳·桑文访华,玄真创作的《十八罗汉》手卷被我国政府作为国礼赠与泰国僧王,为中泰两国人民的友谊和佛教文化的交流又增添了几分祥和的艺术气氛。当时赵朴初会长雅兴不减,对此年轻高徒再次题词“五百罗汉一一相庄严,胜彼世间塑,离俗远市尘,气清而笔健,妙到秋毫颠,君其灵山来,嘉会结胜缘”,欢喜赞叹,尽在诗情画意中。

之后数年,玄真先后在新加坡、澳大利亚、加拿大、日本、南非和中国台湾举办“佛禅艺术——韩玄真书画展”,为中外文化交流、佛教文化传播再添佳话趣谈。

现在“寒士”开始扬眉暖融融了,长城内外大江南北都有来求画乞字者,尤以信佛者为多。玄真在鲁地安居乐业、娶妻生子,又听说他今年将晋京,还要到南粤设立“韩氏艺术工作室”呢!我祝福玄真仍坚持不断学习提高臻入炉火纯青之妙地,渐入博大精深之佛学文化深处,永远做一位德艺双馨的人民艺术家。

韩美林与小动物

有一张小于“斗方”的小斗方，却是我所收藏画中最喜欢的画之一，是20多年前韩美林赠送给我的。如今早已配上了最好的红木镜框，端端正正挂在我的书房里。那是一幅在经过作者喷水处理过的“道林纸”(反正不是宣纸)上画的一头“长发披肩”狮子小狗，摇头摆尾，呼之而欲出，正伸着鲜红的小舌头迎接它的主人到来呢！

说起来，这幅画的背后，还有着一个凄惨的故事。

40年前，正处于“大革文化命”的疯狂年代。韩美林“下放劳动”不久，这位心直口快、口无遮拦的山东硬汉就几乎送了命。从批斗到毒打，到专门挑艺术家珍贵和神奇的右手筋，40年后的今天，看到他那伤痕累累的右手，都让善良的人们不禁潸然泪下。1968年，“四人帮”把这个“不好好检查，顽固不化的封资修卫道士”投进了大狱，一坐就是四年多啊！这位13岁就参军的“小八路”，也曾想过以自杀来抗议这非法的法西斯折磨，但他很快就坚定了自己的信念：他的亲人还在等待他回家，党和人民给他一身本事还未真正发挥，怎么就能去见马克思呢？

一天，正当美林艰苦劳动后在安徽八公山大树后大哭一场，发泄内心的无比痛苦和伤残身体的剧痛时，一只毛茸茸满头黑毛的白肚小狗出现在孤苦零丁的艺术家面前。这只小狗蹲坐在美林脚边，无限同情地望着他。美林禁不住心头一热，一把把它抱进了怀里。后来这只小狗在他出外治病时，呜咽着拼命追火车。一年后返回，美林惊讶了："它照旧又扑到我的怀里，低头细看，就是这个小家伙！一年了，它丝毫没改变对我的痴情爱恋。它欢乐地向我叫着，它伸出那粉红色的舌头舔我的双手，并用小爪轻轻地一下又一下挠着我的前胸。""后来，我又被拉去批斗时，小狗飞快蹿上台替我遮挡雨点般的拳头和口水。"这自然招来了造反派恶汉霸女的大喊大叫："打死韩美林的资产阶级小狗崽子！"可怜这通人性的小狗哪经得起他们拳脚加棍棒，一阵凄厉的哀鸣，它受了重伤，被"好汉们"打断了腰，眼巴巴看着同样是五花大绑满脸是血水的美林，最后不顾踢打，用它粉红色的舌头舔了舔美林的脚拇指两下，霎时，坚强的美林血泪夺眶而出……之后，美林几次在没人的时候痛苦地大恸失声！

美林用伤残的手指和树枝在狱中墙上和他的腿上画小狗和各种小动物。这位天才艺术家被监禁四年零七个月后，爬出牢门的第一件事就是寻找他的患难小友。人们告诉他，这个小狗重伤后不吃不喝也不睡，只是对着美林被批斗的戏台不停地苦苦叫了三天三夜，"才不甘心地咽了最后一口气"……

现在美林常在他阳光明媚而又宽大、挂满和堆满了各种艺术品的工作室对我说："……还常常在梦中见到它，因为它是我们家的一员啊！没有它的同情、温暖和鼓励，我早就死在狱中了……"

改革开放，喜逢盛世的韩美林迎来了创作的春天。他常对我说："老大兄弟，我现在常常觉得浑身上下有使不完的创作力！"上世纪八九十年代，他在美国举办动物画展，美国人对这些可亲可爱各种各样的动物大为称赞。参观者写道："我决定丢下猎枪，再也不打动物了，他们是人类的好朋友啊！”2004年在中国美术馆三个主厅举行了他绘画、设计的邮票、设计的标志和各种质料的雕塑作品等的盛大美展，其规模和品位都是空前的，引起京华轰动。

美林在2005年冬再送我一幅画，是两只毛色艳丽的聪慧黑红小狐狸，他在画上题写道：“狐狸爸爸最近知道怎样躲过猎人与善良的人交朋友了！”右下角署名盖章为：齐鲁海右人美林为人类的朋友请命！

这位2008年北京奥运的吉祥物五子“福娃之父”，真比我们更有疼爱呵护动物之心啊！

一幅牡丹

今已60多岁的洛阳画院院长王绣，为国家一级美术师，享受国务院特殊津贴。她笔下的牡丹画气韵典雅，章法严谨，笔墨酣畅，妩媚动人，她的牡丹可谓“名冠中州，响彻中华”。上世纪90年代初她曾相赠一竖幅于我。90年代末，友人又请她以“满园春”为名专画一幅六尺大画给我。

我是在郑州得到此画的。那天与同乡山东泰安人氏、时任河南省省长的马忠臣共进晚餐后，我展开了这幅画。事前，我把相关情况用二十余字概括写在小纸条上：1962年高中毕业后下乡到河南西华务农锻炼，周恩来总理在人民大会堂当届大专毕业生和留学生代表大会上赞扬，号召全国知识青年向万里同志学习送子下乡，到广阔天地、到农业第一线去劳动锻炼、去安家落户；1963年9月中国青年报头版头条刊出……自以为相当精练了，请省长大人照此题画上，以表达辛勤耕耘整整十个春秋的这种“慨当以慷，忧思难忘”之情。想不到这位书法爱好者阅毕大画，即云：“好！我懂得你的意思了！”只见省长大人胸有成竹手握管竹一挥而就：“漫漫十年路，莘莘中州情。”十字苍劲隶书显光增色而成，落款为“马忠臣戊寅初”。四周观赏者无不叫好，我忙把小纸条迅速抓起揉成团，悄悄扔掉了。

回到京城后又到“荣宝斋”宝号，总经理大米先生招呼大家雅聚二楼贵宾室。我又展示此画，并特请书画大家范曾先生在左上方空白处题写，以再增色。范先生豪情爽朗，正待举狼毫题写，总经理大米突然从内室手拿茶壶走出，不冷不热来了一句："万老大从哪儿拿来一张红绿被面啊！"范先生笔停空中，我看此事也许要"黄"，忙说："就牡丹而论，她所写花的雍容华贵，茎叶之苍润，我看不在总经理您之下呢！"（大米也是位知名画家，善写花鸟）范先生浓眉一展，大笔落下，只一两分钟就在左上角添写了几根细竹栏杆，使得这较松散的"野生牡丹"立即有了"修养"和"三分农家小园景色"。在场丹青高手和客人莫不异口同声地称赞："绝了，这牡丹越发活艳了！"范先生又一鼓作气，笔走龙蛇，题下唐朝大诗人李白名句："若非群玉山头见，会向瑶台月下逢。"落款为："王绣女史作戊寅年十翼范曾题。"并打上闲、名两章。

这幅大画一直挂在我客厅正面墙上最显眼之处。每有客来，总叹为观止。

一幅漫画

这幅漫画，“文革”中见到过它的人，一定都还记得。

大画家叶浅予的高足翁××，40年前的她，齐耳短发，一身国防绿军装，微微上翘的蒜头鼻，高挑的身材，青春十分，颇是招人喜欢。她是中国美术学院的一位高材生，也是光绪的老师翁同龢的后代。当时她不过20多岁，由于“出身不好”就愈发表现得有“革命造反精神”，以示和家庭“划清界限”。她“义无反顾”而又“意气风发”地参加了“革命大批判”，通宵达旦地伏案，绘成这幅《群丑图》，以“北京东方红”的名义，以百万计的数量而印发全国各地。

我是1967年春在我下放劳动的河南农场红卫兵散发的小报上看到这幅画的。那时派性厉害，对方群众组织绝不会放弃这一机会攻击我。他们立即冠以醒目标题，并把这张漫画贴到食堂的墙上，因为上面“第二顶轿抬轿人”有我的父亲万里。张贴后立即引起围观，我很快便以“黑帮的儿子不能在革命造反派组织”为由被“拥军指挥部”开除，可见这幅画的威力了。

这幅画几乎画到了当时中央所有被打倒的革命老干部，以“党内第一号走资派刘少奇”和“党内第二号走资派邓小平”所乘坐的两顶轿子为两个核心而展开众多风云人物。这个女学生懂漫画美术的理论，有绘画技巧，尤其是和这些大人物大多没谋过面，但却能较准确地把握住众多人物之间的组织关系和历史渊源，因而在当时造成了极其恶劣的影响。

粉碎了万恶的“四人帮”和林彪两个反革命集团后，1981年党的十一届六中全会通过的《关于建国以来党的若干历史问题的决议》，全面否定了“伟大的无产阶级文化大革命”，历史又恢复了开国功臣们的本来面貌。《群丑图》中那些被“四人帮”严重丑化的人物，冤假错案得以平反，并先后恢复了工作，作为开国功臣，在党政军工作中重新闪烁着光辉形象。那个女画家对自己当年年少无知犯了“左派幼稚病”十分愧疚，后悔不迭。

到了上世纪80年代初期，时任中共中央书记处书记和国务院常务副总理的万里，在一次人民大会堂欢宴几位获得了解放新生的中国顶级的大画家李可染、李苦禅、黄胄、范曾等，在回忆到“文革”时，突然问道：“你们几位还记得60年代那张《群丑图》的作者吗？听说是位你们美院的女学生嘛。”

几位画家面面相觑，不知这位权高位重的中央大员什么意思，中央领导要找她算账了吧？范曾年轻，站起来替几位先生答道：“万里同志，她叫翁××，您问她？”

万里同志浓重的山东口音又追问了一句：“她现在在哪里呢？”

范曾小心答道：“她已到国外定居了。”

“啊，可惜呀，可惜呀，她是位人才，当时年轻不懂事嘛！应该让她回到祖国再拿起画笔才好啊！”

万里同志如此大度，爱惜人才，使在座者无不释怀而竖起了大拇指，称赞他代表了老一辈无产阶级革命家不计前嫌的坦荡无私的胸怀。此事一时传为佳话。

拿鱼说事

王永瑞先生的创作室称听雨楼，坐落在北京繁华的京广大厦后院，一座独立的五层小楼。本月我参加了王先生七十大寿，真是“我有嘉宾，鼓瑟吹笙”。在“步步高”乐曲下，王永瑞身穿红色的中式对襟外衣，碰杯多年陈酿茅台原浆后，他红光满面频频起身，双手抱拳不断致回礼，真是“人逢喜事精神爽”。回顾他的绘画人生，艺术生涯，不由令人肃然起敬。

改革开放不久，王先生 1987 年就在日本新潟成功举办了个人国画展，1989 年又在中国画研究院举办四名家联展，2010 年在海南博鳌“书画名家展”上大受好评。他的画浑厚质朴，笔墨淋漓酣畅，绘画和书法中都囊括了丰富内涵。他从不摆书画家大架子，而是常常深入到生活中去，对山水花草体察入微观察揣摩。

当然，他也常常与各类艺术家、画家切磋技艺和创作体会，极善于将自己的人生感悟，对人民、对祖国河山无限热爱之情，融于自己的笔毫之中。他的题句、命题更是发人深省耐人寻味，尤其他笔下的各种鱼虫花草，常常被人格化，真是神哉，妙哉！他时时呼吁鱼和水的环保，曾创作了“拿鱼说事”系列作品。

他为我画的六尺巨鲤，那大鱼跃出水面，题名为《鸿运当头》，让你真切感受到一种力量，一种精神，深信“此鱼一定能跃过龙门”！

勤奋搏击终将改变命运改变环境，实现从量变到质变。王先生笔下的鱼，大有漫画大师华君武幽默之风采；他讽刺不良作风的辛辣题写屡屡见于画端，如题嘎鱼“莫嗔嘎鱼又尖又滑，只缘水族弱肉强食”；题水污鱼上岸“适者生存学两栖”；题名多春鱼“都是多情惹的祸”。

他现在常对人说“鱼越画对鱼的认识越深刻”。有时，“我心中想什么鱼，就画出什么鱼来。怎么我也变成‘万总’笔下的又一个画鱼‘专家’了呢！”

王永瑞从小就接触鱼，爱上了鱼，他曾说“鱼与生活密不可分”。你看看远古时代，哪里有江河湖泊，甚至哪里有水，哪里就会有鱼。在云南山中常年不见阳光，几公里长的暗河中还有“盲鱼”生存着呢！不论古代还是当今，以捕鱼和钓鱼为生的民族确实数不胜数，许多少数民族，都以鱼作祈福的图腾。还有更古的岩画和陶器一出现，上面就有鱼图形和水波的图案。现在的很多绘画和日常生活用品上都有鱼的各种图案，就是宾馆也有专门以鱼文化装饰的，他说：“在广州我住的一家五星级宾馆，随处可见鱼饰文化。”

永瑞少年时在鱼塘、小河也垂钓，虽渔具不佳，技术不高，但是偶尔钓上一尾鲫瓜，二条泥鳅等小品也欣喜若狂。现在条件好了，他说：“钓不上鱼，我去河边湖畔呼吸新鲜空气，看看岸边垂柳、红花绿草以及水中各种动植物，我眼中这一切都是我写生的老师呀！少年儿时我家在农村，一下大雨小河就泛滥起来，渠里沟里有水就有鱼，那时生态环境好，从来不知什么化工污染。我就只穿个小裤衩下水摸鱼，手一出就抓住一尾，弄得我浑身上下都是泥，抓鱼的伙伴们互看看小鬼模样，又互相打起水仗来。十几岁时，三年困难时期，我就闯关东在嫩江的太康县他拉哈乡的江边，每天担 50 斤鱼走 15

里路，到一个农场卖掉，能挣五元钱然后交学费学画。那时是苦了点，也真学会了战胜困难的本事、强健了体质，我一个穷孩子算也有了出息。”古人常说，“人活七十古来稀”，我看他在这有滋有味的小康日子里，活到百岁也不算稀奇了！

这正如永瑞诗中言道：人道七十智近午，桧生千年态方奇。永瑞先生悠然挥笔画鱼如鱼得水，看那投入和自如的神态，他仿佛也成了在人生海洋里畅游的一条锦鲤，屡之击水跃过人世间多少“龙门”！

在台北初识李敖

8月中旬，我多年的梦想终于实现了——到祖国宝岛台湾访问。

经友人联络，李敖先生很爽快地答应见面，并说："我请万先生在我办公室一起用饭，边谈边吃就好！"但我们这边要见李敖先生的有近十位，我们决定请他到我们下榻的"喜来登"大饭店共进晚餐，他欣然同意了。

约定好下午6时在"喜来登"的日式餐厅见面，因我们去台北基隆河北岸故宫参观，一是贪恋这座四层楼中所收藏的历代王朝的稀世珍宝，流连忘返；二来正逢台北下班交通高峰时间，故晚了近20分钟。我很着急，心如汤煮，急急忙忙赶往餐厅，果然李先生已独自一人在那里静等我们。我忙和他热情握手，再三检讨："第一次约会，就让先生久等了，实在不好意思！""哪里，哪里，你们第一次来，人生地不熟，难免！难免！"只见他正如凤凰卫视节目上的打扮一模一样，浅红色的茄克衫，打开的前胸，浅蓝色衬衣上，佩戴着枣红色领带和金色领带夹，下着白色的休闲裤。褐色玳瑁宽边眼镜，茶色镜片后面闪烁着一双虽不大、但却有着智慧带点狡黠的眼睛。他个子不算矮，人清瘦挺拔，比实际年龄70岁要年轻得多。

我和他交换名片，还互问着我们最后一个字的意思和正确写法，他爽朗地说："原来是说好请万先生到我那儿用面条，但想不到有十位——”他略停了一下，又半认真半玩笑地说，“到这么好的餐厅，我就没有这么多钱了……”

我谈到先生要到祖国大陆作57年后的第一次畅游：“是你女儿说出去的。”“是呀，女儿说的就准确啦。”他又接着介绍说：“1942年我进入北京新鲜胡同小学，六年后高小毕业，以第一名的优异成绩考入了北京四中，1949年到上海后就再没有回过北京呢。”他说并不是第一次坐飞机，在台北坐过小飞机呢。他还幽默地说：“这次坐大飞机，我不害怕了，眼睛死盯着祖国两岸美女航空小姐就是了。”

我插话道：“新鲜胡同？我们全家1953年从大西南搬入北京城，第一个家就被安排到了新鲜胡同甲7号呀，新鲜胡同小学就离我们不远，我还记得那时一群群天真可爱的孩子们就如小白鸽一样飞来又飞去。至于四中，我弟弟仲翔和他的同级同学贺鹏飞、俞正声等都在那里读过六年书呢，他们都是四中这所百年老校的毕业生呀。”

“是啊，天下如此之大，又如此之小，我在那里读过中学，他们都算我的小师弟。”

我们无拘无束地谈笑着，谈他最具代表性的著作《蒋介石研究集》《胡适评传》和被西方称为翘楚的批评文章专集，在热气腾腾的烧烤中不断互相敬着酒。此时的李敖没有一点大学者的架子，更没有好斗公鸡威风凛凛、咄咄逼人的气势。而且每次敬酒他都站起来，很像一位知心的朋友和我们道着家常。

我向他赠送了河北作家王立新所写《要吃米找万里》和我的体育钓鱼散文专集《元戎百姓共垂竿》及孔子家乡曲阜的文房四宝等，他忙站起来接受并道谢。他说回去就回赠他的著作，请把要书的人的名单尽快给他。后来他还认真地通过国民党元老李焕之子李庆华向我催要索书人员名单，接过庆华兄的手机当场又和我通了电话。这位名家真可谓办事认真而又谦逊有礼。果然不久，我和朋友们就收到了他亲笔题签的近著《红色II》。

当时我还带了几期刚刚出版的《中华儿女》《故事报》等内地报刊，有的刊有批评他的文章，本想只让他翻看一下新鲜新鲜就算了。我说："您看《故事报》上还有对老兄有微词的文章，是讲您第二次入狱，关于保管朋友财产的事。8月份《中华儿女》有我的一篇写抗日上将吕正操的……"想不到他都十分感兴趣，催我把这些文章都复印出来送给他阅读。看起来他真是"猛龙过江"——既敢于毫不留情面地批评任何人，也敢于让任何人批评他呢！在交谈中，虽然他以记忆力好，博览群书著称，但他更相信"烂笔头胜过好脑子"，他不时掏出小笔记本记着。比如我谈到当年徐向前率领的西路军，经历了悲壮的历程之后，现在还健在的将领和夫人，他也挺感兴趣，都一一记下姓名什么的。据说他书房中，有一面墙全部都是他制作的各种卡片索引。这种严谨认真的作风给我留下了深刻印象。

我们相约在金风送爽的季节在北京再见面。

我所认识的曹禺

时光过得真快，转眼曹禺老伯百年华诞已过。曹伯给我们的印象真是永不磨灭。

他是住北京医院五年左右后去世的。就在 1991 年的国庆节前，我还专程到医院去看望了他老人家。

“文革”后，他后来的夫人上海京剧名旦李玉茹，总陪伴于身旁和床前，我看到曹伯对老伴感情甚笃，总是亲切地一口一个“阿茹、阿李”地叫着。那时曹伯家子女都忙于上班和写作，不能日夜相伴生病卧床的父亲，继母昼夜全陪。

我向曹伯请教创作上的问题，他总是有问必答，从未有厌烦送客的表示。我告别他时，他一定坚持坐着轮椅亲自送到电梯口，握手说再见。

后来我让司机小许给他送去中秋月饼和一些我下乡劳动的农场送来的蜂蜜、大枣等农产品，他还困难地握笔给我写了回信：

“伯翱，你送来了这么好的农产食品，又是你下乡劳动过土地的硕果，真不容易，我真的十分感谢你对我这么友好，祝你身体学习都好。曹禺 1991 年 9 月 6 日于北京医院。”

大师为我写序文

我的《三十春秋》是我 1961 年开始在《北京晚报》发表首篇文章，到 1991 年 30 年来的所有发表在各报刊文章的第一本文集。到今年我已出文集第四本《六十春秋》了。

我下乡劳动十年，故土的河南人民出版社看上了我所写的这些散文，要出版我的《三十春秋》。我和吴家笔墨继承人吴欢抱着稿子，也像怀揣着个小兔一样地走进了北京医院曹禺的病房。

他照样十分热情，夸奖几句，就开始翻阅文稿清样，他让我们喝茶跟夫人李玉茹聊天，一个多小时后，他边翻阅着边说："你们这些年轻人呀，就是写得好——"

突然他拔掉氧气管，要夫人扶他下床，披上衣服，再戴上老花镜，口中讲道："这篇序我得再好好看看！"只见他手执笔一边念，一边修改，还把所提到的刊物没有加书名号的统统加上，他说文章提到刊物书报名称都要加上，还把一句"1962 年他被父亲，我的老朋友万里送到河南农场锻炼"改成了"我的友人万里同志——"，把"六十年代万伯翱是第一批下乡的知识青年"改成"首都知识青年支援农村，伯翱大约是第一人"，他坚持把"朋友"改成"友人"，把"第一批"改为"第一人"。

作为中国现代与郭沫若、田汉、夏衍、老舍等齐名的戏剧、文学大师，他不到 30 岁就写成了《雷雨》，继而又连续写出《日出》《原野》等，达到了他的也是中国现代话剧的最高水平。但他如此提携青年，如此认真教诲一个我这样的业余文学爱好者，真让我受益终生。

两位大师为画题款

上世纪 80 年代中期，范曾先生曾用心为我画了一张我很喜爱的《庄生梦蝶图》：战国时期一代先哲大家庄子先生似乎是酒醉了，头枕青石和衣侧睡，我似乎听到了他均匀的呼吸和有节奏的鼾声。此时一对彩蝶在他头上欲飞欲驻。梦中的庄子微闭双目，脸色微微泛红，他的脑海开始翱翔宇宙了，变成了自由自在的蝴蝶翩然起舞着。范先生妙笔下一切都栩栩如生，让观者浮想联翩。中国传统的丹青国粹艺术感染了戏剧大家吴祖光，他欣然提笔在范先生的画上题写："庄生晓梦迷蝴蝶，望帝春心托杜鹃。范先生此画有深意焉，吴祖光己巳。"曹伯是接转吴祖光先生后题写的，我记得时间较长，约三四个月后我才拿回画卷，中间曹伯还特别打电话"请教"吴先生讨论如何题写此款识，最后曹伯提足精神命笔了："不知悦生，不知恶死，蝶乎？庄乎？梦乎？醒乎？天地与我并生，万物与我为一。曹禺浅识于丁卯。"

风雨中郭老的到来

上世纪 60 年代初的一个暑假，我和曹伯的女儿万黛等同乘国务院所挂开往北戴河的一节硬座车厢，我们要同往北京市设在海边的一座招待所度假。那时还处在三年经济困难末期，要说是自然风光和碧海蓝天中的戏水吸引了孩子们，不如说那时正是果园早熟的一种原产于美国的"美夏"苹果和交了定量粮票就可以吃饱更吸引我们这些正长身体的孩子们。万黛比我大两岁，从北京十二中毕业考上北京医学院，正念大学二年级。之后成了优秀的主治医师，现在作为专家也是退而不休了。当时火车开得很慢，七八个小时的路途，我们聊了不少她父亲的事情。我们都很遗憾她父亲解放后再也写不出像《雷雨》《日出》《北京人》《原野》等这样的经典传世大作了。"文革"十年造反派对艺术家的凌辱和封杀，他和焦菊隐、欧阳山尊、叶子及舒绣文、于是之等一批"人艺"名家都被造反派关在布景工厂内的"牛棚"中，边学"毛著"边劳动改造，在数九寒天中，天还没有亮就被赶起来抬煤、打扫厕所和清扫大街了。他们这些"反动戏剧权威"被造反派肆意批判。打倒了万恶的"四人帮"，他彻底解放了，但身心已深深被击伤。虽然曹伯心底也不时重新燃起创作的欲望，曾凝结了创作冲动的力量，80 年代中期，他也七十好几了，身体也大不如从前。他收集的各种素材也不少，甚至都开始动手了，他还想写呀，但总写不出来写不好了。正如他已成名作家的女儿万方所说，他心里特别难受，有时忧郁和悲壮起来真想从窗户里跳出去——他毕竟是已过 75 岁高龄的老人了，我就发现过他常提笔忘字，创作的黄金时代已经过去矣！

我们到了北戴河，同住在一座海边山上的招待所。有一天晚饭后，曹伯正进行惯常的遛弯，夜幕里飘下了淅沥沥的小雨。不能再散步了，他回去后伏案修正稿子。此时，山下有两三个人拾阶上山而来，中间长者披一件黄色风衣，还有一位身着便衣的警卫人员给他打着伞，他们一行接近我们院墙按响了门铃。我和曹伯女儿都跑过去开大门，来者中一位秘书模样的人对我们说："孩子们，快去叫曹禺同志！郭老来看他来了！"贵客突然而至，小院里显得忙乱起来。曹伯来不及更衣换鞋，穿着毛巾浴衣拖踏着凉鞋出来，口里惊喜道："郭老您怎么不通知一声就来了？"万黛匆忙去沏上龙井茶，还端上一盘水果。

郭老虽然戴好了助听器，听起来仍然吃力，但眼镜下双目闪烁，那深邃而机智的眼神，给少年的我留下了深刻的印象。我知道他耳背，是郭老儿子告诉我的。我 1965 年下放到农场时，郭老读大学二年级的儿子郭世英 1963 年时因“反动思想问题”，也被下放到我们河南西华县国营黄泛区农场劳改。我问他郭老戴上助听器的感受，他告诉我：“就好像把收音机放大声，你贴在上面听一样。”他还告诉我，父亲听力不行，是 17 岁时一场伤寒大病所致。不过两位文学巨匠还是高一声低一句地亲切交谈着，大约一个多小时。他们谈到了彼此写些什么，好像郭老在写“郑成功”，曹禺在写“王昭君”，都是正在杀青阶段。曹伯大声请教郭老，他戏中有一幕表现当时汉宫中流行的游戏，就是用羽毛短箭投掷于瓶壶中以多少来论输赢。“郭老您知道这种投箭游戏吗？每支箭上尾部带几根羽毛呀？”郭老笑着扶一下眼镜答道：“你也真认真啊，我也不知道是几支箭，每支上有几根羽毛呢？我回去再查问一下吧！”

我们一起把郭老送出大门，曹伯扶着郭老，还不时提醒脚下有门槛和台阶。送到大门外石阶下，郭老和警卫、秘书等坚持不让再送。夜幕下，海风不停斜吹着小雨飘洒着，我们目送郭沫若一行，很快消失在湿滑的山径小路中。

和父母同看《雷雨》

60 年代初期，我和父母一起在北戴河海滨，那时除了每周能放一场电影，几乎没有任何娱乐活动，当然白天也在这个兼浴场的大厅打打乒乓球，也是挺热闹的活动，我和荣高棠副主任一对，对方是贺老总独子贺鹏飞(生前为海军中将)和廖承志伯伯搭档。贺元帅当总裁判,他和大家坐在大厅看比赛,让我们自己记分,有时他也发令说:"换发球了。""这是个擦边好球!""小廖发球犯规了!"贺、罗等元帅总把廖公叫"小廖",可能源于其父廖仲恺为国民党元老而亲昵称呼廖家后人而言吧。有一天我和父母到海滨区电影厅一起观看了香港电影明星们演出的影片《雷雨》,我记得观看电影的还有郭老、贺老总、罗荣桓、廖承志、荣高棠、穆青等领导人和他们的孩子们。就我们十几岁的年纪,看《雷雨》大剧是敏感而又好奇的！那些情节对我们这些正处青春期的少男少女来说还是似懂非懂。在大厅里大人们有时还高声议论两句,孩子们此时对此片没有多少发言权。我还记得第二天父母碰见了曹禺,当时曹伯伯特别强调了,香港编导歪曲了他的原著主题,着重了两代人乱伦而忽略他反封建罪恶的强烈意识。当然,在那个强调阶级斗争的年代,曹伯也只能对自己的上级领导这样讲吧！父亲和母亲也曾在北京人艺看过《雷雨》话剧。实际上万方和李玉茹阿姨都对我讲过,解放以后,这个剧一直是北京人艺保留的经典剧目,她们还通俗地说是人艺的"救命戏",因为过去总是"人艺"演一场客满一场,票房是有保证的呀!

现在已不是"阶级斗争天天讲,月月讲,年年讲"的年代了。言论空前自由了,我看有关媒体讲到 1993 年"青艺"演出新版《雷雨》已删除了鲁大海这个人物不算,2003 年,一些中国戏剧梅花奖获得者联袂演出《雷雨》,恢复了 1933 年版的序幕、尾声和神秘的基督教气氛。2011 年上海戏剧学院的《雷雨》不但强调宗教情怀而且导演强调他自己对《雷雨》的解读——一个男人和先后两个女人的情爱故事,这恐怕更远离了曹伯的强烈反对封建礼教杀人的初衷了吧!

要求孩子自己买戏票

1987 年我已经从部队转业到国家体委宣传司，机关各种文体活动多，我常到曹伯刚分到不久的木樨地 22 号去请他参加体委的活动，以助体育声威。我第一次到他装饰一新的四室一厅的部长级待遇的房子时，他对我说："伯翱，我做梦也没有想到我还会住到这么好的房子！"看到屋里刚挂上红光闪烁的老友关山月所绘"红梅图"和李可染所赠黛青色大榕荫下的"国兽图"，真使来客感觉眼前一亮。他十分喜欢梅花的傲霜凌雪和水牛一生默默无语、吃苦耐劳的精神。老人真是从心里欢喜改革开放给他和全家带来的新生，孩子们都恢复了正常工作，万方不断写出好的新作，她把《原野》改编成歌剧并把它搬上了首都舞台，得到父亲首肯。他们父女特别打电话和送请柬给我！这种以歌剧形式改编的作品是符合原创话剧剧本精神的。看到自己的事业有了可靠的接班人，老人嘴上不说，心里非常高兴，十分欣慰。过去他对孩子要求非常严格，作为人艺院长的他，要求孩子看戏一定要去买戏票。

上个世纪 80 年代中期，有次中南海电影厅放映 1986 年版的《日出》。我和父母看后，我议论陈白露的死是抗争上海十里洋场罪恶的唯一出路。妈妈谈论潘虹和男主角演得好，爸爸这时说了一句："还是原著曹禺的剧本好啊！一剧之本嘛。"当然电影剧本的改编是得到曹伯点头的。

观《风雪夜归人》想到吴祖光

中央电视台八频道戏剧台接二连三在播出戏剧家吴祖光相濡以沫了半个世纪的妻子——评剧皇后新凤霞上个世纪 60 年代录制的《花为媒》。改革开放以后曾在央视春晚上大红大紫过的赵丽蓉，那时不过是 20 多岁的姑娘，她在《花》剧中饰演一名能言善讲的媒婆，也可以说唱了一辈子新凤霞的“妈”（另一出新凤霞主演的脍炙人口的评剧《刘巧儿》赵又演了“刘妈”），由她所引让新阿姨一口气唱出了 12 个月的花名也是这出戏中的最经典唱腔而传世下来。评剧皇后新阿姨在“文革”中遭到残酷迫害，1966 年她才 36 岁，正值舞台上的黄金时光，却被冷酷无情的红卫兵造反派赶下了自己视为生命的舞台。在 1976 年“四人帮”粉碎前又遭双腿瘫痪的厄运，吴祖光悲愤欲绝地看着爱妻从此绝响舞台，广大“新迷”无不扼腕叹息至极。我每次看到中央台八频道新赵两人的对唱表演，都要打个电话给吴祖光、新凤霞的儿子吴欢，谈谈这出保留下来的经典剧目的精彩之处，更加深情回忆他的父母大人。

时间过得真快，吴欢也快到六旬了，短小精悍酷似吴叔的他也不简单，受吴氏书香门第两代人的教育（他爷爷吴瀛是解放前著名故宫护宝专家，诗书画颇有造诣），吴欢聪明伶俐，大有吴家国学世风，琴棋书画样样都拿得起来，已三届选为全国政协委员。去年冬国家大剧院上演由其父编导的话剧《风雪夜归人》，大剧院广告宣传牌上和此剧节目单上均是他学父亲龙飞凤舞字体书写的剧名，很受观众赞赏。

冬日雪后的国家大剧院首次上演此剧，竟然达到了除留有部分赠票外，每场都能百分之百卖掉销售票。我看到舞台下面原本为乐队所专用的乐池，后来都打开临时加满了座位，真是近年话剧界可喜可贺之事。我想这出话剧之所以受到首都观众热烈欢迎，一是对戏剧大家吴祖光本人和他经典作品的怀念；二是当今影视话三栖名演员冯远征和余少群等出色的表演；三是吴叔叔 1942 年在他 25 岁写成的《风雪夜归人》曾经以电影、电视剧，以及芭蕾剧、评剧、粤剧等改编演出，都获得好评如潮。可以说此剧曾红透大江南北，拥有不少观众，是我国话剧史上又一经典名著，难怪酷爱话剧的开国总理周恩来百忙中竟来回观看过七次此剧，这是总理一生中看过最多的一出当代话剧。

这出名剧诞生时就曾在国民党陪都重庆轰动一时，但很快就遭到国民党反动派当局禁演，因为此剧是写旧社会被人最看不起的列入下九流的戏子和妓女恋爱的故事。吴叔说："我要写的是最下贱的人的高贵品质，写生活和生命的意义。"戏剧专家宋宝珍谈起此戏说道："这是前辈吴老先生至真至纯的情感，和在世事无常的现实中内心对掌握自己命运的渴望；这两点是超越时代的。"我应吴欢专门邀请一起观看此剧，我俩都认为在当今灯红酒绿下，物欲横流中少有作家能静下心来像祖光叔那样认真思考民族的精神和前途，用如此真实细腻的笔法来描绘人们的爱国爱民情操和鲜明人物之性格和生活了。

实际上我所接触到的吴祖光叔叔就是现实生活中一位行侠好义、好打不平，异常勇敢的老一代知识分子。

1988年冬天，我刚从北京武警部队转业到国家体委不久，那天吴叔一个电话让我下班后在办公室等他，说有急事相告。那天降雪，路灯照着飞舞的雪花显得又大又密，办公室门推开，吴叔浑身上下都是雪，他摘下皮帽，解下方格围巾我才认出他熟悉的眉眼来——整个一个“风雪夜来人”了。我一边替他清扫身上的雪花又忙捧上一杯热茶。还没等我开口，他大嗓门就说：“你应认识北昆的一代名角侯永奎的儿子侯少奎吧?”我回答：“是，他的关老爷戏《单刀赴宴》和《千里送京娘》太好了！大有其父台风呀”！“他昨天从欧洲演出回来，买回一台收录机，就被海关给扣下了，合500块人民币呢！万老大你想想他一个月才多少钱？他是为了学习研究专业唱腔录音才下决心买下的呀！”吴叔叔急红了脸，茶杯也重重摔在了桌子上。好像比他自己的东西被扣还着急！我忙说：“是啊，应该还给他！”我接着说，我有一位高中时的同学现在在北京海关工作，明天星期天我骑车去打听打听，尽力帮助他完璧归赵吧。这时吴叔叔看了看我办公桌玻璃板下的李少春先生的《野猪林》剧照又忙放大声：“你也知道钱浩樑，他也是新中国培养的一个人才嘛！《红灯记》中的李玉和无论表演和唱腔多好呀！”“是的，最近他母校华诞40周年他应邀演了《艳阳楼》，那高登无论身段和唱腔，尤其各种武器的娴熟运用，都显示了他扎实的基本功；多年辍演舞台他竟毫无一点纰漏，真够神了！”吴叔见我说到了点上，投机了，以大戏剧专家的口吻说：“他是尚和玉、李少春后最好的大武生啊！”吴叔此时似乎忘了：1957年他因鸣放被打成右派，被分配到北大荒劳动磨难三年之苦，也似乎忘了“文革”十年全家蒙难，妻子新凤霞更是被批斗迫害致瘫痪，坐上轮椅，吴家住在朝阳区大石桥一栋七层居民楼上，没电梯，我们都背过她上下楼呢！

是啊，这曾经如此优秀的大武生没地方练功，在篮球场上水泥地上练功把脚都崴了，回中国京剧院人家不要他，因为这个当年红遍大江南北的造反派头头，回北京已没房子住了——“您说，咱爷俩怎么办？”趁他口干喝了口水我追问了一句。

“你和高占祥同志熟吧？好！过两天咱们到文化部去找他这位部长大人解决钱浩樑房子问题呀！”后来经吴万爷俩儿等人游说，钱浩樑在北京市四环内终获得两间住房，他的演出活动同样受到吴叔的大力支持，并时常拉住小戏迷的我前往一同观看。

夜更深了，大楼人走楼空，越来越寂静，我送他坐上出租车后，连忙关灯，锁上办公室赶到体委存车处取出我的“永久坐骑”，风雪小多了，我双脚用劲冲开雪路，一小时后骑到东便门六号楼，我当时的住宅。我也成了“风雪夜归人”。

吴叔以86岁谢世(1917—2003)，今年(2013)4月是他去世十周年，特写此小文以纪念和学习吴叔在这个剧里和他一生所追求的“真善美”精神，在我们有中国特色的社会主义祖国中永远抛弃“假恶丑”吧！

识途老马让子弹再飞扬

去年11月份在北京饭店举行全国第八届作家代表大会时，我碰见了被众多作家簇拥着的身体硬朗的97岁四川老作家马识途，他是我们这次参会作家中最年长的。我忙跑过去致礼，还怕他听不清楚，又俯耳上去大声介绍了一句，他脸露惊喜，川音颇重地答道；“是啊！认得认得！许久没得见了，我们是老朋友了呀……”

识途老是位开国后很特殊的大作家，生于四川穷僻之乡，少年负笈出山来，寻求革命真理，游学京津沪后，又考入“中央大学”，期以报国。他参加了“一二·九”学生运动，走上了职业革命家的道路；历任鄂西特委书记、川特委书记，是位“三八式”老共产党员。而且他学历甚高，1945年毕业于西南联大中文系专攻文学，师从大师朱自清、沈从文、闻一多，是位科班出身的老干部和作家。解放后为恢复大西南的建设，又曾任省建设厅长，也任过中共中央西南局宣传部副部长及四川省委宣传部副部长、省文联主席、省作协主席等要职。不管干哪行他都行，且从来未停止过文学创作活动。他妙笔擅长小说、纪实文学、散文、杂文、诗词等一系列文学创作形式，亦是无所不精，真乃巴蜀政坛、文坛奇人奇才。有媒体称：“老马是巴蜀继郭沫若、巴金、何其芳之后最具影响的当代作家……”

2010年，姜文、葛优这些我国影坛传奇男星，再加上华语顶级国际巨星周润发等再现辉煌又创下显赫票房达六个亿人民币纪录的《让子弹飞》，就是选自改编识途马老的《夜谭十记》中的《盗官记》呀！真是“百年铁枝绽新梅，寒花幽香传海外”。更使蜀人自豪的是，姜文导演专门制作了“川语版”，蜀人蜀地蜀语更添佳话，当然又创下巴蜀票房新高了。

3月初蜀地新柳如烟，迎春花含苞待放，油菜已呈现金黄一片开始进入盛花期了。我应邀参加《雷锋》长篇小说首发式（黄亚洲著，在下写序），趁未开会前我下机直奔成都市指挥街马府拜访。上个世纪80年代落实政策的一套房子，当时尚属不错，如今显得暗淡，少些阳光，没有大厅，房间小而又到处是书，略显拥挤了。据说马老今年已极少见客，只是他和万家还有点特殊的渊源，才乐意雅聚家中叙叙家常。

上个世纪50年代中期，他任四川省建设厅厅长，家父万里首任共和国城建部长，他到北京我们万家小四合院拜访过。时间已过去半个多世纪，马老却还“识途”——“北京市东城区演乐胡同39号”。这次他见我如故，一口气说出了这个老北京门牌号，我说你真是父亲的老战友老朋友啊，他却十分谦虚地忙纠正说：“不！不！万里同志是我的老上级老领导！”实际上家父十分敬重这位作家和厅长的双料老友，我和弟弟都记得当年他给父亲送来或寄来的签赠作品，而且父亲结束了一天紧张工作后，床头“秉烛”就读他优美的文学作品。

这次他又亲笔签名赠给父亲和我新出的几卷文集和最新的散文作品，还拿出他的书法作品相赠，他的隶书很有自己的风格。他告诉我：不到十岁，他父母就令他苦练狼毫丹青，与笔墨已结下了近百年不解之缘。他终成书法行家里手，已多次举办个人书法展，并出版了书法集，所得润格全部资助贫困学生。2004年我在成都签售新书《四十春秋》，已得他工架稳重苍劲有力的李守常先烈名句相赠："铁肩担道义，妙笔著文章。"这次又不让我空手，从书房取出四尺素宣相赠："子规夜半还啼血，不信东风唤不回。"署名：98翁马识途。我已托人到"荣宝斋"装裱好，定悬挂高堂时常拜读。

1941年，湖北国民党反动派将其爱妻杀害，娇女也丢失（1960年才找到）。"文革"中他因是"走资派"又是"反动作家"，几尺高的竹帽用带刺铁丝串起，被强戴到头上，霎时鲜血涌出。造反派毫无人性，不给就医，还硬押着入牢。他不但顶过来，活下去，而且如今又近百岁大寿。问他长寿秘诀在哪里？他笑着回答："举得起，放得下，清心寡欲，高度乐观！"现在他每天仍坚持写书习字、散步，说着应我邀请他还蹬上了阳台上的健身车蹬练起来，他说每天至少蹬它一百多圈，一般二百多圈，过去多则三百多圈。他真是一棵遒劲奇特的不老松，风霜后更见其高风亮节！真是革命人永远是年轻……

看到他客厅墙上，有朋友们雅聚后留在他书法作品上的落款，都是当代大家亲笔签名。那是1983年春，巴金回川，张秀熟（当时88岁，早年任过省委书记）、巴金（78岁）、艾芜（78岁）、沙汀（78岁），五老相聚。如今四老都先后西去不归，只有当时68岁的马识途健在，还是用这位现还在任上的中华诗词协会副会长亲笔写给姜文的七律来结束这篇小文吧：

子弹飞来呈异彩，
街头巷尾说姜文。
芙蓉镇里显头角，

纽约剧里铸铁魂。
联袂明星添大气。
多娇丽娘挹清芬。
层楼更上谋新片，
艺苑何人不识君！

翁大夫救过我一命

生老病故人生难免，又一位优秀的共产党人，杰出的医学专家和教育家，七届全国政协委员、资深院士翁心植教授在2012年夏走了，以93岁高龄驾鹤西去——让我不免心生无限伤感！

记得在1974年，仍是动乱不堪的“文革”时期，经过造反派批斗抄家，这位当时的“反动学术权威”，由于他医疗技术精湛，医德优秀，群众关系又良好，医院“革委会”也不得不任用这位年富力强的大夫去值班当医生，而成为当时的“朝阳医院内科主任”。他临床经验极为丰富，最擅长呼吸内科及疑难杂症的诊断和治疗。打倒万恶的“四人帮”后，他在长期实践中，总结了关于诊断和治疗普通内科寄生虫病、心血管病和呼吸系统等诸多疑难杂症的医疗经验，终于出版了著作，并且作为此学科学生必修参考书。成为博士生导师后他孜孜不倦地教授一批又一批中外莘莘学子，对中国和世界医学做出了创造性贡献。

就在1974年夏，我被他从死亡线上拉回，也可以说他救了我这个当时就读于河南大学的工农兵学员的小命。那时候，由于父亲“敌我矛盾按人民内部矛盾处理”，再加上个“出身贫民”，造反派高抬了“贵手”，我才能经十年艰苦劳动的知青磨砺后，允许被推荐报考了河南大学(当时叫开封师范学院)。当我做梦般报考，又重新跨入学堂里，那久违了的窗明几净和高低成排的课桌课椅，那成排满架的各种刊物和资料书籍的图书馆，让刚刚离开穷乡僻壤的我叹为观止。看着这些无比和蔼可亲的老师们（他们都被造反学生打骂怕了，当时入学提出的口号是“上大学，管大学，用毛泽东思想改造大学”，和老师是同一战壕战友），面对接过我洗脸盆网兜儿的老师们，面对这天上地下的变化，我这个从田间走来的“泥腿子”喜极而泣，手拿红宝书，在老师员工震天动地的锣鼓声中不断地高呼“毛主席万岁！万岁！万万岁！”

也许是“乐极生悲”，这年暑假，我从开封坐硬座火车回京探亲，不久，就头疼发烧，继而茶饭不思，不得不被送进就近的北京崇文区同仁医院。病床上的我高烧不退，烧得胡言乱语、神志不清，甚至不进滴汤粒米，后来据说打着吊针，还抓起苹果投向护士。是不是报了病危，本人已不清楚了。烧降下来时，正在打扫厕所被监督劳动改造的甘英阿姨（她是“北京反革命修正主义黑帮集团第二号人物”刘仁的夫人），知道我病重入院连忙到床前看望了我。刚获得“解放”不久的父母也匆匆赶到病房，老爷子问医生：“我这孩子到底是什么病？”造反派选就的年轻的内科主任，是个戴眼镜的高个子大夫，他说：“看来一时还诊断不了，不像疟疾呀？温度坐标没任何规律可循，像是病毒性重感冒吧！”

以此诊断治疗了近一周，我的病情没见好转，人却成了“皮包骨”，奄奄一息了——当时二弟的夫人是蒋光鼐将军的女儿（民主人士的蒋公当时任纺织工业部部长），她是北医毕业的高材生，被下放贵州刚从劳动基地回京。她到医院仔细看过我后，果断地说：“决不能再拖了，应立刻送大哥到我的老师、朝阳医院内科主任翁心植处会诊,否则大哥有生命危险!”

有气无力的我被架进了翁大夫的办公室。那天我也是刚降了温,还能记得清楚:翁主任一边迅速读过病例档案一边安慰我:“小伙子,不要紧,会好的!”“你从哪来呀?”“河南——”“噢,那可是今年的疟疾区呀!”他沉思了一下,似乎对我的病情明白了八成。我脑子里立刻呈现开封学院内操场积水蚊蝇飞鸣的场景,集体宿舍中我的小蚊帐里不时飞进“敌机”,大怒的我半夜赤膊上阵,双掌合击,顿时血溅纱帐。“温度坐标无规律?你吃过预防疟疾的药了吧?”“是校医分发过两次,我都吃了呀——”翁大夫点头答道:“那就对了,这就是为什么你的温度坐标使得疟原虫无规则可循了。”他又翻看了我的眼,撬开我的嘴,摸了摸脉搏,十分果断地说:“就是疟疾!”迅速地开处方,服了一天的“金鸡纳霜”之类的药后,不到两天体温就下降到正常值36摄氏度左右,食欲也好起来,牛奶鸡蛋馒头面条一吃,大病就已初愈,能自己下床如厕了——我终于摆脱病魔了!这真是应了全国人大副委员长、北大常务副校长医学专家韩启德对翁老的评价:“我的故乡宁波钟灵毓秀,人才辈出;我的同乡翁心植就是这样一位医道高明,声誉卓著,被公认为‘医圣’——张孝骞之后最负盛名的内科临床权威!”

翁教授一生中救过多少人的命,他自己已记不清了。1992年他被北京市卫生局授予“伯乐金杯”;在教学中他培养了不少博士生,我所认识的原朝阳医院院长、后又调入北京医院任院长的王晨就是他的博士生队伍中的佼佼者。

翁心植院士还获1995年中华医学会颁发的“首届医学科技进步突出贡献奖”;1999年又荣获“何梁何利基金科技进步奖”。从改革开放后的1978年到临终前，他坚持不懈倡导全国控烟，因为吸烟者恶性肿瘤概率比不吸烟者高出50％。那些年他不辞辛劳到处宣传取得了显著的成效，中国终于形成前所未有的控烟高潮，有关部门和有识之士尊他为“中国控烟之父”。恩人已去，但他桃李满天下，他的医术和医德将代代相传并惠及天下。

怀念绍祖兄

2012年9月18日下午，曾担任过11年国家体委主任(后为体育总局局长)、当过四届中央委员、第十届全国政协常委，中国共产党的优秀党员、忠诚的共产主义战士，有理论、有实际才干的老大哥伍绍祖，刚过了73岁生日，因患骨髓方面的罕见病而与世长辞了。圈内圈外无不为英才溘然长逝而惋惜震动。《北京青年报》《南方周末》等一些报刊纷纷发表整版长篇纪念回忆文章，追述他为党的事业无畏无悔的功绩，传诵他的高贵品德和风范。

1988年他不过38岁就被授予少将军衔，时任国防科工委政委。也就在此时不久他又奉中央指令到国家体委任一把手，临危受命组织筹办第八届北京亚运会。我那时就在他手下任亚运会宣传部副部长，目睹了他日以继夜、不怕苦和累的军人工作作风。

1990年亚运会是我国第一次承办如此大型的国际运动会。他把自己在清华大学和军队积累的知识和经验充分运用和结合起来，提出“用科学方法”，用“计划网络图技术”主办这次体育盛会。他充分调动国家体委所有部门和人才，请北京市“搭好舞台”，体委的运动员和亚洲各国运动员“当好演员”，他指挥体委内部新装好100多部电脑进行联网图技术，搞清数据库，搞准专家咨询系统，这是开国以来体委闻所未闻的技术管理方法，成功举办了这届亚运会。

当亿万观众在电视前看到，开幕式上，他在五星红旗和亚运会会旗下嘶哑着嗓子讲话，我们这些圈内的工作人员无不为之动容。他的老朋友、著名科学家钱学森亲笔写信给他："你将系统科学方法灵活运用到体育管理当中，值得大书特书。"他以同样的拼命加科学的方法，又成功申办北京奥运，可谓是硕果累累，立下了汗马功劳。率团出征两届奥运会（巴塞罗那和亚特兰大）使得中国代表团金牌和道德双丰收，为2008北京奥运勇夺世界金牌第一打下了坚实的基础。

我们结交20多年，他不无自豪地告诉我："当过兵应有军人的作风，我11年在体委，没有迟到过一次！"何止是没有迟到过，他总是提前到办公室；出差从飞机场和高速公路回京，如差半天或两个小时就下班了，他不是回家，而是直奔办公室处理各种文件和召开大会小会。他就是这样一位"工作狂"的人民公仆。

他的两袖清风，在体委也是可称当代高级干部中的楷模。他从不收任何红包、礼品，平时我们所搞的各种体育创收活动，所发给他的奖金、奖品以及误餐费等他都全部拒收。有一次我当总编的《中国体育》杂志社搞首都名人垂钓大赛，每位领导和嘉宾发一份赞助商提供的健身自行车和误餐费，我们都已交给他的司机并帮他放到了小车后备厢里。他知道了马上正色道："我不需要这个，我办公室已有健身器材，你们这个退回！"还特别叮嘱我："给退休的老教练老运动员送去吧！"在拜金主义抬头、贪污受贿时有发生的今天，实在令人钦佩他这种坦荡的君子之风！"你的杂志找广告，别人可以拿点回扣之类，但作为共产党员的总编辑万老大你拉的广告，也不能拿任何回扣！"所以在他的严格要求和以身作则下，我十年总编兼社长不但未拿取一次回扣，连我好友所拉各种赞助，我也请他们不取一分回扣，统统支援刊物吧！

但绍祖也有很宽容的时候，无论他在位和退休后，只要我们请他题字或者参加活动助威，只要他问清是对体育有利，是为“公”不是为“私”，他都欣然应邀出席并为之挥毫增色。因此每年的全国新闻界网球赛，中华名人垂钓俱乐部的各种友谊和对抗赛，乒乓球的名人赛，各种为宣传亚运、奥运、全运会有关的体育画册、书刊的题字和作序他都有求必应，从不摆部长、将军的架子，也不惜墨如金，且从不接受任何润格。前年在海南岛为建“奥运冠军林”和“运动员星光大道”，他都不辞劳苦飞达岛上参与游说此事（他儿子五一在电话中告诉我：父亲当时还发着烧呢），而且十分认真负责地去找到省委书记卫留成，说明这个事情的重要性，以求当地政府的大力支持。

他走了，突然告别了他终生热爱的党政军和体育事业。我们没有想到，在他的告别仪式上，竟招来了军队和体育总局、中直机关和清华大学等他学习工作过的地方近万人自愿来到鲜花和松柏中去和他做最后一别，以寄托哀思和敬仰之情。

绍祖同志，您这位我们的良师益友永远活在我们心中！

让我借用绍祖老同学令狐安在北京金秋红叶纷呈时挥泪写就的律诗《悼伍绍祖同志》来结束我这篇追悼小文吧：

临危受命不踟蹰，新展国威识面初。
领袖青年神采奕，继承先辈感情笃。
一生正气身心献，两袖清风聚敛无。
若是公仆如绍祖，何愁百姓不诚服。

恢宏大度的国家体委老主任李梦华

在和癌症进行了十多年顽强斗争后，梦华叔叔终于在2010年11月9日以八十又八的年龄永远地西去不归，但他宽大为怀公而忘私的形象却永远活在我们广大体育工作者心中……

在病重住进北京医院最后一年多时间里，晚期的癌细胞加快扩散，疯狂地吞噬着他的生命。在和癌细胞痛苦的斗争中，他清楚来日不多，但老人家还像过去一样，毫无沮丧心情，豁达而充满了革命乐观主义精神，照样常看看体育报，甚至还看《中国钓鱼》等杂志。孩子们照样买来成箱的茅台酒："老人一辈子钟爱国酒，就让他喜爱的这一口陪到终点吧……"

所有的老体育工作者都颂扬他从不居功自傲，不为名利所动的精神，这就是中国优秀知识分子、中华民族传统的优良品质——淡泊名利，宁静致远。

"文革"中，作为国家体委副主任的李梦华叔叔也是没逃过"四人帮"所指挥的造反派无休止的批判斗争。被冠以忠实执行邓小平和贺龙"反革命修正主义滔天罪行"的他，实际上是一个出生于河北平山县的贫苦孩子。至今他的家乡——解放前党中央所在地西柏坡，纪念馆中还有一幅黑白照片，小青年李梦华在台下聆听刘少奇同志讲解中国第一个土地大法。

大约是1967年初，“四人帮”煽起了“狠批贺龙反革命修正主义路线在体委的黑班子”的狂风暴雨，大字报铺天盖地地贴满了国家体委办公楼的走廊和办公室。1968年，造反派在北京体育馆召开体育界几千人的批斗大会，这种暴风雨似的袭击，使这位16岁走上革命道路、1938年入党的老同志防不胜防，深为中国体育事业担忧。这种大批判还不够给他抹黑，又在现在的训练局礼堂进行“面对面内部深挖猛批”（此时的李梦华副主任还兼任训练系——即训练局党委书记）。造反派口口声声地称李梦华为贺龙、荣高棠的“黑高参”，破坏体育事业的罪魁祸首。不谙世情、没有任何革命经历的青少年被这股强劲的“极左”思潮鼓动到了极致，造反派喊出了“打倒反革命修正主义分子李梦华”的口号，在狂呼乱叫中，一名身穿运动服的十几岁青年运动员突然冲向弯腰低头的“反革命”李梦华，“啪”就是一个大嘴巴，李梦华还未来得及看清是谁，就又被一阵口号声和两个造反派踢弯了腿，摁下了头。李梦华霎时觉得两耳轰鸣，眼冒金星。回到家里右耳还是轰鸣不止，最后发现此耳已经穿孔，不过不惑之年就不幸失聪了，这真是“有力一掌”啊！

时过境迁，1973年小平同志再次复出，为了扭转体育界混乱局面，小平打电话给当时主管体育的副总理陈锡联下达了命令：“要坚决排除干扰，你再不恢复李梦华同志工作，我就亲自去国家体委宣布解放李梦华同志！”第二天，陈副总理即在体委干部大会上宣布中央决定，解放李梦华同志，安排他协助体委军管会主任曹诚、副主任李青川（后曾任我国驻朝大使）同志工作。一天下午，李梦华正在办公室批阅文件，突然有人轻轻地叩门，一位二十几岁的青年进来后深深地鞠躬并说：“李主任我十分对不起您，1968年‘文革’中我少年无知，受‘四人帮’毒害，那个上台打您耳光的青年就是我呀！请您处分我吧！”李梦华惊讶地说了一声：“是你?!”随后忙让这个青年坐下，还让秘书给他泡了一杯新茶。这位青年紧张的心情顿消，泪花四溅。梦华还拍了拍青年的肩膀：“青年人谁不犯错误，知错改错就好，回去放下包袱好好工作，党组织会对你既往不咎！”

这位青年回去后真是“放下了包袱，开动了机器”，后来不断奋发进步，带领队伍屡建奇功，在亚运会、奥运会赛场上夺取了很多金银铜牌，李梦华不计前嫌，提拔他到重要的领导岗位。后来他也成为中心主任，还当上了全国政协委员呢！当时身为中央组织部长的胡耀邦知道了此事，表扬梦华同志：“好，梦华有无产阶级革命者的胸怀，像个老同志呀！”

梦华同志不计前嫌已成为了佳话，1977年至1978年，李老和王猛主任一起主抓拨乱反正，迅速恢复国家队正规训练，同时选拔使用有能力的业务干部。当时有一位“四人帮”时期的体委“造反派小将”，“文革”中“造反”表现积极，面对这位有错误的年轻干部，李老专门约她到办公室，当面撕毁了她在“文革”中有关她的造反材料，对她说：“好好工作吧，不要有后顾之忧了。”这位一时受了“四人帮”蒙蔽的青年喜极而泣，一直努力工作，直到光荣退休。

卸下国家体委主任、中共中央委员和全国政协常委以后，梦华同志也不再登体委的办公楼他的办公室了，参加各种会议和活动也从不发言。他说：“我就是退下来的一位老党员、老体育工作者，让一线同志多讲，我不要影响他们的工作！”但是他一直发挥着余热。比如我原来所在的中国体育杂志社里的任何一项有意义的创收活动，他都积极参加。他总是这样对我说：“报刊有困难，我和他们一起活动，有收益就能减少国家负担!”从书法的角度来看他的毛笔字不算好，但也是“名人书法”呀。我们举办的很多活动，都有他老人家留下的珍贵墨宝。全国新闻界网球大赛这样的业余性质的全国比赛，一线领导很少来。每每请他，他都会乐意参加新闻发布会和开幕式，而且还拿起毛笔为大赛题写苍劲的题词，“文坛妙手、网坛健儿”等等，以鼓励全民健身运动。

对于《中国钓鱼》举行的各种名人比赛，梦华叔叔总是以一位老渔翁身姿，携带夫人牟阿姨，不顾年老辛苦，又是参加垂钓，又是为获奖者发奖，真是一头革命老黄牛，给文体军界钓手们都留下了难忘的印象。

李老西去了，作为一个体育工作者，我的心很沉痛，特写此文以表哀思。他的音容笑貌时常萦绕在我的脑海，他从谏如流、宽宏大量的高尚情操永远值得我们后人学习。安息吧李老，您永远活在我们心中!

绿色奥运女钓手

中国乒乓球协会的人告诉我，邓亚萍在训练中付出了比任何女运动员都多的血汗，她有运动天赋，也可说是个乒乓球天才，但后天的付出确是她成功的关键。当时乒乓球队最后一个离开训练房的肯定是邓亚萍。就连炊事员一听说小邓来吃饭了，总是要把饭菜再热一热，并说："好了，再不会有别人了，咱们可以关门了。"如果别的运动员一个月穿破三双球鞋，她则要穿破六双，总之因训练超时超量，连鞋子都比其他运动员多穿一倍。这就叫"力气＋才气＝名气"了。

谈到小邓，我不得不说说她对"绿色奥运"的热爱，她是奥运金牌得主中最卖力宣传"绿色奥运"的运动员。她在 2007 年第七届世界体育与环境大会第三次全体大会上发表演讲说："国际奥委会已将环境的可持续性纳入奥运会之中，举办奥运会的国家和地区都以这一准则约束和要求自己。北京从申办开始就将'绿色奥运'作为举办奥运会的三大理念之一。"她不但说而且还带头做，从 2004 年开始，她和许多中国的奥运冠军、世界冠军多次参与北京奥组委的植树种草等绿色活动。她感叹地说："一定要使我们的运动员在良好的绿色环境中训练和比赛！"

这"绿色环境"对我们的《中国钓鱼》杂志和钓鱼人来说尤感亲

切。从古至今的钓鱼人谁也不喜欢在无青山、无树荫、无青草、无碧芦那种光秃秃、惨兮兮、风沙弥漫的环境中垂钓,那有什么诗情画意呢? 对了,你不知道吧,小邓还是一位垂钓爱好者呢!

我任中国体育杂志社总编辑时,无论是在大赛前,还是在技压群芳摘下 1992 年巴塞罗那和 1996 年亚特兰大女单、女双两枚奥运金牌之后,她都来参加我们组织的名人垂钓大赛。那天她身着镶金边的红色丝质休闲装,好像还刚刚做了头发,完全是位"对镜贴花黄"的花木兰形象。她高兴地对我说:"跟你们学学钓鱼,放松,放松! 这儿红花绿草,环境真美,空气多么清新啊!"

她干什么都是这么认真,虚心好学,从握竿上饵,到甩漂看漂,抖腕拉竿等系列动作,她都一一学来毫不马虎,而且靠她运动员练就的反应快、腕力好、体质强,每每都收获不菲,还常常拿个名次而归呢! 这清水碧波之上钓出的鱼儿个个银光灼灼,使她眉开眼笑,十分开心呢! 有时在总局开会碰到了她都忘不了:"老万呀,钓鱼比赛可别忘了叫上我呀!"

高队长

——知青回忆录之一

高队长名叫高金宝，家庭出身十分贫苦，祖祖辈辈没有见过什么金银财宝，故起此名招财进宝吧。他1932年出生于河南扶沟县高河套村，卒于去年冬天，差一点不到80岁。1938年夏，时任国民党第20集团军总司令、河南省政府主席的商震奉蒋介石的密令，选择了郑州花园口，深夜组织了两个团兵力布防警戒，一个工兵连秘密在花园口填埋炸药，准备炸开黄河大堤，让滔滔黄河水滚滚向东南泛滥，企图以此阻止几个师的日本鬼子西犯。因此时的日本鬼子已经占领了中原的重要古城开封，兵锋已直指中原兵家必争之地——郑州了。

商震的官兵进行了三个昼夜的挖掘、爆破，将花园口炸开了一条宽50米的决口，怕水势不大，难以阻止日军，又调来大炮，平射六七十炮，将决口扩宽了两丈多。那天天空又突降大雨，使豁口扩大到60余米，黄水终于咆哮着冲出这百年以来挡着它们的牢固堤垣，真正成为洪水猛兽一泻千里了。黄河水沿着贾鲁、颍河、涡河狂泻而下，沿途十多个县尽成泽国，这以水代兵，也许给急于西进的日本侵略军造成了一定困难，但几百万、上千万老百姓的庐舍却荡然无存，农民背井离乡，不知逃往何处安身……

以上蒋公秘密手谕所为震惊了全世界，当年美联社抢先发用了中国的消息称："黄河大堤决口，水情极为严重，洪水已经淹没了河南、安徽及江苏部分地区，造成至少数百万灾民无家可归……"据统计苏豫皖三省 44 个县市变成黄泛区，共有 1 250 万人受灾，淹死了 89 万人。

高队长当时不过是六七岁还不谙世故的孩子，他父母轮流用箩筐担着他逃荒要饭，那情景就如冯小刚导演的《1942》那部片子所描写的一样。他父母为了救孩子，先后饿死在逃荒的路上，他也前后拖着棍子断断续续要了十年的饭。

1947 年日本鬼子已经投降两年了，花园口决堤的大坝缺口也终于被堵上了，他重返满目疮痍的老家，黄水漫过良田，使土地一片荒芜，野草、芦苇遍生。这里到处是黄沙迷漫，他小小年纪已尝够了"水旱汤蝗"的苦难，跟着兄嫂租种几亩薄田，全家始终过着吃糠咽菜的艰苦日子。

50 年代初，解放了的新中国十分重视黄泛区的复兴建设工作。1951 年根据周恩来、陈云等领导同志指示，创建了关内最大的黄泛区国营农场。这地处中原的十万余亩耕地地势平坦，交通便利，横跨西华、扶沟两县，离漯河火车站不过百十华里的路程。

高队长就是在黄泛区农场刚建场时招来的青年农工，可能是基因所致，虽然在农村长期逃荒要饭，难吃一顿饱饭，难睡一个囫囵觉，但在当时他个子算是很高的，大约有 1.76 米。身材精瘦，身上找不到一块肥肉，总是留着板寸头，眼睛不大，算不上英俊，高挑大个倒显得十分精明能干。由于他的"苦大仇深"、"根红苗正"，干活不惜力，总是早出晚归，又"爱场如家"，农场职工和家属都叫他一个永远累不垮的"铁疙瘩"。在分场没有工作多久就由农工当上了生产队组长。1957 年在郭庄农垦地又选为队长。到了 1962 年我下乡到二队当知青那年，他就调到新组建不久的有职工、家属、临时农工大约 200 来人的园艺场当上了二队生产队长。

那时当队长、当党员真是要“吃苦在前，享受在后”。我至今记得他每天总是从家属院第一个到我们生产队队部。那时谁也没钟没表，东方刚蒙蒙亮就起床。他那个不过三平方米的堆满柴草的小泥屋，没有玻璃窗户，权当个小厨房吧。里面是黑灯瞎火的，老婆常常来不及洗脸梳头，就得先给他匆匆忙忙烧柴草煮点南瓜、白薯、菜帮粥，吃上两块杂面馍他就忙着抢先上班了。当时称之为“瓜菜代”能填饱肚子得了，谈不上什么质量、营养好坏。1962 年秋天我刚刚下放到农场劳动，正赶上三秋，和农场夏季收麦一样，都是“龙口夺粮”紧张劳累。每天他都提着磨好的镰刀早早地到我们知青大伙房门前的大槐树下，帮助炊事员“当当”敲响了吊在槐树上的半截废旧铁轨，然后集合我们去地里干活。记得当年国庆节后，他领我们到地里去割黄豆，他知道我初来乍到也不会磨镰刀，还特别为我带来一把明晃晃的新镰刀。太阳越爬越高，“秋老虎”显威嘛，到 11 点都穿不成衣服，高队长只穿一个小背心，显得骨瘦如柴。黄豆种在粘泥土里，几天“秋雨连绵”，水未晒干渗透，鞋袜都不能穿。队长打赤脚，我们纷纷脱鞋甩袜。第一次干这活真不是滋味。深一脚浅一脚地紧张踏着刚割过的硬利豆茬，双脚都被扎破了。而且我抓不住粗壮又扎手的豆棵，感觉镰刀也不爽快听使唤了。我常常一刀割不断又粗又韧的主茎。“焦麦炸豆”三秋收获季节不等人呀！绝不能丰产不丰收到家呀！高队长看我这个笨手笨脚的“洋学生”样子，心中不由一笑，干脆让我靠边去收拾割下的豆棵，去装马车算了。只见他一马当先，左抓右割，豆棵纷纷倒下给他让路。他真是一把让人佩服的劳动好手。

我们二队主管的“国光区”苹果园真叫大，从地这头望不尽果园的边际，只见树木遥接蓝天白云。厚密树叶尤其难见阳光处非常招惹红蜘蛛，高队长只不过进场后读了一年“扫盲班”，加上他自己特别努力学习，知道“没有文化不能建设社会主义”这个道理，在田间地头歇工时都抱着课本刻苦识字学习，几年下来他基本能读报纸了。他早上上班后总是先带上植保员到“果园区”绕一圈，仔细观察果树、看果叶和果实的变化，还在小本上每天都记录下变化情况。他深知对于猖狂的病虫害只能“早发现”、“早喷药”、“早彻底消灭”，他坚决贯彻执行这“三早”植保措施，才能保住我们用血汗浇灌过的果实。那时喷药防护措施差，只是戴口罩和粗线手套而已，那德国进口的剧毒“1059”等现在早就绝迹不用了。每一年近十遍的打药重活让我们这些知青学生常常望而生畏。看到现在取消了不少毒性太大的药，采用自动喷灌，很难想象当年我们的艰苦卓绝。当时这一吨重的药箱，由捷克进口的小型拖拉机拉着，“咣当咣当”地不断搅拌着药水，总不会熄火。八小时在头晒脚烫的沙质土地上（果树都种在黄水泛滥过的沙质土壤中），四周就是密不透风的蒸笼般的果园，夏秋季节打药时野草齐腰深。手举丈余的喷杆和沉重的铜制喷头，边喷边用手迅速扯拉着近二丈的黑色橡胶管（我们俗称皮绳），浑身上下都被这“1059”、“666”、“石硫合剂”等农药水和露水浸透。农工过多被药液浸染，体质差，也发生过中毒倒地的现象。我们四个喷药手不停地对着高大的苹果树上下左右立体喷洒着药水，实际上人是一刻不停地在和机器比赛着。那一望无际的果树，好像永远也喷洒不完呀!

"文革"中有一次,我们整整喷了一夜八个小时,不语的阴森大树终于在早起的太阳照耀下,躯干和枝条都清晰明了啦。此时大批判的高音喇叭又奏响了,让贫下中农肃然起敬的《东方红》和毛主席语录在耳畔不断回响,气势磅礴。我们几个喷药工互相望着浑身上下湿漉漉的衣服和落满了沉甸甸的药渣的草帽,满脸倦容。还好精神饱满的接班人员基本都按时迎着朝霞来接班了。我们就要高兴地离开轰轰隆隆作响的拖拉机时,突然发现接高队长班的喷药手并没有到位。朝阳露珠下的高队长脸色显得颇为苍白,那消瘦的脸上,在明亮的光线下横竖皱纹也显得更多更深。原来接他的人是革委会副主任,一个十足的造反派,可能是半夜抓"走资派"去了,此时不知在何处睡大觉,把接班的事早抛到九霄云外了。只见高队长胡子拉碴的,泛着发白药物的嘴绽开了,只说了一句:"我身体好,再多打会不要紧……"看来此时又显出"铁疙瘩"精神了。后来大家到处去找那位造反派,发现他在一个偏远的瓜棚里正鼾声如雷的呼呼睡大觉呢!待他睡眼惺忪慌慌张张地赶到果园,高队长已替他多打了四五个小时,一手拉扯长皮绳一手执长竿时脚步已经踉跄不稳了。只见这位造反派头头皮笑肉不笑地一边接喷竿一边说:"老高不好意思了,昨晚抓了一夜的革命,让你今天多促了会儿生产!"那时正好批判陈伯达的"唯生产力论",还波及了高队长,说他"只埋头抓生产,不抬头看路"呢!老高此时咳嗽两声,掏出纸烟坐在地头休息了一会儿,他站起来并没往家走,而是往回走仔细检查起刚喷过的果树质量如何,是否有大的遗漏——没喷上药的树枝有多少,他准备补喷上。

还有一年4月初，我们的“金帅”和“红星”区苹果正逢盛花期，这些品种比晚熟品和国光盛花期要早十天左右呢。这是一年四季果园最美的时期，花山花海，春风荡漾，气温不冷不热，蜂来蝶往。树下刚刚浇过的土地草儿青青，不知名的红、黄、白小花们处处绽放，一冬不见的野兔也在鬼头鬼脑到处遛蹿觅食。但是天公不作美，就在这最重要的传花授粉的当儿，却接连十来天春雨霏霏，老天总阴沉着脸，那救命的太阳公总不露出她光芒四射的笑脸，天然的媒人蜂飞不动，蝶也无法起舞了。眼看脚下的花瓣越落越多，这种少见的连阴天已经牵动了所有园艺场甚至总场领导、干部职工及家属的心。高队长视他手下的几千棵苹果树如同自己的孩子一般，几天来他茶饭不思，辗转难眠，来来回回踩着落英满地的果园，和北农大来实习的师生还有本场园艺技术员们不断商量，决定发挥全体职工的主观能动性，决不能坐等老天爷放晴，要率队突围了！全体职工和家属每人找些鸡、鸭、鹅毛或毛笔之类的东西，一枝花一棵树进行“人工授粉”，这种人工活需要细致而有耐心，连干了三天，到盛花末时我们真把几千棵树全部过手了一遍。那一年还有其他生产队职工也是如此这般对所有的果树进行了“人工授粉”，整个黄泛区有二万多棵果树人工授粉。最后太阳终于露出了灿烂金光，映着我们每个饱经风霜雨露的劳动者欣喜的眉眼。迟来的蜜蜂和花蝴蝶也终于又出动了，为我们鸣唱和翩翩伴舞！她们都来迟了，只有中心花和晚开的小部分苹果花还能让她们再传媒授粉吧。后来有一年，高队长爱人在农场医院分娩了，不少人都知道是男是女，只有他全然不知，他在果园带领大家正大头小汗的往大卡车上装出口的苹果箱赶着发车呢！

我就是这样在高队长领导下，经历十年风雨劳动后，1972 年初春，我这名首都下乡的知青万幸考入了在开封的河南大学外语系，成为河南“文革”中第一批工农兵学员。秋天收了果子后，他还专程到学校看望他当年的劳动队员，他似乎不太习惯地坐到我集体宿舍铺着干干净净被褥的铁床上。他仍抽着他的同一品牌“红灯记”劣质香烟（好像一毛六分钱一盒吧），咳嗽更多了，长期艰苦劳动中的风吹日晒，皱纹更密更多了，两鬓也开始霜染了。他把苹果分给我和我的同学们，笑眯眯的在烟雾中看着我们这群狼吞虎咽的学生们。

我大学毕业后参了军，在郑州炮院当了名翻译大队的军官。秋天，“国光”苹果挂红染色时，他又去郑州出差时，到部队来看我。他仍是提了一箱“金帅”、“红星”苹果。我转业到了北京国家体委，那已是 1987 年了，这位在露天艰苦劳动中当了 30 多年队长的老农工，“进步”了，被调到农场外贸上的工会主席，大概是个科级干部，他似乎很自豪，一辈子的泥腿子最后成为国家干部，有了一个办公桌和木椅，终于也有一身不沾泥土的四个兜蓝色卡其布干部装了。他这次还是提了一满筐大小“国光”苹果进京，还多加两瓶农场自产的“白玉香”牌米酒。他支支吾吾地说：“我年纪大了，有一个儿子在东北当兵，太远了，是不是能托个人调到河南。”一辈子他没有给我开过口走过任何后门，我决定帮助我的老生产队长。我们雇了个出租车，仍提上他的苹果和两瓶自产米酒到了总参谋长杨得志处，找到了总长李秘书说明来意。李秘书上下打量了一下高科长，问了他儿子的简历，想不到总长秘书如此痛快，说：“好吧，你把你儿子简历留下，我们努力一下！”不久把他的儿子（当时是个排长吧）调到了郑州部队。

20年后，我见到了已是中将的杨总长的李秘书，还回忆起他的恩德，只见将军莞尔一笑："为贫下中农办件好事，是应该的。我的父母也像高队长一样，我出身贫苦农民子弟呀！"

高队长永远地走了，也算高寿了，我再也吃不到他亲手栽培和送来的苹果和农场自产米酒了。虽然超市和满大街原产日本"富士"苹果，美国传来的蛇果，色彩都又红又亮，果型也比黄泛区我们果园的苹果大得多，但我吃过后，总想起高队长送来的果实，滋味就是不一样，那才是世界上最好的果实呀。

猛张飞

——知青回忆录之二

“猛张飞”，真名叫张二猛。和抗日名将吉鸿昌同为河南扶沟县人。他是我上个世纪60年代下放到河南西华县黄泛区农场园艺场二队当知青时的副队长。那时他正值盛年，也就二十七八岁。平时家属职工都省去“副”字，只是一把手高队长在时，领导也在时讲话中偶尔再加上个“副”字。

1963年冬天，园艺场党总支召开了“冬季修剪动员大会”，请了“农大”和本场技术员当老师。我们理论学习一个月后，我直接归他当徒弟，开始了正规的班组生产作业了。那时已是十冬腊月了，这中州大地虽不像东北地区滴水成冰，零下二三十度，但也是天寒地冻十指伸不出来，一哈一口白气呢！二猛队长肩扛着大合梯，腰上别着“熊岳”牌钢剪，左手提着钢锯，大步流星奔向果园。我头戴大棉帽手戴棉手套，脚踏一双大头皮棉靴，整个把全身武装起来，在后头紧紧追着二猛队长。八九点钟吧，太阳好不容易露了头，照射出暖洋洋的阳光。果树主干和枝条上几经风霜已无任何叶子了，阳光下躯干和枝枝条条显得十分清晰，树枝上已裹上一层薄薄的冰凌，当地老百姓都称之为“冰琉璃枝”呢！北风也示威似的不停呼呼作响，果树主枝主干也纷纷颤抖起来。“你刚学不久在下面剪剪重枝头，掏掏内膛长枝吧！”二猛队长一边大声下令一边早已冲上了合梯。为了剪得快，他不戴会使手指不灵活的棉手套，一双白线手套十指灵便，只见他强劲的双腿夹着合梯，空中飞人似的移动，只听“咔嚓咔嚓”飞快剪起来！大风吹他不下，真是艺高人胆大。不过二十多分钟他已剪完绕树一匝了，剪除的多余枝条已纷落大树下冰封的黄土地上。接着他甩掉大棉袄，只穿一件红绒线衣开始挥舞钢锯呼啦呼啦锯碗口般粗细的大侧枝了。中午时分他开始头上冒热汗，他看我一边跺着脚一边思考再三才下剪子，不由嘟囔了一句：“真是书呆子！”不过又追上一句：“熟能生巧，你们学生新手开始都这样！”

下午吃罢了多盐少油的萝卜白菜加俩窝头，总算是填饱了肚子又添了劲头儿，一点半又开工了。这时二猛队长对我说：“我爬中央主干了，你先锯下我刚才划定的两个下垂多年生枝吧。”只见他猴子一般左蹬右攀就上了树尖儿，约有十几米高。此时天突然阴下来，北风怒吼吹得树干上下左右摇摆起来，他全然不顾，左手抱树，右手照样操剪使锯不误工。这时零星小雪花也飘起来，真是天有不测风云了。别看他三年初小，识字不多，却在高空作业中乐呵呵吟唱起来：“小万呀小万，这就叫：北风吹雪花飘，园艺工人爬树梢，为了明年花和果，贫下中农不管苦和寒呀！”我也来了精神，似乎驱走了严寒：“张队长，你唱得真棒，自己编的句子吗？”“哪里哪里，还不是你们知青去年写在黑板报上的！”此时他正锯一个遮挡阳光的多余大树干：“小万，在下面支撑接一下这个大侧枝，以免锯下时过多撕扯，把咱果枝和树皮拉伤了！”我发现他对果树，就像关照自己的孩子一样。他真有劲，这多余的大粗枝几分钟就锯掉了，三五下就又蹿跳下树来，摘下棉帽，头脸都冒着热气，满脸红扑扑，一片青胡茬在雪光映照下闪亮发光。

他开始检查我的“作业”：“大多修剪对了……”但突然浓眉倒竖环眼射出愠怒：“这是个主枝头嘛！你怎么给干掉了？还中个熊用！怎么往外长呀——也不问问我，就这样胡剪掉了?!”在北京无论老师和家长还从来没使用过这么粗鲁的语言，这是骂人的话吧?！自己还是下乡“知青模范”呢，怎么这位队长师傅一点也不客气？也不讲究方式方法呀——我支吾着，脸也发烧起来，真有些无地自容。旁边还有其他知青和园工都听着看见了吧？这真是个“猛张飞”！

下乡第二年深秋，连绵秋雨十几天，今年北京连下大雨，于立群阿姨（郭沫若的夫人）亲笔写信给儿子郭世英（他从北京的大学下放我场劳动改造）：今年北京民房已冲坏了不少。风雪天我们小组也无法下地干活，只好剥花生，摘棉籽，做这些室内劳动。大家有说有笑地干着手中的活，真是轻松愉快多了。那时人们肚里没什么油水，粮食限量吃不饱。一边剥去花生壳，实在肚子里叫得欢，都偷偷往嘴里塞几个。可二猛队长无论在地里摘果收瓜都能做到一点不吃，他是党员又是队长，处处严格要求自己。这天下午，我们这间墙为简易土坯堆起来、屋顶为麦秸草顶的草房子突然发生了大意外。

大概是长久不停地雨雪浸淫，再加上一直秋风怒吼不止，终于根基动摇了，这泥墙草屋突然被大风破窗而入了。凄冷秋风夹着雪粒席卷入室，那没有顶棚、屋脊只有黄泥沾着一层高粱秆带叶子的夹层，霎时被狂风吹得哗哗啦啦作响，如同金蛇一般在屋顶狂舞起来。我们个个惊魂未定，又见这北墙，轰然一声倒塌，沉重的泥砖墙一下子砸断了紧靠着墙根的三四张木床，幽暗的草屋豁然明亮起来，风雪夹着沙尘土烟弥漫了小屋。所幸我们知青和职工家属都在屋南边剥花生，逃过了死伤一劫。看着屋里一片狼藉，风雪如此无情肆虐，脑子里顿时出现了刚在麦场上看过的《野猪林》，电影中遇难林冲营房被风雪砸塌：苍天弄险，老天为何在“万老大”头上逞凶险！此时我深有体会，心中悲怆地吟唱起忧国忧民大诗圣杜甫的茅屋为秋风所破歌：“床头屋漏无干处，雨脚如麻未断绝。安得广厦千万间，大庇天下寒士俱欢颜，风雨不动安如山！”

在园艺场场部开会的二猛队长闻讯第一个飞奔到现场，他环眼竖眉一扫全屋没见伤员，大松一口气，立刻负责组织转移。好在刚到的知青们也没有什么家具和值钱细软行李，只不过是右手夹上铺盖卷，左手提起洗脸盆和几本书而已。

我写信向父母汇报以上惨状后，父亲万里亲笔复信：“……房倒屋塌所幸你和群众都无伤害，你又一次经受住了农业第一线困难的考验，是件坏事变好事啊——”我心有余悸地想：这样的“好事”还是少来吧！当然我至今还记得“猛张飞”二猛队长在风雪交加中布棉靴踩泥泞黄土地，在风雪中肩扛我们包着各色塑料布的铺盖卷大踏步前进的身影！我们像失散或被倾巢的小鸟又慌忙集中一起，紧紧跟着这雄壮的“老鹰”，这群年轻知青虽双眼迷离，但却也坚定不移地顶风冒雪跟着“猛张飞”向前！向前！

第三辑

空中菜园小小也丰收

干过十年知青(1962—1972),点豆种瓜,就是植树造林,在我劳动过的河南黄泛区黄土地上也是司空见惯,而且是有劳必获——种瓜得瓜种豆得豆嘛!

上大学后,进部队当翻译官,还干过团政委,1987 年转业又到大机关国家体委干外宣工作;改革开放处处是高楼平地起,似乎是离黄土地越来越远了,离庄稼、离森林更是越来越陌生。我最后定居在朝阳区新使馆区东一座 21 世纪初期高高耸立的 28 层大楼公寓中,第 25 层门外,还分得一私家凉台,登高望下大约是十多层处有一公共凉台竟也种上红花绿草宜人环保景致,观下走上,在这周围的"水泥林立中"亦颇使住户感到绿爽之意,一天的劳累后也顿生休闲惬意之感了。

也是十年农活让我心动手痒而重操旧业,25 层也一定要有植被。种什么?种花种树,还是种点蔬菜瓜果嘛!

我当然知道这"土壤妈妈"的重要了,"人勤地不懒","庄稼一枝花,全凭粪当家",这些农谚我自然耳熟能详。忙求友人从郊外拉来十麻袋掺了干鸡屎的黑黝黝的沃土,垫在凉台青石板上。把砌了砖头沿的总共不过 10 米见方的平台基础打造得扎扎实实。实际上我量了一下土层不过 20 厘米而已,而且有的地方还被通风、通电、下水道设施所分，真正能受几小时好阳光的寸土寸金之地更加弥足珍贵了，我就选择这一小块为菜地。（其余种了草、爬山虎、迎春花什么的，这高楼上还奇迹般自然生长出两棵小榆树呢！）三四米长两米宽大小，一派肃杀的冬天常常被来客不屑一顾笑为："巴掌般大小这能种个啥?!"

迁入新居第二年，就开始在这一打开基础的空中菜园上下功夫了。我到郊外菜农那里买了一批冬瓜、茄子、黄瓜、西红柿菜苗，当然少不了翻土、晒土、平整土地打畦密植了。北京的春天短而干燥不说，风沙常常从天而降把苗宝宝纷纷吹歪打蔫，常常使我牵肠挂肚矣！我和司机小许清晨起来第一件事就是匆忙打开凉台铁门，冲到小小菜地观察，补苗、浇水、捉虫，真是和照顾自己的婴孩一般。眼见得苗儿天天秧肥叶大，这时候的植保工作特别重要了。十年知青所学本事派上了用场，不知这些大片菜地中所常见的病虫害从何而降，什么腻虫、红蜘蛛、卷叶蛾，上下左右立体围攻我这巴掌大的绿色空中菜园，我指挥唯一的兵小许买"乐果"，购置喷雾剂，初夏时分采取"治早、治小、治了"的战略方针，给予了坚决彻底的歼灭。到了仲夏老天还喜降下"七星瓢虫"，残余十二分顽强的再生害虫让天敌灭亡了。实际上市场上吹嘘的"纯天然不打任何农药"的环保蔬菜吧，恐怕能做到我这一步就算是不错了吧。又盼得花开花落。真神奇，如此高楼四周看不见任何大菜地，这是车水马龙喧尘冲天的大都市中心地带呀，却见那久违了的蜜蜂儿振动双翼"嗡嗡"而来，难道他们从远方的朝阳公园而来吗？这些比人都勤劳的使者不顾天高地远、风紧露冷，晨曦而出晚霞而去，辛勤忙碌一刻不停地扑花采蜜。我知道如果没有他们传花授粉做大媒，肯定会果小瓜瘦呀！

都说花蝴蝶姑娘娇嫩，这不她们也竟然升空百米迎风而至。这年还算风调雨顺，在秋分，我那小小菜园竟然结下了八个绿油油的大冬瓜，西红柿、茄子也天天吃不完。你说怪不怪，竟然还招引了草虫、蚂蚱、螳螂出没呢！

有一天下午，我悄悄打开铁门还听见了“叽喳”的一对喜鹊落在了凉台栏杆上，只见这对“夫妻”啃咬我的瓜果，我真是又心疼又不忍轰走他们。在这“水泥森林”闹市中两口子觅食实在困难呀！也许他们正拼命觅食喂养小喜鹊呢。

你信不信盛夏和仲秋我还听见了蝉躲在茂密的爬山虎绿叶中不停鸣叫，那罕见的蝈蝈和蛐蛐也蛰伏绿丛中，参加了这来自天外的草虫们的二重唱和小合唱呢！

汗水和心血换来了丰收，我忙把黄瓜、西红柿送给上下邻居，也抱起最大的一个冬瓜，足有十五六斤重，送给住在建外的大姑妈，他们异口同声赞道：“真不相信在25层楼上我大侄子种出这么大的真正的绿色食品呀！”这真是：

绿波之中能藏鱼虾，

乐土之中必育硕果！

枣树颂

——又读《秋夜》

“在我的后院可以看见墙外有两株树，一株是枣树，还有一株也是枣树。”这是鲁迅先生的《秋夜》的一段话，这些耳熟能详的名句几乎人人都在中学课本上读过，也还记得这是鲁迅先生《野草》“秋夜”文章中的开头语。

不知道多少人还知道这是鲁迅先生在北京阜成门内西三条21号创作的，他在此居住两年多才离京赴厦门大学教授国文去了。这篇著名的文章连同《华盖集》和它的续篇及《彷徨》《朝花夕拾》等著作皆创作在这小小的院落里。先生除了在青灯下苦读苦写，当时还要在北京高校当老师，当然在这里还得不断接受中外人士来访。鲁迅先生和他的学生许广平的爱情也开始于此，他不但在此门号收到邮差传来许的第一封信，月余后这位小女生，就勇敢地叩门来看她仰慕已久的先生了。时间一晃就过去了88个春秋(鲁迅先生此文写于1924年9月15日，发表在《语丝》周刊第三期)，但今日重新读起来收获仍不少，而且开头那几句争论和联想跨过近90年的时空也许还让人争论不休呢……

当初我上中学时师生的争论“鲁迅为什么不直写——在我的后院墙外有两株枣树”，而写成文章中这样分两句：“在我的后院可以看见墙外有两株树，一株是枣树，还有一株也是枣树。”现在我退休多年，完全是个老年人了，比当时做中学生时多读多写了许多文章，对枣树也有了新的理解。

88年前的天空在鲁迅眼里是“奇怪而高的天空”，否则鲁迅在文章中不会那样着重而又喜欢这“两株树”，先生在文章里对着“鬼目夹眼的天空”却发誓似的希望枣树“却仍然默默地铁似的直刺着奇怪而高的天空，一意要制他的死命”。是啊，鲁迅当时除了自己用这支笔作“刀枪匕首”投向这鬼似的吃人的社会，他没有别的武器了。难怪他1933年客居上海去参加被国民党反动派杀害的爱国学者杨杏佛先生的葬礼时，竟然不带钥匙，也就是随时准备牺牲并高唱：“无怨于生，亦无怖于死。”这真是“横眉冷对千夫指”的硬骨头精神！先生这只不过千字的短文，竟有五段着墨描绘这两棵枣树，可见先生对这枣树多么熟悉而又多么亲切呢！

我热爱枣树，这不仅因为我下乡当知青时的河南中州大地新郑县有着全国罕见的万亩以上枣树林。暮春初夏，黄色米粒似的小花开始绽放，一眼望去，如黄色烟雾似的枣林，也绽放成了花的海洋，引来成群结队的辛勤的蜜蜂和花枝招展的蝴蝶。当然那日出而作，日落而息的天南海北的养蜂人比它们还要辛苦，更早早盼这一年一季的“枣花节”了。

近年，老年的我和二弟仲翔不约而同在京都郊外南房小院后墙内也都种上了两三棵枣树。二弟房后那里不但背阴，初春万物复苏时，这里的小气候依然显得阴冷许多。而且土地瘠薄缺水，开始试种过三棵丁香和玫瑰，都先后死去了，土质很差。我们下足了苦功夫，几乎是给树根昼夜“打吊针输营养液”，但也无济于事，三棵丁香和玫瑰还是先后枯萎。但去年奇迹发生了，我们兄弟植树节时种下这两棵三年左右出圃的枣树树苗，当年就成活了！而且今年4月20日，如铁铸的主干，如铜丝般抽出的枝条上，小小的萌动着的叶芽鳞片又绽裂开了，一叶一丛的新绿又顽强地从各枝条不停地钻冒出来！我们不断向客人展示，我们栽种的枣树今年春上都成活了！在这缺水而又贫瘠的土壤中，生命的奇迹发生了，夏天已满树绿叶，秋天将会满树红星似的果实，个个闪烁火红的光泽！

这枣树是什么精神——这就是鲁迅的不屈不挠的战斗无穷期的奋斗精神！我今天重新认识了枣树的品质，今后要世世代代学习她顽强不屈的生命力、贡献花和果实而又不求索取多少的高尚品质。

柳颂

你从不赞美柳树吗?

是啊,自古以来中国多少文人赞颂的是“岁寒三友”为首的松,他总是不畏严冬傲霜迎雪;到了新中国广东省委第一书记陶铸所写的著名的散文《松树的风格》,大元帅陈毅的诗《青松》名句:“要知松高洁,待到雪化时”,更把松比作共产党员的高尚气节了。翠竹更是中国诗人、画家、文人等争相颂扬描绘高风亮节的代表,甚至喊出“宁可食无肉,不可居无竹”! 梅的不畏严寒的风骨和幽香,再加上深秋傲霜菊地怒放,他们自古至今也都是文人墨客永远赞赏不绝的“四君子”。

实际在上世纪60年代,在新中国的大演员孙道临主演的《红色的种子》影片中,孙对秦怡所扮演的地下党员的台词中已把松和柳并列过了,其道白我还记得是:希望我们革命者要像松柏一样坚定,也要像杨柳般灵活,一粒种子撒到哪里就在哪里生根发芽。家喻户晓的民间谚语说得好:有心栽花花不开,无心插柳柳成荫。也是在爱鲜花的无奈中赞叹了柳一下吧!

祖国大江南北960万平方公里哪里没有柳婀娜姿态的身影?不少没有松竹梅菊的地方仍然有柳在悄然成长飘逸着。在我国热带的海南岛酷夏摄氏三十七八度高温以上有柳,在千里冰雪里,北方刺骨零下30—40度的东北三省，杨柳仍顽强不屈地与松柏并列生存着。而且你注意观察了吗？北方春寒料峭的早春二月下旬，柳树体内就开始了“血管”液体的向上流动，很快柳芽开始萌动了，生命开始复苏了！几乎是柳第一个不畏寒冷，冒头伸耳来向人间报告早春的信息，引导着万物苏醒。诗书画家写春应是一江春水下，柳绿对桃红。你不想问问春姑娘和她的伙伴紫燕，大地人间是何物最先报春？她会这样告诉你，早春的鹅黄芽柳，算是一个报春早者呢！因为人们又在不知不觉越来越暖和的春风吹拂中发现柳的躯干和主侧枝上，柳丝翩翩起舞弄姿了！你也许更不会留意到北京十二月初开始入冬时柳叶仍深如黛色，她们并不像桑、榆、杨、槐等一有金风吹起一就早早脱落大叶、小叶，任凭秋风扫得黄叶满地翻滚。柳在百树百花中可以说也是冬天最后一批谢幕者。我记得清楚：有一年十一月底十二月初第一场早雪奇袭京城时，尚茂盛的柳被大雪压得喘不过气来，还不肯脱落她那有名的绿丝长发呢！沉重的积雪又结成冰雪连成大片压断了不少枝干，使路人见到那么多碧绿柔软的枝条一夜纷然在大街小巷断裂，都不由痛惜再三。然而雪后天很快又放晴时，她们仍然扬起那未断的枝条更显柔软枝条上柳叶的翠绿和不屈了。

中华文明历史上，柳和人的关系很密切，折杨柳送行之风，大概始于汉代礼仪。“柳”“留”音相似，人们希望留住亲朋好友呀！实际上史书上说送别亲人至十里长亭或灞桥时，送行人就折取杨柳相送别。到汉乐府诗歌中就开始描写了如：“上马不提鞭，反折杨柳枝。”在《杂歌辞》中送别诗曰：“杨柳青青着地垂，杨花漫漫搅天飞。柳枝折尽花飞尽，借问行人归不归？”到了文化强国的唐朝诗家更没有忘记柳，唐诗中最少有五六十首直接以柳命题吟唱，诗中提到柳则有成百上千首呢！最著名的三位唐朝大诗人李白、杜甫、白居易都有直接描写柳寄托思念和离别之情的诗章。诗人中要说对柳最富感情的莫过于河南名家李商隐，他自己直接写柳的诗就多达十几首。如有一首描写柳色或明或暗、风流婆娑都到极致："章台从掩映，郢路更参差。见说风流极，来当婀娜时。桥回行欲断，提远意相随。忍放花如雪，青楼扑酒旗。"虽诗中不写一个"柳"字，读者却都知道是在写柳。唐朝丞相诗人贺知章写柳更富诗情画意："碧玉妆成一树高，万条垂下绿丝绦。不知细叶谁裁出，二月春风似剪刀。"更是千古绝唱了！古今诗人一直以柳比喻美人如柳叶眉，纤柔如柳腰等等，真是极尽偏爱柳。

柳树常常被现代人以妨碍电线和公共设施等为由毫不留情"砍去四肢"，甚至于"拦腰斩去"。但柳练就了抗拒这残酷手段生存下去的再生好本领。依靠本身躯体积存的营养和其发达的根系再生能力，第二年柳又能复活，很快芽众条繁猛绽放，到秋天当年枝叶就似锦如荫了。

柳教育了我，使我开始真正懂得了世界上任何事物都可以一分为二，对待坚韧挺拔四季常青的松柏翠竹和梅菊，你当然也会找出它们的美中不足之处，看起来柔弱的杨柳亦有坚强不屈不畏风雪时的优良品质，难道强人和弱小的人、大国和小国不同样具有优缺点和长短处吗？

我就是要高声咏柳颂柳呢！

小草颂

“没有花香，没有树高，我是一棵无人知道的小草；从不寂寞，从不烦恼，你看我的伙伴遍及天涯海角。”这是上世纪70年代末唱红大江南北的一首歌。

草（亦称草本植物）是一类植物的总称，与草本植物相对应的概念是木本植物，人们通常将草本植物称作“草”，而将木本植物称为“树”，但是偶尔也有例外，比如竹，就属于草本植物，但人们经常将其看作是一种类似的树，无论在南方还是北方，竹都有四季常青高风亮节的美誉。

无独有偶，今年8月14日我读到《环球时报》一篇散文——《救命小草》，讲述20世纪60年代后期越战中一名俘虏被投入“七英尺长宽牢房中四年半”，“这10个月不但与世隔绝”，“而且完全处在黑牢中”，当他爬到竹床下，“通气口很小”，他只能看到一棵长在外面的小草，他回忆，“给我带来极大喜悦”，“对小草充满感激”，最后他总结，“凭借这颗弱小小草的希望活了下来”。直到越战结束他重新获得了自由。

那身价无比高贵的多年生草本植物“人参”，那深埋地下肥大的根，早被著名的医学家李时珍列入他千古不朽的著作《本草纲目》中了。在长白山吸取了天地之精华，每一株几十年甚至百年人形身体的参，头顶微微破土，伪装成草类一样，但仍常常逃不过人类“犀利无比的双眼”，终被疯狂的长白深山采参者发现。为了卖高价，采参人不怕费时费工、野兽出没、风大霜冷，有时几天才能连根带须完整无缺地将它挖掘出土。人们出卖了人参，而参却无声无息地做出了“全身心的贡献”（叶根皆可入药），那深山悬崖中药用价值也不菲的“灵芝草”（植物学家把它列入菌类）亦是如此。一出名剧《盗仙草》就是描绘白娘子为救垂危老公许仙一命，历经艰辛冒着一死而求摘到此救命之草矣！这类“仙草宝药”不是人类最好的朋友又是什么？

草被鸟吞、刀割、畜嚼、铁蹄践踏，它还是千秋万代永不灭——草的命可大得很呢！草也是最早的所有动物的良医良药呢——多少万年来动物相随相伴。人类医学家早认识了许多能治百病的草。动物包括后来被人类驯化后的牲畜和飞鸟，它们在大自然的狂风暴雨中，在相互残酷争斗与自身的伤病中，靠高于人类千倍万倍的嗅觉和自身“第六感觉”，也学会了自觅出能治病的草类来，这不能不说是它们奇异的求生本领呢！

中草药中的“草”是生长在名山大川中能给人畜、动物治病的“仙草宝药”。据说草有千种百类，应该早于万能的人类前就有野草遍山遍地了。“一岁一枯荣”，它们的生命力有多强！也是上面诗中的一句“野火烧不尽，春风吹又生”啊！“疾风知劲草”别看它们弱小却被狂风称作对手呢！

我上世纪60年代从京下放到河南农业第一线当知青务农时，在田间、在果园，其中最大的“敌人”之一就是土壤中各种各样的杂草。用镰割，用锄铲，用手拔；用毒日头再暴晒它们几日，一番汗水滚滚下来，直腰抬头：“草都消灭干净了，哈哈！”但是两场大雨浇过，两三周再来看，它们绝地又逢生了，纷纷抬头扬身，又是青青而立了。这种景象正像陶渊明古诗中描绘的那样，“种豆南山下，草盛豆苗稀。道狭草木长，夕露沾我衣”。“万能的人类”为消灭杂草不惜动用“化学武器”毒杀它们，只是也许因为灭绝了杂草也破坏了土壤和水源，近来才不断叫停，免用这种斩尽杀绝灭“九族”——斩草除根之残忍手段。

我们农家离不开草，盖房，沤肥，喂牛羊猪兔等动物它是最好的食材了，这时草又是我们农家最好的朋友了。千里冰封，大雪纷扬的严冬，草也是这些动物们必不可缺少的饲料。时间地点不同，“敌人”、“朋友”完全可以换位对待之。

各种野草（实际上稻、麦、菽、谷等粮食，一万年前人类不同样把它们列为野草吗？）的强劲生命力，又让“万能的人类”发现并再栽培出可食的果实。难怪唐朝诗人杜牧以“青山隐隐水迢迢，秋尽泸阳草未凋”来赞扬小草顽强的生命力。农学家把同类的野生植物和稻、麦、豆之类不断杂交，使田里的农作物生长出新品种。新的粮食品种就有野生传统基因了，使农作物又有了抗倒伏、抗病菌、抗虫害、产量高等优良品质。难道人类自已不同样是从野生到驯化、通过漫长的野外劳动改造成最优良的“龙种”吗？

改革开放后，本人从军队转业到了国家体委。想不到草又成了体育界和广大观众的不可缺少的朋友。无论高雅而又文质彬彬的高尔夫运动，屡战屡胜的外国明星球队和屡战屡败的足球运动员及教练员、裁判员和广大观众，也统统离不开“绿草如茵”的草坪运动场了。不过这里草坪的身价已是百倍了。当然除了这两个大头运动，网球运动也在草地上开打。就是改革开放后才成立的中国钓鱼协会开展的竞技和休闲两种不同的钓鱼运动，也越来越强调“人文”和“绿色”运动。谁还愿意到没有绿草、青苇、水草、柳荫，没有红花，没有良好水质的地方去垂钓呢！各种鱼虾、鳖、蛙类和水鸟总是喜爱在芦苇深处和水草鱼虫丰茂的水域（也时常叫湿地）生存繁衍，而城市也越来越离不开鱼鸟丰富空气中负离子多的湿地了，它们被称为城市和人类不可缺的“绿肺”呀！哈哈，草从古至今永远是人类最好的朋友，草和人类总是息息相关永不分离！

真正的天地英雄

——爬山虎

南宋著名诗人杨万里有诗赞爬山虎：地锦花铺地锦衣，碧茸上织紫花枝。垂杨舞罢莺停唱，不卷华细待阿谁？

现代教育家、作家叶圣陶老人家的一篇《爬山虎的脚》散文曾入新中国的小学课本，他老人家细腻地描绘爬山虎的"脚"——"反面伸出枝状的六七根细丝，每根细丝像蜗牛的触角。细丝跟新叶子一样，也是嫩红的。这就是爬山虎的脚。"结尾老作家又赞她道："不要瞧不起那些灰色的脚，那些脚巴在墙上相当牢固，要是你的手指不费一点儿劲，休想拉下爬山虎的一根茎。"

学名爬山虎，也有俗称之为爬墙虎，权威的英国皇家园艺学会最新版《世界园林植物和花卉百科全书》中标她为"葡萄科"，古诗文中也常称之为地锦。她属多年生大型落叶木质藤本植物。夏秋之交时常开枣花粒似绿白相间很不起眼的小花，时与叶对生，雌雄同株，可谓"近亲联姻"了。百花园内万紫千红的绿叶簇中，她都很不显眼，显然她从不以花色诱人。《本草拾遗》中还说此植物根茎均可入药，有破瘀血、活筋止血、消肿毒之功效，甚至爬墙虎还可酿成美酒待客呢！

真是对咱人类鞠躬尽瘁，粉身碎骨死而后已啊！园艺工和住户都喜欢侍弄之，植种一两年，一株爬山虎茎叶高度可达 20 多米长，绿化面积可有50平方米呢。因为其适应性极强，虽喜阴湿环境，但绝不怕强烈阳光直射，而且她们还能耐住干旱，也守得住这贫瘠之土，气候和土壤适应性十分强，对我们人类和动物有增氧、降温、减尘等多种功效，使人们有口皆碑！有些品种在暖温带以北，冬季也可以保持半绿或常绿而不落叶的状态呢！在首都无论高楼大厦和四合庭院，尤其街道公路旁都很喜欢选她做绿化植被。在中国不管天南地北也都有她长龙绿蛇般的身影。世界各国各地也常栽种，只不过人们时常喜欢大红大紫之类的花容，并不十分注意、在意她默默无闻无大朵花色的身影罢了！

改革开放后，几经搬迁，在下终于荣获北京朝阳四环近处高层为永居地了——一套满意的公寓住房。窃喜我这25层A座户外还附有一个约20平米的阳台，几经争取，又花钱购下终属名下。在这一块私人小天地，除了各种公共的空调、煤气水表等出口排水处外，还剩十几平米，又经拼搏，盖得一轻型材料“小仓库”，存放些过季衣物和冬季储藏点水果蔬菜、工具什么的。平台所剩几平方米全部绿化了这“巴掌般”的地，由于我这个当年知青、下乡河南十年的园艺工人颇懂得些“科学种植和环保”，这空中小菜园也获丰收，描写这环保又绿色小菜园的文章也被《人民日报》《新民晚报》等先后刊登过。今天还特别补充一点，小菜园中墙角旮旯处、地边还有十几二十株爬山虎呢！

春寒料峭的二月，显然落后于“黄色的迎春花”和“桃红柳绿”，如龙脉铜筋般地纵横在墙上地下和我的铁皮小仓库上的似古藤败叶的“爬山虎”物候期开始反应了，我零距离观察她们从藤上休眠的叶芽中的萌动，到叶片的绽裂，再露出毛绒般尖尖浅黄中略带红色的小叶，开始一天一个模样了。不知不觉你出差三五天不见，她们就满身翠绿披挂满墙满园爬开了。六、七、八月一周不下雨时，我就慌忙着用水管供应水分，有时在往年的底肥中再施些追肥。这是她们的生长旺季呀，人勤地不懒，她们纷纷新叶四溢，窗户上、屋檐下、墙面上争先恐后地挤钻得到处都是她的五叶身影。

最可贵之处在八九月骄阳当空、水泥屋墙上或铁皮仓库小屋上，室外最高温度可达摄氏 40 度，手指触摸都烫手，她却全身挂满绿叶傲视着这下火似的太阳和环境。她们珍惜而缓缓地吸收着这点点滴滴的淡水和营养，在光合作用和四面火热中怒放着长长身影上的一片片又一丛丛绿叶，充当七星瓢虫的绿伞，保护双翼鸣叫的蝉，护卫天知道从什么地方飞进或诞生在我这 25 层高空、挥舞着双剑的螳螂和蚂蚱，这些草虫在此趁凉繁衍。更让我不得不脱帽致敬的是在我的凉台“巴掌般”的土壤中(深度不过 20 多厘米)，不知何时降临的狂风暴雨中，或雾霾沙尘暴摧残中，她们大义凛然义无反顾地反复爬上更胜一筹的 26 层、27 层和终极的 28 层。她们常常失败，我眼见得她们一次又一次被狂风黄沙肆虐，吹蔫撕裂下来。新抽出还泛红色娇嫩的枝条在叶丛断裂中被吹散，她们败落下来恼怒而又无奈地“哭泣着”缩成一团了。她们决不承认被打败——“永不得翻身”了。她们从 25 层高空地面上又吸吮着有限的水和养分，积蓄着新的冲击力量，开始了又一次攀爬的长征，一次又一次小心翼翼地用她们看着粉红色软弱的气根和丝线般的“手脚”为“武器”又开始新的攀登。不知何时又一次被更大的狂风骤雨击落，纷纷倒下落到 25 层的屋檐和小铁皮屋顶或房角下。我这个空中室主不能伸出任何援手，我年迈了，没有捷足长臂上去扶扶她们或钉个钉子系条绳子帮扶她们一下。

我老泪纵横，我们这被天地称作“万能的人类”，还不如看似软弱的她们顽强无比的生命力和不屈不挠的斗志！我眼睁睁看着她们无数次地被击败。终于有一次，在没有任何造势宣传作秀鼓励中，这一线绿叶趁着十几天没有大风大雨时，静悄悄地用细丝般的手脚抓紧沿着两壁夹墙，又英勇无比地冲上了这蓝天白云高处！啊！我们的“爬山虎”，她们胜过人类的顽强不屈，不求名利地勇往直前，只求把绿色和氧气带给人间。

她们才是真正的天地英雄！

月季花的悲与欢

月季花太普遍了，既比不得国色天香的牡丹，又怎比得代表爱情的玫瑰，不过我还是钟情于月季花。

初冬的北京，不论是高大的乔木和多年生、当年生的草本花木或灌木，在冷风长驱直入下，花朵叶子纷纷已变枯萎而凋残，百花都纷纷转入冬眠了。我在一片枯枝败叶中寻觅，想不到在已见薄冰的鱼池旁，一株月季仍叶绿似碧花红如火，白色如象牙似大理石，又似贞洁的少女的脸可亲可爱；这缤纷月季真堪比姚黄魏紫也显出高贵典雅，寒风中让我陡然起敬了。她在深秋初冬，顽强不屈抵抗着阵阵冷风裹着凄雨的不断袭击。我观察到百花园群芳图中她在春光中争得先，秋风萧瑟甚至冰霜中她亦守住最后一道花中景色线。

月季属蔷薇科植物，原产地就在我们中国。她喜阳爱暖，却也耐得那风冷霜寒，绝无骄矜造作之气。

从春色三月初到十一月底十二月初，不知还有哪种花花期如此之长。牡丹、芍药虽属雍容华贵，怎奈花容期限不过两三周就凋谢尽残，要想再见这国色芳容只能苦等来年第二春了。月季当然顾名思义她是月月开，也被大家称作月月红。你不在意她是否在国内已被评为百花中的前十名，你也不会想到在世界花坛上享名更高，已列入“四大鲜切之花”（其他三名为唐菖蒲、香石竹、菊花）。你也许更不知道，她的家族已达两万余种，真是万花中最大的家族了吧！

在中国960万平方公里的大地上，绝大部分地方可见她五颜六色的绰约芳姿，真是“处处可安家，时时伸出花”。

我国明朝大医学家李时珍的《本草纲目》上标明月季对人类有大贡献，可消肿驱毒止血，医治红崩和白带等内外疾病。

已被誉为“花中皇后”的月季花，据说在中国神农时代就从野生中选出进行了人工的园艺栽培，逐渐培育各种颜色的名贵品种，或形成各种月季园，或是盆栽培育，室内阶上到处可搬用；更有粗壮成单株小树状品种出现，身价也倍增了。她浑身是坚实的刺，除非你带着利剪快刀，否则休想随意冒犯采摘她的冷茫的株体和朵朵惹人而招蜂引蝶的鲜花！

中国诗书画坛人才辈出相映生辉，成为中国特有的国粹。宋徽宗赵佶对月季入画情有独钟；大清帝国特批的入宫意大利画师郎世宁所绘月季，我看后辈丹青者至今还难以超越这位洋人笔下栩栩如生观察入微的月季图。南齐诗人谢朓，南朝梁文帝曾酒宴丝竹之中咏蔷唱薇，也算是较早的颂月季的诗家了。到唐宋时代最著名的诗词大家李白和苏轼都曾着笔吟唱月季，而且两位大诗人表达的内容竟十分贴近，选首苏轼的词共赏之：“花开花落无间断，春来春去不相关。牡丹最贵惟春晚，芍药虽繁只夏初。惟有此花开不厌，一年常占四时春。”唐另一著名诗人贾岛也特别钟情月季：“破却千家作一池，不栽桃李种蔷薇。”

去年10月27日，经过了47个春秋在上海起墓最后迁葬至浦东树碑的当代著名的翻译家傅雷与他的夫人，一生酷爱月季花。在他们居住的上海江苏路住宅的小楼后花园中，老俩口于上世纪60

年代竟种下50多种各色月季花。傅老除了伏案翻译笔耕外，唯一爱好就是到花园栽培和观赏月季，像他平时工作一样专注认真，一丝不苟，修剪、施肥、浇水、除虫，样样精通。他很少用化肥，施用的大多是有机绿肥，如丢弃的鱼鳞、毛豆荚再加上燃后的草木灰。沤熟发酵后就埋在月季花周围15厘米左右的泥土中。在1966年"文革"初期，傅雷夫妇夏夜打手电嫁接月季和施肥浇水，竟被阶级斗争时代警觉"敏锐"的红卫兵发现并诬陷老俩口深更半夜埋藏什么重要东西，结果白天引来队队红卫兵残酷无情地铲光了他们多年辛辛苦苦栽培起来的这五十多种满园月季。红卫兵还不肯善罢甘休又深挖三尺，当然只不过获得了沤熟的鱼鳞和毛豆荚草木灰等有机肥料及月季发达的根系而已。三天后的1966年9月3日，傅雷夫妇对苍天欲哭无泪，双心随被砍的月季而枯萎饮恨自尽以死明志，与终生为伴的书和花相别而永去。在那几乎人人都冷若冰霜的阶级斗争年月，傅雷夫妇含冤去世四个月后，有人竟发现他们的骨灰盒上放上了一束火红的月季和梅花。1985年上海著名作家叶永烈写出纪念文章——《献给傅雷一束月季花》发表在《散文》杂志上，以永念花及其主人。

实际上均为蔷薇科的姊妹花玫瑰同为落叶或半落叶灌木，和月季一样能直立或攀缘，尤其那更尖更密的刺儿更让拈花惹草者望而生畏。玫瑰绿叶通常为羽状，不是园艺工，不认真识别很难区分月季和玫瑰花朵花色之分，月季因月月季季开不败，各色花束可当礼仪花卉出席各种场合，许多花店常以月季代替"尊贵的玫瑰"出售给辨不出品种的人们。

月季花又常充当和平的使者。1944年，抗日盟军的美国飞行员奥·欣斯德尔在执行任务中,因座机被击受了伤,流落在山海关一带,游击区人民营救了他,并把他辗转护送到延安。毛主席、周恩来、朱德等领导同志都分别接见过他。毛主席还请他吃饭,一起为盟军胜利而干杯。欣斯德尔在延安一直住到抗战胜利。

1973 年,美国友人欣斯德尔夫人和女儿,为了实现丈夫的遗愿,带着欣斯德尔对中国人民的友谊和两株和平月季来到中国,把这两株凝聚着中美人民友谊的和平月季分别送给毛泽东主席和周恩来总理,从此和平月季在北京中南海扎根落户。1978 年 5 月,我国领导人在人民大会堂接见了前美军驻延安观察组成员。邓颖超副委员长特意把栽种在中南海西花厅的美国月季中一支多层黄色和平月季又赠送给美国朋友,介绍了欣斯德尔在中国抗日时期在我解放区的英雄往事,以及欣斯德尔夫人带来这和平月季的经过,并且说:"这几年,这株和平月季每年开得很茂盛,今天我特意摘一支带来送给朋友们,这是一支中美人民的友谊之花!"

在举国欢腾的 2008 年,北京奥运会上颁奖花束中体现中国人民红红火火的 39 支主花首选为"中国红"月季花,再配以其他花枝花叶,奥运会上的佼佼者们手捧此花束和胸前的金色奖牌相映成辉,象征中华民族自强不息、团结一心的民族精神和追求友谊、团结、公平、竞争的奥林匹克运动精神!

神奇生长几百年的人参王

中国人最讲究食补，不管男女首先都会想到能进补的最佳之物是——“百草之王”人参。

人参多生长在东亚，尤其是寒冷的地区。以中国人参的代表吉林长白山出品最为著名。此山的参质地最佳（野山参皂苷成分高），参属于五加科，中北美洲则产花旗参，也是温补的上品。人参具有明显的强心作用，最显著的作用是用于抢救心源性休克和失血性休克，这也是古人认为人参有“起死回生”功效的道理。我国古代许多名著都写到在皇家、大户人家或者医家常常提到食用和药用人参的情况，中国首位诺贝尔文学奖得主莫言代表作之一的《檀香刑》描绘遭受凌迟之刑的朝廷要犯孙丙时，每逢上一些苦香的上好参汤，欲断气的囚犯竟然“呼吸不是那样粗重了，脖子也能支撑住脑袋的重量了，嘴巴里不往外吐血了”……

小说里人参就是如此神奇呢！当然赞美人参的古代诗词家不乏其人，我只查到最早描写人参的诗为南北朝时梁代著名道教思想家、医学家陶弘景所作，该诗描绘出了人参和灵芝的野生绝佳生态。原诗为《采人参》：

三丫五叶，背阳向阴。

欲来寻我，椵树相寻。

到了我国诗词的巅峰时期，人参成为唐诗宋词吟诵之物。名家陆龟蒙、皮日休、苏轼等皆有形象的描写。如皮日休在收到友人相赠人参后以诗答谢：

神草延年出道家，是谁披露记三椏。

开时的定涵云液，剧后还应带石花。

名士寄来消酒渴，野人煎处撇泉华。

从今汤剂如相续，不用金山焙上茶。

（注：古代称人参为神草。）

古代帝王也有专吟人参诗词的，最著名的当数大清一代帝王爱新觉罗·弘历（乾隆），他不止一次专写人参，其中一首为：

性温生处喜偏寒，一穗垂如天竺丹。

五叶三椏云吉拥，玉茎朱实露甘溥。

地灵物产资阴骘，功著医经注大端。

善补补人常受误，名言子产悟宽难。

当下面临拜金滥采的发财致富者，野山参已属罕见了。野山参被国家列入珍稀濒危保护植物，有关部门也对长白山等自然保护区加强保护，严禁无序采挖，使人参资源逐渐恢复生长常态，以对得起我们的后代人。我的一位已采参育参 34 年的朋友王总说，现在就是上山仔细查寻系上红绳（怕它“跑”了），能找到二三两左右的就很不错了。他说我们中国人又最善“人工种植”，实际上早在唐朝，参农已开始人工栽培这种珍贵的多年生草本植物了。当然仍以东北长白山为大量种植区。精明的参农也在河北、山西、宁夏、甘肃、湖北等合适地区精心栽培，参农们仍要尽量按照野参的一切条件（如经纬度合适最好），切忌施用任何化肥农药，在精心培育下也应最少需六年春秋雨露方能出土为佳，如能耐心培养 20 年，就应视为“野山参”了。这种耐心今天恐怕是凤毛麟角了。但医学专家说，经化验及人们食用的效果来看，人工种植不可和野生野长的真正野山人参同日而语。

野山人参对自身生长环境要求极为苛刻，生长的地域、土壤、林相、坡度等都有严格要求，还得有土质较疏松有肥沃的沙质林坡土壤才好。生长环境有一个乔、灌、草、藤兼备的植物体系伴生和以植物为基础的自我平衡相互维系，各种植物的分泌物相互影响，具备自然演化、自我更新完备的能力。野山人参的生长不仅要经受冰冻、暴雨、病害等自然灾害的侵袭，还经常遭遇不知何时外侵的虫嚼鼠咬、兽吃畜踏，完全依靠自己的生命力与各种自然灾害不断地顽强斗争，与不同植物竞争，所以野山人参的存活率非常低，能够存活下来的野山参都历尽磨难，是生命力极强的植物精灵。现在采参农家像从前能在深山老林处找到半斤八两的几十年、上百年的老参已几乎不可能，是在梦中才能遇到。

当然它们常常喜生长在适合的经纬度地区，海拔高度则需在 500—1 000 米的针阔叶、混交林中方能最健康地成长。这样自身要求极高的条件，绝对超过黄金美玉的价格，每株价值几百万甚至几千万。

据报道，1989 年北京亚运会前长白山脉抚松县参农曾偶尔采到一株“参王”重为 305 克，此参王已在地下安然深居 480 多年了。经媒体宣传，此山参轰动中外，现已成国宝级标本，被博物馆珍藏起来了。据说还有深居山林的千年老参，不过我无力查证核实了。

野山参通常三年才能开花，到六年左右才能结成果实，参花细小浅黄略显绿色，不易被人发现。成熟的种子则显鲜红色，灵敏的鸟也即山民俗称的“棒槌鸟”能发现并喜吞下，但有时不一定会消化，所以排泄出来反能传播，久之遇合适土壤能生出新野山参。吉林电视台曾播出巨蛇守参，人去捕蛇时又惊喜发现野山参的有趣故事。

走进“渔家乐”

这次在浙江温岭，见到了林小广。

风情独具的石塘镇紧紧傍着大海，海浪日日夜夜舔着这个小镇的脚趾头。渔民林小广的新建二层楼家宅就建在这小镇靠海的一侧，富余的房间就用来接待零散游客，做了“渔家乐”。

自我们进林小广家以后，林小广的紫铜色脸膛就一直绽成一朵紫色的花。

两盆清清的淡水，两条雪白的毛巾，而且旁边自来水管的淡水随用随涌，真是让来客一进庭院就感到“宾至如归”。进得楼下第一层，水果、香茗、点心已摆了一桌，我们顾不上先享受，忙登二楼，尽管林小广拦着说，“不必脱鞋，请自便”，但我们看看鞋上多有淤泥，再望望主人擦得一尘不染的地板，早已纷纷脱去鞋子，换上渔家所备拖鞋了。

二楼有三个卧室，每间不仅窗明几净，而且配有沙发电视，床上铺着雪白的被褥。我忙称，比我家还干净，像星级宾馆了！

面对林小广，盘腿坐在床上，背靠着柔软的枕头和被子，突然想起 43 年前我下乡的河南黄泛区那间房子：没有电灯，没有顶棚，没有桌椅，没有自来水，没有地板……真的什么像样的家具也没有，甚至那时都不知道什么叫“装修”。知青和农民自己动手修建的泥屋和草顶房，经不起我下乡第二年——1964年深秋连绵20余天雨水浸霪，在秋风怒吼下，倒塌了，让我这位年轻的高中知青险些埋身于这断瓦颓垣之中（确切地说设有瓦，只是大片的泥巴掺和着黑色腐烂的麦秸和芦苇）……话说回来，当年下乡生活虽然简陋和残酷，但青春无悔，我毕竟从中学到了艰苦人生的许多。

而林小广一直在灿烂地笑，在他的笑容里我们似乎看不到历史，只绽放着多彩多姿的现实生活。六十开外的林小广摸出了红彤彤的软包装"中华"，开始向客人敬烟。烟酒不分家，烟酒几乎是所有渔民的共同爱好。

林小广有福气，三个孩子都成家了，有大学毕了业在广州当白领的，也有到温州做大买卖的，只剩下一个女孩和老伴帮他打理这座祖上传下来的宅地小楼。当然这座二层小楼是十几年前赚了钱，翻新重盖的。

据小广讲，这样的楼房全镇到处都是，像他这样富有的，在全镇970户人家中占有20多户呢！但他马上又谦虚了，说他比本镇首富渔家还差很远呢！而且更富有的渔民都已搬出此镇，搬到温州、杭州去居住和做大生意了，只留下亲戚看守老宅。

小广也有十几年挂网不打鱼了，原因简单："太辛苦，大风大浪中也挺危险！"

当年他不分昼夜开动机帆船（有的大户还合股买下500万元左右的大船），远航到韩国济州岛附近公海捕鱼。因为附近海里已捕不到什么好鱼，而济州岛附近可以捕捞到黄花鱼、鳗鱼、大鲔鱼、太阳鱼、剥皮鱼。捕鱼搞好了，一年下来也可以有七八万元收益。这些活蹦乱跳的海鱼，不能拉回家来处置，要在船上迅速冰冻，确保其品质,有的要去头加工,因为航程来回最快也要36个小时,出去一趟,少则三四个月,长则要半年,才能返乡回家。船上自然还要备足淡水、食品。至于救生物品及自动导航仪、气象报警器等等,都是不能省的。当然,有时也有误入人家防护区什么的。小广说:我们的渔民也偶有被抓去的,人家把人和船货都扣留下,要交20多万人民币才能放回,要是那样的话就赔惨了。当然,遇到海上刮台风,按国际惯例人家也会允许到他们的避风港躲一躲。

问他遇到过台风没有,小广说:"遇到过呀!十级风力,真是白浪滔天,那浪有六七米高,船时时都像要翻,人站不住,只好紧紧抓住船上固定的东西,人都快吓死了!唉呀呀,死神总是与我擦肩而过呢!"少年时代的朋友郭世英曾经告诉过我,他父亲郭沫若在一篇写旧中国渔民驾木船远航捕鱼的作品,说家里的老娘成天在岛上遥望点点帆影出现在遥远的海平线上,心内如焚,盼儿归来;年轻妻子或者寡妇则在半夜由于身心都按捺不住思念丈夫,而脱光了衣服跳入冰冷的海中任盐水螯咬着自己的身体。这种描写,也真是写到骨子里去了。

林小广显得神情轻松,他一边吞吐着云雾,一边告诉我们,这个镇已有一半的人不打鱼了,虽然船比过去安全多了,但如果能维持一种好的生活,又何必冒风浪之苦去远航呢!

涉暗河，访盲鱼

闻名于世的明朝地理学家、旅游家徐霞客（1586—1641），是我国古代走遍海隅边陲并有著名游记的第一人。经整理流传后世的《徐霞客游记》达60万字，涉及各处地貌、水文、人情、物产以及交通、古迹等等，是极珍贵的历史资料，被后人誉为“千古奇书”。我上中学时曾读过他的《蝴蝶泉记》，至今记忆犹新。

今年仲春，我应朋友热情邀请，到云南高原大地旅游，就来到了当年（1638年秋）徐霞客实地考察过的云南泸西阿庐古洞。徐霞客当年考察是“秉炬穿隘，屡起屡伏”，可见其艰苦。我是由当地旅游局长、交通局长陪同，由穿着艳丽、说着滔滔不绝的标准普通话的彝族小姑娘做导游，踏着修筑的石阶，手扶水泥扶手，漫游在洞中暗河中。小导游边熟练讲解，边不断开动各仙洞景点的五彩电灯开关，而且小姑娘还随身带着雪亮的手电筒，这和徐先生探险“秉炬”，深一脚浅一脚，真不可同日而语了。

我们一行不仅陆上可拾级安全而上，还兴致勃勃地泛舟洞中暗河。虽石壁上有电灯，但洞顶仍是黑蒙蒙的。这里自古以来没有日月星辰，四周没有花草树木，耳边没有鸟啼兽吼，完全是另外一个世界了。我们在暗河中慢慢划桨而行。

早就听说这里有一种大海汪洋、河流湖泊、湍溪深潭中没有的鱼类——透明盲鱼，它也有着美丽的古老传说。古代泸西有一世上仙人，大家都称呼他为“唐神仙”，因厌烦世间官宦纷争的生活，就独自悄然到压柱大殿养生修道。其妻知丈夫喜欢吃家中所烹鱼肴，就送盘鱼餐至洞中供他品用，也再三劝他还是返回家中生活。唐神仙仍不动摇，只是食完鱼肉，随手把鱼骨和内脏抛进脚下暗河中。谁知鱼骨和内脏立即相接而活，只是全身通透，骨脏闪动而历历可见。

这种鱼因长期生活在黑暗的洞中暗河里，没有任何光源，用不着眼睛，所以双目就完全退化了，全凭额上的肉角（肉瘤状）感应四周的动静，使之成为高度敏感的触觉器官，好像雷达一样辨别着方向和声响。真是什么样的环境造就什么样的物种，这种奇特的透明盲鱼已引起了动物学家的特别关注。

这种鱼通身透明如水晶，人们可看得见它梳子般的骨刺和一闪一动的内脏。导游说她父母小时，这洞未开发，胆大的村童结伙持手电筒去捕捉此鱼，耐心等待许久。水虽清澈见底，但钟乳奇石遍布，此鱼肚子极小又久居暗河，稍闻异声可瞬间藏身而去。好不容易众顽童执网在欢呼声中捕到二三尾，置于装有洞中水的罐头瓶中，开始还可以看到盲鱼儿内脏跳动，银体游动，时间稍长再换盆清水吧，氧气多嘛，谁知须臾，鱼儿全漂浮上来——心脏停止了跳动。后来经宣传教育，这里的群众爱山，爱水，更爱珍稀的盲鱼儿了。导游小姐告诉笔者，它们长大，最长为十多厘米。

“它们吃什么呢?”船下石子都历历可数，并无什么浮游生物与植物，“水至清则无鱼”啊!

“大概是石头中冲刷下来的微生物吧!”导游小姐神秘地说，“不谈鱼了，最好的东西，我当然要最后让北京贵宾看了!”

我们登上了岸，沿途看过了“潭门映鱼”“鳄鱼凌空”“龟鱼相戏”“八仙过海”“定海神针”“猫鹰争鱼”等等上百处各呈奇姿、在灯光闪烁下个个栩栩如生的钟乳石人和物之形象。我正感叹这神洞中大自然的鬼斧神工为我们人间留下了这数不尽的奇迹时，导游小姐“命令”：“抬头往上看吧，咱们人类最神圣的东西：人类之根（男子阳具），‘生命之泉’（女人乳房）……”随着人们教育和经济文化水平的提高，尤其是改革开放，人们对性教育的正确认识，大家都不感到有什么羞耻和神秘了，而是真正感到大自然赐给我们太多了。我们人类怎么回报地球和大自然的恩赐呢？怎样真正地保护好原始生态环境呢？这是摆在我们每个地球人面前的最重要的课题和责任呢！

我用古代诗人描绘阿庐仙境的诗句作为我小小游记的结束语吧：

清溪曲曲抱山浮，山色溪光一眼收。
赋就层岩分赤壁，登从弱水上瀛州。
云迷懈栋遮樵路，风送频香入钓舟。
正是新春[①]佳景好，缘何竟日依高楼。

——清·王全昌

注：①我游泸西古洞时正是春光明媚，故斗胆改“秋”为“春”字了。在下诗意趁醉意而记，真是对不起古人了。

如何救回珍贵濒危刀鱼?

素有“长江三鲜”之一美称的刀鱼(另“两鲜”为鲥鱼和河豚),在今年 4 月初的《羊城晚报》上被报道竟卖出 1 斤 8 000 元的天价。同期另有报道称张家港一条重 325 克、长 45.3 厘米的“刀鱼王”拍出了 5.9 万元,使众人目瞪口呆了。这条刀鱼王是在长江七干河河口捕获的,以 1.5 万元 1 斤起拍,最后被一中年女性拍得。老百姓常说“刀鱼来踏青”,“春江迷雾出刀鱼”,是讲渔人多年来捕获它的时间和季节。历史上文人说的“恣看收网出银刀”(苏轼),是描绘刀鱼的形状;“春馔妙物”(李渔),是夸刀鱼之美味。

实际上不过就在 20 多年前,还常有垂钓高手在长江沿岸钓起刀鱼,更有老渔翁乘风破浪一网下去能有十几斤的收获。而今此番盛况已然不再。去年 5 月,湖北有位钓鱼爱好者夜钓时极为幸运地钓上了一条三两来重的刀鱼,令得知的钓友们大为羡慕和赞叹,当然有不少人劝他将这珍贵濒危鱼儿放生呢。

刀鱼是纯野生物种,据说出水即死,目前还不能人工养殖。刀鱼肉嫩味美,不但天生娇贵,而且营养价值极高;同时又是大家认可的能保持我们人类皮肤湿润的美容极品。当然长江的渔人都了解刀鱼价格还会有大幅跳水的时候。清明前刀鱼骨软如绵,清明后则骨硬似铁。我今年有幸于清明时节在杭州吃到一尾小刀鱼,果然可以连肉带刺一起吞咽，那肉也果然是“入口即化”，真乃妙品珍品也！老渔人告诉我，清明前卖到8 000元左右1斤的刀鱼，清明后不几天就降到300元1斤，而且有时竟然一天都无人问津。这真可与杭州龙井清明前后价格迥异的架势一比高低了。

据央视《新闻频道》4月初报道，今年还可摆在我们华贵筵席上的刀鱼，如今已近濒危，如此下去，很可能十年后绝迹于长江之中。那时，千百年一直传下来的“长江三鲜”美味，就只是一个美好传说了。网友甲惊呼：“中华食客，饕餮之时，多少鱼类已葬身于你们的血盆大口之中！”网友乙：“刀鱼已经不是鱼，是把刀，你不保护刀鱼资源，十年后你就张开你的铁齿钢牙吃刀子吧！”网友丙：“难道这刀鱼身上的鱼鳞都是银元吗？难道大食客们吃了能长生不老吗？唐三藏又将何以自处呢？”

怎么办呢?!

保护好长江水不再继续遭受污染是根本，保护“长江三鲜”和一切鱼类生物，这需要国家和每一个热爱长江、黄河的人付出百倍努力。刀鱼有洄游到上游产卵的习性，其经上海市三河口，过江苏整个长江江段，还要经过安徽省大部分长江江段，洄游到安庆以上，一直要到我国五大淡水湖之首的鄱阳湖湖口，找到适合它们祖祖辈辈产卵的水域，方行产卵繁衍。而无论在哪一段水域，遇到水质严重恶化，它们的洄游都会因畏惧而立即终止。

据专家说，如果能禁捕刀鱼（因为鲥鱼已几乎绝迹了！），也就是说能发布完全禁捕刀鱼命令，那它们还有生存的希望。因为几经努力，人工繁殖刀鱼至今未获得成功，而为此目标继续奋斗着的科技人员和渔家所需刀鱼的物种资源只能从长江水中捕取。但目前有一些贪利的渔家还在清明时分使用细网捕鱼呢，着实令人愤恨了！

五日游两钓奥克兰

说起奥克兰也许不少中国人都不甚熟悉，实际上它是新西兰最大的城市，既安谧又漂亮干净。人口 120 万，首都惠灵顿则仅有 30 万人，整个新西兰也不过 500 万人口。这里的天空除了阴天都是蓝天和白云，这里的朋友还加上一句："晚上也是蓝天白云呢！"我以为是句玩笑话，当晚到院中散步，抬头仰望：啊，果然夜空高旷，黛中透静，依稀飘浮着大朵白云，亮晶晶的繁星闪烁着，对北京人来说这是一种久违的奢望了。

第二天，在我的鼓动下我们迫不及待地乘两辆轿车开往新西兰著名的、也是大洋洲数一数二的淡水湖——陶波湖（面积为 680 平方公里）。司机小柯说新西兰北岛还有一个近一千平方公里的第一大湖呢！拥有 1 亿多人口的日本，面积为 37 万平方公里，只比新西兰大 10 万平方公里，而新西兰则拥有两个这么大的而且都是优质二级水质以上的淡水湖，也足以让这个国家自豪和让许多国家羡慕了。

高速公路两旁青山上悠闲的蓝天白云下，我们几乎看不到人，倒是漫山遍野绿茵茵的草地上到处可见黑的、黄白相间的牛羊，都在低着头不慌不忙地啃着青草，真是一个牛羊比人多的国家。新西兰出产的婴儿优质奶粉和奶制品得天独厚，目前是中国婴儿父母的首选。

经过两个多小时“急行军”，两辆车终于到达这个只有三万多人的陶波市，我们下榻的宾馆就在陶波湖畔。确切地说开门就是满眼的青山绿水和游船，真是“门泊东吴万里船”了。只见一群群野鸭正在我们居住的岸上不知疲劳地觅食，欢乐地扑打着双翅。那灰白相间的海鸥擦着湖面低翔或互相追逐嬉啄着。地球的引力产生了潮汐，让这陶波湖水涌起不小的波澜，涌浪不停地扑打着千年不变的牢固湖岸，这真给人以海洋的感觉呢——中南海、北海不都是小湖泊的雅称吗？

我们专门租了一艘钓艇。这里人工昂贵，船上只有一个既当船长又当舵手，还兼服务员的50多岁的高大的新西兰人。登船的六位中国游客每人填写了表格，才有了钓鱼的资格，被允许出湖垂钓。

陶波湖面绿如蓝，湖阔水深，老船长比划着手说，此湖水可以直接饮用，整个新西兰自来水都可以直接饮用，它的指标比矿泉水标准要高。为我们准备的六副黑色钓竿高高支起，都是日本西玛牌，但钓线和抛竿机都是本国货。宽阔的湖水最深处可达150米，我们垂钓处也都在40至50米。为了保证不污染水质，不许钓客自带任何渔具、鱼饵，而且钓竿支起处刻有你的上鱼尺寸，大约是30厘米以下的鱼统统放回湖里，而且你钓上的鱼（主要是名贵的红鳟和黄鳟）严禁上市，只允许你和朋友自己享用，一旦发现钓客买卖湖中所获之鱼，就会被罚款和取消再入湖垂钓的资格。这里一切都是“有法有天”。

我们的船被这个新西兰老舵手指引航行着换到了第三个钓点，也许受这里中秋天气影响，雪山上涌流下来的高原湖水又深又凉，六个钓竿钩上活灵活现的小塑料拟饵被一个4.5公斤的大铅球坠入了深水中(每只竿又分别有一个活扣,鱼中"的"后分别扬竿,它可灵活弹出毫不影响钓手操作,其他钓竿上的利钩仍稳沉在湖底)。

当我们一行中有人介绍我是"中国钓协副主席"和中国最大钓鱼杂志《中国钓鱼》的名誉主编时,老头满是皱纹的黑红的大脸露出惊讶的神色笑着说:"OK! 您是我见过的中国人中最大的'官'——好,跟我来!"我们忙和他一起收起所有的钓竿,船又徐徐驶向他最有渔源和把握的钓点。

到了新钓点重新抛竿布阵后,为了证实他的话,他特别把我们引进驾驶室。这里配备有我在《中国钓鱼》杂志上看过的"美国布什总统钓船上备有的先进的声呐和雷达测鱼设备",在不大的荧屏雷达上出现了红色的湖底曲线,突然我们又发现了徐徐移动的红色和白色点状物,老头兴奋地说:"看到鱼了吧? 红色的点为大鱼,白色的点为小鱼。"我们忙奔出驾驶室,到船舷上仔细观察这六只"刀出鞘,箭上弓"的冷森森充满杀机的在阳光下埋伏好的六个海钓竿,只有"西中友协"名誉主席邓先生掌握的黑色竿梢出现了不断颤抖的状况,在老船长果断指令下,他猴子般蹿上前,右手早已发力挥臂,飞快绞起钓轮,说时迟那时快,我的竿子也在蓝天白云中被拉如下弦月,我也飞快起竿摇轮。此处水深50米,老船长提醒湖鳟鱼嘴虽大,但却薄嫩,不必过于用劲摇拉不断加力扬臂,他忙示范——均匀收线,轻轻地拉回足矣。我们模仿操作,果然十分钟后,两竿均拉上了这三小时狩猎后的唯一收获——两尾不大不小的红鳟鱼,都是拟饵塑料小鱼引诱它们上钩浮出了这冰凉的雪水故居。它们脱钓后仍活蹦乱跳——期待着重回浩瀚的绿波白浪家园中。我们统统把它们放回了它们拥有的这近700平方公里的故国天堂水泽中。

华灯初上，公路两边牛羊也渐渐没入夜幕中，返回奥克兰途中，邓主席热情介绍这矮矮的青草无边无际、几乎是四季常青的草原（这里没有我内蒙古草原上“风吹草低见牛羊”的画面），这大草原上竟无任何狼虫（这里指长虫——蛇）虎豹，高空中我也没发现任何虎视眈眈的猛禽飞翔，这里冬天也没有任何暴风雪，所以牧民根本不需要把牛羊赶回家中入棚进圈，就这样昼夜自由自在地放养着，真是牛羊理想的天堂。显然在大湖上我们被新西兰老船长激发的钓兴未尽，猎物甚微，一路上又商量好在邓主席近万平方米大花园的小桥流水里再搏钓一场。

第二天秋阳高照，邓主席院中早已是鸟语花香了，小雨后灿烂的中秋阳光在蓝天白云中大放光芒，树木花草显得特别明亮耀眼。邓主席庭院中小桥流水，空气自然十分清新，小桥旁中心岛上竟还有不知何处飞来的两只油黑色鱼鹰，经常在此光顾水中丰富的各种鱼儿。我的助手小牛说：“我们真是在异国他乡清洗北京的雾霾，让多氧负离子清洗被污染的两肺呀！”别墅里高大不知名的乔木枝叶丰茂、碧绿如洗，树上中国桑葚般的果实累累，零距离细观，树上结满的是圆锥似的有些木化颇显坚硬不能食用的果实罢了。大树旁边几棵橘子树上金黄色的饱满果实告诉客人已完全成熟可食了，主人见我眼馋忙摘下送入我的衣袋；近旁的柠檬绿中带黄，也告诉人们这些果实也已进入了成熟期，也被小牛和我不客气地采下，还念念有词说：“带回国去，让钓友们体会一下最新鲜无污染的柠檬吧！”主人也介绍起柠檬切片放入白开水对防癌的益处。小湖中的一片睡莲在阳光直射下竟株株收敛起紫罗兰色的花容。主人告诉我们太阳下山时，朵朵盛开的花朵会暂收花容。水边绿草密布，你很难找到一块裸露的土地。水里有些芦苇仍冒着碧绿尖尖，并无国内秋时所见开放的白色芦花，看来奥克兰四季并不明显。主人说奥克兰所谓的冬季从未见过冰雪，深夜也只有二摄氏度左右，有些冷露白霜罢了。这真是老天爷赐给了大洋洲第二大国新西兰一方得天独厚的良好土壤和气候，怪不得她的牛羊代代群群无灾无恙地生活着。

此时我手中用了国内常见常用的一套钓具，比不得昨天大湖大船上那些从未使用过的“洋枪洋炮”，使我信心大增，鱼饵也和国内一样是拌好的粉红色软食，再不是不常用的路亚塑料鱼饵了。

几十年练就的渔场经验让我选择了迎着璀璨的阳光在不太深处（三四米左右）而且是几棵睡莲浮叶中的明亮处，鱼儿自以为隐蔽在大片睡莲叶下十分安然无忧，只是在觅食时才游动出咬几下再隐回叶下，果然不过十几分钟叶动处漂饵徐徐而沉，被拉着没入睡莲叶下，我大叫：“有了，跑不了！”果然一番左拉右扯，我的手竿弯如满月，精灵出水了。“哇，怎么这么长？”只见隐隐约约竟有像蛇似的出水了。司机小柯眼疾手快绕过水草芦苇，随着我的尖梢“刷”地一声，小柯司机抄子一个猛抄，把它迅速抛上岸来。真险！原来是一尾似蛇的鳗鱼，头竟钻出网眼，好在吞钩甚深，难以逃过我的“天罗地网”。我第一次钓上此类鱼，看它满身黏液、前圆后扁，灰黑色真如长蛇一般，我还有点怕它咬住我不放呢。小柯用毛巾盖住它的头，三下五除二把小钩从它嘴里硬掏出来，抛入早备好的大水桶里，众人围上齐观共赏万大哥在奥克兰的战利品。

如此这般我在此小湖中两个半小时，就钓上了三条鳗鱼、两条锦鲤、一尾美国式鲶鱼。真怪这水里竟无任何中国淡水湖里常有的鲫、鲢、草等淡水鱼，据说这里渔政局不允许引来这些中国鱼种。昨天老船长也是如此说，因此陶波湖 680 平方公里也无任何鲫、鲢、草、鲤等常见中国鱼种。为了喂养上好的鳟鱼，新西兰渔政局不惜千里迢迢引进银鱼放流陶波湖的浩瀚烟波中。

在遥远的大洋洲万里之行（坐飞机得十多个小时，还需要在香港换机）五天两钓真是应了莫言老友为我题写的钓鱼诗中的两句了："小钓池也寻悠闲，大钓海上惊巨澜。"

普乡的滑雪场

2006年岁首，我们中国老年人福利考察团一行应邀观看了日本的滑雪场，滑雪场的日本主人是普乡先生。他身高1.75米左右，白皙的瓜子脸，戴着一副淡咖啡色的眼镜，身披一件英国名牌大衣，很有儒商派头。因普乡先生曾在英国伦敦留学三年，会说英文，我们一路不用翻译就得以交谈。

一早，我们乘上漂亮舒适的丰田大巴士，离开了车水马龙和处处是高楼大厦的东京都。汽车在高速路上飞驶，沿途的房屋越来越矮小，也越来越稀少，几乎全是标准日本式的二层“榻榻米”农舍。不一会，我们到达了富士山脚下的山梨县，冒着蒙蒙细雨，乘索道首先观看久闻大名终年披着雪白外衣的富士山。雨渐渐停了，在湛蓝的天穹和白云飘浮中，雨雾如轻纱似飘渺无穷，即使用高倍望远镜观看，也只能看到那时隐时现的富士山，如东方古代害羞少女似的半掩芳容。

在山上，我们眺望到了普乡先生的滑雪场。普乡先生拥有七个标准的滑雪场呢！他的滑雪场不比曾在1998年举办过冬奥会的长野滑雪胜地逊色，并且大有后来居上之势。汽车进入了群马县，翻译是从国内迁居日本已经20年，并和普乡先生有着多方合作的日本通——王传林先生，他指着远山近舍说：“从现在开始方圆四平方里的山地林地，皆属于普乡先生所有，因为他已购买了这些土地。”只见零星的农舍上都压着厚厚的积雪，如同白色的奶油蛋糕。道路上政府的扫雪机正忙着（筑路和维护仍由政府管理负责），效率极高地清扫着道路上的积雪。东京人在假期常来光顾滑雪场地，每到夏天，这里又开成了三个标准的高尔夫球场，真是夏冬双丰收，充分利用了土地招徕了游客。

我们迎着寒风和不时飘拂到脸颊上的面粉似的细雪，乘上长达4 300米索道的“露天包厢”（据说这是日本最长的索道），此时我也搞不清是老天降下，还是寒风送来的雪齑，也许都有吧！只见两旁滑雪道上，男女老少迎寒踏雪而上，白雪映照下个个笑容如带雨梨花绽放着！还有乘滑雪摩托风驰电掣而上的，当然大多数是和我们一样乘索道，带着单双滑雪板等雪具而上，然后依山势从上滑到山麓下。来这里滑雪者大部分是业余的，但培训他们的教练员，基本上都是参加过奥运和全国比赛的前几名专业选手。附近高台则都是职业选手的训练基地，即将参加意大利都灵奥运会的亚洲一些国家和本国专业男女选手都在这里集训。

普乡先生看着我穿上滑雪板，双手舞起雪撑，笑着说：“是啊，什么时候能接待中国的滑雪选手来训练就好了，我们一定提供最优惠的条件！”我了解到，这里的自然条件很优越，后屏依靠的这座山架能挡住大朵的自然雪降，当风儿吹过此山时，就能依山自然粉化大朵雪花，使之成为细粉，徐徐层层降落。这样的雪质铺到地上，再加上人工造雪又铺上一层，不断循环往复形成不板结冰状的最佳雪层，而这就是滑雪运动员最理想的滑雪场地。

普乡先生的滑雪场全部使用电脑控制，中心室时时监察每个角落发生的一切变化(雪质、运动员、索道、同时可容 3 000 多人就餐的餐厅和饮食小卖部、各种滑雪器材的出租、销售等等情况),随时可派出技术人员和工人快速补救一切损失,这种一条龙似的服务,使得每天滑雪者可达到 5 000 名,节假日近万名!所以普乡先生从滑雪场的获利自然就是"大大的"了。

日本服务人员的微笑

在日本，我所感叹的还是民间所有服务人员灿如桃花的微笑。我们下榻在东京“王子”和“樱塔”五星级饭店里，西装革履的经理和服务生对来往的客人统统是先有笑容再说话。

有一次，我提出要把山梨县河口湖普乡先生发给我的，还没来得及食用的“定食”(盒饭)，配上这里五星级饭店的日本热汤荞麦面一起吃，服务生连连摇手摇头说不成，但他却始终是满脸带着友好笑容地解释着：“对不起，这是店规。我们这里从不能自带食品到餐厅来吃的。”见我脸色“晴转阴”，翻译解释说：“这是日本大饭店通常的规定，也是怕你如果吃坏了，难划分责任。”服务生看我不高兴，思考了一会儿，仍是笑呵呵地说：“如您上楼在房间吃，我们可以送上热汤面，并不另加送餐费用。”这也许是店家“眼不见心不烦”或是不违反本餐厅的规定吧。

我特别注意到，我们所乘大巴的日本司机，每天我们上下车时，也总是衣衫整洁而且头脸也弄得干干净净、光光亮亮的，满脸笑容相迎。咱们国内有些司机以为帮乘客拿行李是分外事或降低了他们的人格，常常袖手旁观“摆大爷”。而这位日本司机则不同，常常屈身爬进大巴最底层储藏室，把我们这二三十件大箱小包，一件件摆放得不压不挤又整整齐齐再爬出来，这样的工作态度让我们这些中国客人不能不动容，而且他每天如此，自始至终，绝没有任何松懈。几天后我们返国时，作为团长的我，感动得要求每一位团员都要和他握手道别："再见，十分谢谢您啦！"

在我们下榻的日本有名的观光胜地静冈县乡下私人"大月酒店"就有温泉浴。实际上不像国内传说的男女同浴，也许有男女同浴吧，但我们此次并未见到，此酒店分明标有"男汤"、"女汤"。我和李先生同住一套很宽敞的"榻榻米"，沐浴前，我们脱掉鞋袜和大衣，正不知如何穿日本传统的和服时，两位年老的穿着标准和服的服务员踏着日式拖鞋，弯腰微笑着走过来，要为我们宽衣解带换和服。我和李先生请翻译告诉她们，请她们传授穿和服的方法，我们可以自己穿。两位老妇人热情指点后，微笑着致礼退出。

在这座乡间宾馆，令我十分感动的是服务人员中并不年轻的日本妇女（大概有四五十岁了），在我们入住和离开时，也都主动来搬沉重的行李。看着她们瘦弱的样子，尤其是穿着和服，脚下踏着拖鞋的一摇一晃的身子，我们中国人也都连忙上去帮助她们，她们嘴里"嘿"着，脸上仍旧笑着，和我们一起把行李搬进又搬出。翻译还叮嘱我们："不必付小费，这里不比香港和欧洲。"

在大月酒店，还有一个年轻的日本女孩，穿着标准的职业套装，短裙西装长袜，脚踏黑色半跟皮鞋（她并不回避她的芳龄，告诉我们已 25 岁了，还未成家呢），她始终笑脸常挂，她的胸牌上写着"根本"。我都搞不清她到底是什么身份和担任什么职务，因为我们买东西时，她在笑嘻嘻地解释小卖部的货品的性质和食物的生产日期；我们去打乒乓球时，她飞快地又送拍子又送球，还又按时段来收银；而且她还笑着送我们上电梯，帮我们按电钮。临走，她的笑容一直陪伴着我们，直到我们的车子远离看不见了才消失，但她的笑容却已深深地留在了我们每一位的脑海中——和她的芳名一样，服务的“根本”亦是诚意会心的微笑。

再议日本的现代卫生文明

笔者前年在访日后曾在《新民晚报》“夜光杯”上著文感慨日本人民在公共场合的良好卫生习惯:不随意丢抛任何废纸(尤其是塑料纸袋)、饮料瓶等废弃物品,而是一定投进各式整洁的分类垃圾箱中。更使我眼前一亮的是各地奔跑的大小汽车都是光亮整洁如新,这固然和日本所处岛国的海洋性湿润气候和十分注重绿色植被有关,飞扬不起多少灰尘,更是和日本人民多年的教育所培养出爱清洁的良好习惯密不可分。

外国人经常嘲笑中国人的陋习:随地吐痰和大声喧哗。实际上不良的卫生习惯岂止吐痰和喧哗,比如在大街小巷中行走的抽烟人随意抽烟、弹烟灰和扔烟蒂,也是又一难改恶习。不过现在人们都知道踩灭它了以免火灾啊!我在日本也仔细观察过他们在大街上、公园里和车站上的抽烟情况。在大阪博物馆门前我曾看见一位身背画板的时髦少女在抽烟时的表现,她点燃烟后,马上从提包里拿出一个自带的小小烟灰缸,边抽边小心翼翼往里面弹着烟灰,直到一支烟抽完,她又忙找到分类垃圾箱,把烟蒂、烟灰投进垃圾箱内,再从包内拿出纸巾擦净它,再把烟灰缸放回到她的包内,这才大步流星地走进博物馆。这是多么良好、优雅又从容啊!良好的公共卫生道德和习惯,提升了整个民族的精神面貌。联想到我国国内数以千万计的烟民,他们又是如何处理这个抽烟过程的呢?!

另一恶习虽已大大引起环保人员重视,在男厕尿池上方已贴上“上前一小步,文明一大步”等警示标语,但大多数人不屑一顾或者客气点说注意得还不够。我在首都机场宽大的厕所内观察来自四面八方的行色匆匆的客人,只有少数人不撒在外面一滴的。我问在旁手脚不停的清洁工:“你一天擦多少回地面呢?”他摇头苦笑了一下:“根本记不清擦多少回,来一批客人,就擦一回;有时来一位客人也要擦一回呀!因总是有尿撒在外面啊!”上面一直要求保持地面不能有任何污物呢!

再看看日本此状况,笔者在东京一公园,曾和一个七八岁的顽童一起走进厕所,只见他内急连忙褪去内外裤,都露出小屁股蛋了,他只顾贴近尿池,小鸡鸡几乎贴到洁白的瓷面了,这真是“靠近方便,贴近文明了”!我不禁为孩子的认真负责而笑了。孩子走了,我仔细观察他和我的尿池前都没留下一滴尿液,而我是刻意学习文明而为,尤其是学习这位孩子,而他却是从小养成了良好自然的卫生习惯呢!我国多少大人都不如一个小小的顽童啊!实在让我们众多的老少爷们汗颜了!还有在飞机上和欧洲的公共卫生间,我观察了梳妆台镜子下,特别是我国所有飞机上一律标明了中英文“使用后请用毛巾把漱洗盆擦干净,以便其他旅客使用。”但在我们乘坐的飞机上,方便后能遵守此规则的,恐怕是“凤毛麟角”和“寥如晨星”了。我敢说在日本和欧洲这些发达的文明国家,大多数人在使用后会自觉把它擦干净了,让下一位享用和原来一样干净的洁具。

中国是伟大的文明古国,自古以来都是备受全世界尊重的礼仪之邦,她曾创造了令全世界仰止的精神和物质文明,我相信在新中国诞生 60 多年的今天、最鼎盛的改革开放后的“春秋盛世”，良好的文明道德传统定会恢复并更趋先进！这才是震惊世界腾飞的中国龙和睡醒后的猛狮之精气神啊！

访孤岛

正是俄罗斯“库尔斯克号”核潜艇 118 名壮士魂沉海底月余的时候，我们一行应邀访问了我国北方某核潜艇基地。这里天高云淡，繁花似锦，军营内外都打扫和装饰得整整齐齐、干干净净，好一派秩序井然。在潜艇基地副司令陪同下我们登上了军港停泊的交通艇，航行的目的地是对岸的无人孤岛。这个孤岛被当地人称为“徐福岛”，显然是和秦始皇大帝当年选配童男童女赴东瀛有关了。

虽说是交通艇，也完全由海军战士严格操作掌管。他们清一色的贝雷帽。艇长是位少尉，他神色严峻，目不斜视地凝望着蔚蓝色海洋。副司令客气地招呼我们进前舱，那里有一圈沙发和已备好的水果茶水，在此可以躲避风浪，但我们没有一人躲进舱内就座，我们要学战士们稳稳站立在船头，在乘风破浪中看那波涛中永不知疲倦的海鸥和祖国浩瀚无垠的海疆。

船在风浪中靠岸，岸上的官兵早已在小小的码头上列队立正，等候着首长和我们一行客人的到来。这正是“孤岛不孤”的欢喜无比的时刻，他们又可以看到大陆上来的亲人了。我们如一字雁阵似的依次被岛上的人拉上了岸，官兵向我们敬礼并高喊欢迎词。最感动人的一幕出现了：在队尾一个不过四岁的稚童也模仿官兵们立正举手敬礼，口中也是念念有词。在三四米的对面笑眯眯地盯着儿子的是他年轻的母亲——全岛唯一能穿抢眼红绿衣衫的女性，虽然儿子表现稚嫩却足以让她自豪，因为这代表了母亲的心啊！显然“小水兵”是全班和全岛的骄子了。我们参观了整洁的营房。虽然岛上缺淡水，缺土壤，但还是栽种了碧绿的蔬菜，养了嗷嗷欢叫的猪，咯咯觅食的鸡。篮球场还是水泥地面，闲时官兵们也练练远投和三步上篮。旁边还有自制的单杠、双杠。只是秋收了，这里除了这个篮球场再没有这么大的平展土地了，因此暂时当上了小秋收的场地，金黄的苞谷和颗粒饱满的花生还得抓紧“秋老虎”晒干，好储存。孤岛充满了勃勃生机。

官兵听说我们一行想钓鱼，已备好了专门海钓的渔具。我看看手表已10点多钟了，官兵们这么忙，今天虽说是星期日，也实在不好意思多占他们的宝贵时间，忙大声宣布：“只钓一小时，尝尝海钓的味道就行了！”我和副司令“并肩作战”，我们是用活虾为饵，往海中抛下，迎着急风巨浪，脚底下顽石起伏不平，更是难以支撑身子呢！看看副司令却稳稳当当地站立着，那经风吹日晒，古铜色的脸盘，棱角分明，双眼炯炯有神，我突然感到他就如小岛一样坚不可摧。

我们提着空桶和海竿返回交通艇时，副司令指指高处，看见了孤岛最高处的坚硬岩石上闪烁不灭的灯塔，主管灯塔的就是那位四岁列队“小海军”的父亲，一位不足30岁的志愿兵。他在孤岛上已度过了十多个春秋，听熟了涛声，看惯了海浪，不管是风吹雨淋，霜打雪扑，一年12个月365天如一日地为灯增添燃料，维修保护着它，使它明亮地为航船指引着正确的航道。这灯，体现着人的不可战胜的钢铁意志——海不枯，石不烂，灯也就永远地亮着。这又使我马上想到列队的稚童，当他父亲老眼昏花腿脚不太踏实有力，不能再守灯护塔时，孩子会毫不犹豫地拨开浓雾，踏碎峥嵘礁石上的霜粒雪花，爬上灯塔，年复一年地重复父辈长年不断的工作。

三戏三思说古今

我从儿时就喜欢看京昆传统戏。几十年来,我特别对京剧中的包公戏、海瑞戏和昆曲《千里送京娘》这三出戏情有独钟。这三出戏我不知看过多少次,但每次重看,总感叹良多,受益如新呢。

如京剧《赤桑镇》,说的是宋朝开封府包拯正义凛然大义灭亲秉公执法铡死亲侄包勉,包勉生母吴妙真闻知,赶到赤桑镇,哭闹不休;包拯赤胆相劝,处处晓以大义,在正义感召下最终叔嫂和睦如初的故事。在弱冠年少时,1961 年我观看过北京京剧团裘盛戎、李多奎演出此剧。剧中包公的"嫂娘年迈如霜降"等经典唱段脍炙人口,一时间以包公正气凛然惩恶扬善的故事为主题的戏曲风靡全国,该剧已成为中国京剧优秀剧目保留至今。

戏要从《铡包勉》开始说起。龙图阁大学士兼理开封府尹包拯,奉旨去往陈州放粮赈灾,就要启程上路。当朝丞相王延龄和司马赵秉等奉旨到长亭来为包拯饯行。长亭厅堂内,欢声笑语。差役摆上酒宴,众人就座,互相敬酒致礼。此时,包拯的侄子包勉遵母(包拯嫂娘)命从家乡赶来为叔父包拯饯行。包勉在长亭与包拯的政敌赵秉交谈时,无意中却把自己在出任浙江萧山县知县期间贪污白银 10 万两的事说漏了嘴。包拯闻知大怒,经过公与私,情与法之间的激烈思想斗争,审定后决定铁面无私当堂将亲侄儿包勉就地正法处死。

事后，包拯经过这场思想和行动大决战后眼含泪珠不知如何面对其嫂；忙给嫂娘吴妙真修书一封，只得向嫂娘请罪求得原谅，禀明按律处置包勉的情由，劝嫂娘不要过分伤心悲痛。命侍卫王朝日夜兼程送信往合肥家中。一切事情料理完毕，包拯辞别来饯行的各位大人，启程前往陈州放粮救灾，去完成为国为民的大事去了。

包勉之母，也就是把包拯从婴儿养育成人的嫂娘吴妙真闻讯悲痛至极，携杖赶往赤桑镇怒斥包拯“忘恩负义”。

包拯正往陈州途中抵赤桑小镇歇脚。连日来，他的心情也颇为沉重，正在馆驿闷坐，谁知这时，忽闻嫂娘老人家亲奔赤桑，急忙到馆驿门外迎接。满脸怒容的吴妙真下车，见包拯躬身侍立在门外，毫不理睬，径直往正厅走去。包拯见嫂娘怒气满腔，便小心翼翼，紧随身后。王朝、马汉等“贴身警卫参谋”搀扶老夫人堂上就座。包拯赶忙向前大礼拜见，吴氏不由得怒愤上涌天灵，白发人开始用手颤动地指点责骂：“包公你就这样铡死了我的亲儿子包勉吗?!”包公忙正言小心答道：“嫂娘年迈如霜降，远路奔波到赤桑。包勉他初任萧山县，贪赃枉法似虎狼。小弟居官法执掌，岂能做事负君王。叔侄之情何曾忘，怎奈这王法条条不徇……”未等包拯把话说完，吴妙真气冲冲地斥道：“你昧了天良！国法今在你手掌，从轻发落又何妨?”包拯施礼再答：“弟也曾前思后想，他徇私舞弊犯王章呀……”包拯走上前去，搀扶气急败坏的嫂娘，谁知她突然举杖要怒打正气凛然的铁面包公，嫂娘被包公贴身警卫等劝阻，包公再耐心诚恳地劝解道：“自幼儿蒙嫂娘训教抚养，金石言永不忘铭记心旁。前辈的忠良臣人人敬仰，哪有个徇私情卖法贪赃？到如今我坐开封国法执掌，杀赃官除恶霸伸雪冤枉。未正人先正己人己一样，责己宽责人严怎算得国家栋梁?！小包勉犯王法岂能轻放?！弟若徇私情上欺君下压民，败坏纪纲我难对嫂娘呀！”

听罢包拯这一席席震天动地的正义肺腑之言，吴妙真开始沉吟半晌不语了，心内反复思量：“他忠心秉公正而忘私，方算得盖世的忠良啊！只能恨我自己儿他不该贪赃罔上，按律条铡包勉理所应当。怎奈我从此失却了终身靠养，倒不如我碰死在赤桑。”想到这里，她羞愧满面猛然站起身来，就要向墙上撞去。这一猛然举动，可吓坏包拯和王朝、马汉等人，都赶忙上前扯护住。包拯更进肺腑声再三劝慰：“见嫂娘只哭得泪如雨降，纵然是铁石人也要心伤。劝嫂娘息雷霆你从宽着想……劝嫂娘休流泪你免悲伤，养老送终弟承担，百年之后，弟就是你戴孝的儿郎。”说罢这感天动地言语，俯身又双膝跪倒在嫂娘面前。再一次哀告说：“今日事望嫂娘将弟宽放，我还要去陈州赈济灾荒……”吴妙真见包拯不断跪在自己面前，所讲赔情话语，都是公私如镜子一样分明，句句合情在理，为黎民百姓他不徇私情，小包拯堪称国家真正的栋梁。那吴妙真也是劳苦出身深明大义之人，才能养育出一身正气两袖清风的包公。这时反而觉得自己错怪了从小教养一身正气铁面无私的亲侄儿呀！想到这里，忙走下座位将包拯扶起，擦干纵横泪，整整头发、衣衫，转身叫王朝：“拿酒来！”王朝捧过杯盘，吴妙真已完全冷静下来，语气和缓地说道：“按旨意去陈州去把粮放，休把我吴妙真挂在心旁。饮罢了杯中酒你就起身前往吧！为百姓公废私理所应当。”每当我看这动人场面听到此嫂侄两人最终完全和解的掷地声声，都为包公和嫂娘的深明大义不徇私枉法所感动而热泪盈眶。也许看官不会想到古典传统戏也有如此大的教育力量吧！不禁让在下联想到建国之初，震惊全国的天津领导人刘青山、张子善贪污国家资产案件。毛泽东在批准对刘、张执行死刑后曾说：正因为他们两人的地位高，功劳大，影响大，所以才要下决心执行律法处决他们。只有处决他们，才可能挽救二十个，二百个，两千个，两万个犯有各种不同程度错误的干部。毛泽东为防有人为之求情，也得做一次铁面包公了，还对身边工作人员下了命令："凡是为刘青山、张子善讲情的人，我一律不见！"回想起当年地方政府对触犯纲纪的高级干部不包庇不护短，党中央执法如山，深得民心的情景恍如昨日，历历在目。不少共产党人在开国时曾经是人民心中的当代"包青天"啊。

我认为能和包公戏比肩的戏还有海瑞戏。新编历史京剧《海瑞罢官》是明史专家、北京市副市长吴晗在毛泽东对海瑞作出赞扬后写出的一个京剧剧本。剧中的海瑞是明朝嘉靖年间的一品大臣，生性耿直清廉，敢为老百姓讲话，因上书批评皇帝而被罢官。海瑞是受到了春秋时孟子思想——"民为贵，社稷次之，君为轻"这种以民为本的思想而为。

1959 年 4 月 2 日，中共八届七中全会在上海举行。晚上毛泽东主席饶有兴致地观看了湘剧《生死牌》。刚直不阿、素有"南包公"之誉的海瑞的故事引起了毛泽东很大兴趣。4 月 3 日晚，毛泽东没安排任何活动，而是打开《明史》，精读了《海瑞本传》。4 月 4 日上午大会上，当讲到人民公社整顿问题时，毛泽东希望各级领导干部在整顿各项工作中，好好学习海瑞，发扬海瑞精神。

既然毛主席提倡海瑞精神，海瑞大名就成了各大媒体的热门。1959 年国庆节，上海京剧院推出了许思言执笔、京剧艺术表演大师周信芳主演的《海瑞上疏》作为献礼节目。受此启发，北京京剧团的大名角马连良先生几次登门请北京市副市长吴晗写一出海瑞戏。精诚所至，金石为开，对京剧十分陌生的吴晗参照《明史·海瑞本传》及李卓吾《海瑞传》，用近一年时间，在导演王雁等大力协助下七易其稿，于1960年底写出京剧剧本《海瑞罢官》。

1961年初，我有幸得到吴晗伯亲送我父亲万里的北京京剧团彩排演出票，坐在第4排，从头至尾我目不转睛过足了戏瘾。《海瑞罢官》演员阵容强大，"四大名须"之一的马连良主演海瑞，一代铜锤名净裘盛戎饰反面角色徐阶，周和桐（戏迷们不会忘记他在现代京剧《沙家浜》中饰演的胡司令吧）饰戴凤翔，老旦名宿李多奎饰海瑞母亲谢氏。全剧歌颂了海瑞为民申冤，刚正不阿的精神。最后一场，当新任巡按戴凤翔宣读完海瑞被"圣上"罢官的圣旨后，便要海瑞释放霸占民田民女的杀人犯——退休当朝宰相老太师徐阶之子，海瑞于交印之前高举大印厉声喝道："我要先斩囚犯，再行交印。传令开刀！"本来还因海瑞被罢官而幸灾乐祸洋洋得意的太师徐阶当场昏倒在地，顿时台下响起一片喝彩，掌声雷动。马连良先生饰演的海瑞那股子天不怕地不怕舍得一身剐的大无畏无欲则刚精神，令我这个青少年对海瑞肃然起敬。怪不得几百年后，坐落于海口市的海瑞墓，仍然吸引着成千上万的公众前往凭吊这位"海青天"啊。吴晗、马连良两位大家竟因海瑞戏而惨遭厄运，令人唏嘘不已。虽然当今老百姓有了说话发发议论的网络平台，平时饭后茶余也尽可评说国内外大事，上至中央，下到地方政府及各部委都有了与老百姓沟通的公开网站，老百姓有意见也有了上访的去处。而创建和谐社会的基础保障必是人人平等实行法制为基础啊，一定要维护国家法律的尊严，这就在于今天我们的司法干部能不能像包公、海瑞那样，真正做到刚正不阿，执法如山，公私分明，“守住国家维护社会公平正义的最后一道防线”。

我最感兴趣印象最深的还有昆曲《千里送京娘》。去年年底，昆曲名家侯少奎先生为纪念其父昆曲大师侯永奎先生诞辰 100 周年，我有幸获少奎先生赠票，在灯壁辉煌又舒适的梅兰芳大剧院再次观赏了侯派名剧《千里送京娘》。这出戏本已失传，现有版本来自北昆上世纪 50 年代末的成功改编，是北昆的一出千古绝唱的精品，可惜现在上演也不多了。《千里送京娘》说的是宋太祖赵匡胤早年爱打抱不平，犯了命案，逃跑路上遇到被强徒劫持的花季少女赵京娘，救她脱离火坑，并迢迢千里相送到家，一路兄妹相待，日夜兼程小心呵护，凭一身正气和超群武艺，安全地将京娘从山西送回老家（湖北）的凄美动人故事。在护送京娘归途中，赵京娘被赵匡胤的伟岸身躯和见义勇为的大英雄胆略所感，对他再三表示了少女爱慕之情。赵匡胤却因胸怀大志没有回应，始终千里之路坚守兄妹之礼道。这个传奇故事早就成为一段佳话，和关公大老爷的《千里走单骑》一样名扬千古氍毹。剧中最为感人的一段，是京娘一路随着赵匡胤翻山涉水，不停试探她心目中的大英雄，英雄美人双双载歌载舞、诗情画意让白发青丝观众在丝竹音乐下无不动容，如痴如醉！不过二九年华的京娘娇色满面不断试探道：“杨花点点满汀州，柳丝袅娜垂岸头，春光洋溢春溪水，春意阑珊更惹春愁，水中鸳鸯并翅游，岸边兄妹并肩走，却为何有缘邂逅，难偕凤鸾俦。”心有大江山春秋的赵匡胤当然听懂了小妹她的心声，却不为京娘绵绵情意所动。正然回声道：“杨花点点满汀州，柳丝袅娜垂岸头，春光点缀山河旧，春意阑珊更惹国愁，云际鸿鹄展翅遨游，天下英豪四海奔走，大丈夫满腔热血与世共忧。”

这段戏充分展现了赵匡胤创立基业壮志未酬不为缠绵女儿情所动的大丈夫英雄气概。中国有句俗话曰：英雄难过美人关。古今中外因贪色而国破家亡的实例实在是不胜枚举，所以说《千里送京娘》之赵匡胤实非常人也；而其之所以够称“大英雄”，正是他那种俨然以国家大事业为重的气度。后人有诗赞云：“不恋私情不畏强，独行千里送京娘。汉唐吕武纷多事，谁及英雄赵大郎。”也许正是这种仗义性格，使他很受广大官兵百姓诚心拥戴。于公元960年“陈桥兵变黄袍加身”，33岁成就了他一番中华帝王霸业！

博大精深的国粹艺术正因有不少以上优秀传统剧目构成的昆剧、京剧，所以也是属于全世界人民拥有的共同精神财富，难怪双双被联合国列为世界非物质文化遗产了。

老记者的采访五味

当爬格子的记者（现在使用电脑了）的酸甜苦辣我颇有体会，他（她）们每位不知熬过多少不眠之夜，跑过多少山山水水，遇到过多少的“闭门羹”；我毕竟当过两届中国体育记者协会副主席和十年《中国体育杂志社》的总编兼社长呀！

我自己亲自上阵写体育报道很少，只记得在 1994 年秋我作为领队率中国青年自行车队在澳大利亚珀斯参加世界青年自行车锦标赛时，一到驻地就发现在这万里之外没有带记者，于是立即和随队的国际司李欣处长商量写了两篇报道，通过有关部门及时发回国内，这种报道抢的是时间、地点和准确无误的大赛运动员情况及成绩。

我写得最多和最富个人特色的是几十万字的体育散文，深得其五味了，虽然有了时间优势，但文章下的功夫却得更大更深才行。

比如我写毛主席、周总理热爱乒乓球的纪实长文和他们与其他几位开国元勋喜欢跳舞的文章（见《新民晚报》2010 年 7 月 11 日的《红墙内外的舞步》）就是花费了很多时间和精力，去采访当时熟悉情况的领导、运动员、教练员和伴舞的队员，同样是时间、地点、具体情节一点也不能有误，因为这些都是影响过中国和世界历史的大人物呀，来来回回核对查实才能上交报刊社，有的甚至于还得通过中央文献和党史研究室及新闻出版总署批准才能发表。好在我一贯坚持文章严谨和真实，还没出过差错失误使得文章被“毙”。

钓鱼散文也是我常在总局报刊上发表的文章。在我的《元戎百姓共垂竿》（人民体育出版社首印后，前后共印刷五次）中，我写刘少奇、任弼时、叶剑英、朱德、贺龙、徐向前、罗瑞卿等党政军大人物垂纶休闲的运动。常常是案头工作做足了，如看他们的军队正式出版的传记、各种小说文章，采访他们的遗孀、儿女，如王光美（刘少奇夫人，曾任全国政协常委）、任远方（任弼时女儿，高级工程师）、叶选平（叶剑英大儿子，曾任全国政协副主席）、薛明（贺龙夫人，曾任全国政协常委）、黄杰（徐向前夫人）、徐晓岩（徐向前儿子，解放军中将）和以上这些老首长的警卫和秘书，文章写好都要请他（她）们过目才行；当然我写作前和写作后还得去他们垂钓地看地形地貌，垂钓是什么河、湖、潭，对面是什么山，当年周围是什么树和草，这样才能找到“感觉”，文章才能准确生动，才能感动读者，让读者读起来如身临其境。有的地点如徐帅钓鱼的东湖，我前后跑过两三次，搞清了徐帅和夫人垂钓时的准确位置和时间，写朱德垂钓和进行体育锻炼的西山、中南海我都跑过几次。一次冒着大雨没联系上警卫部队进不去，对着西山大院绕了两圈，也算是先熟悉了雨中的外围吧！等了两三周，再约有关警卫部门，我总算进得大门深院，得见朱老总当年多次垂钓的修竹碧水之深泉长流的宝地一方和他常年居住的西山院落。

当这些体育散文和报道发表在各地报刊上尤其获得全国比赛奖项时，这又好比是钓手擒获了大鱼、渔夫满舱而归般喜悦和幸福了！

我在兰考重温了可贵的白开水精神

拍完了23集《雷锋》电视剧，在耐心排队等待CCTV播映的时候，我们这个"红色摄制组"并不气馁，大年初七我们编剧、导演、制片一行马不停蹄又奔兰考，准备拍摄25集电视剧《焦裕禄》了。焦裕禄同志的女儿、已58岁的焦守凤在郑州机场迎接我们，再驱车直奔47年前她父亲——人民的好县委书记焦裕禄工作战斗的地方河南省兰考县，做好开机前的必要准备工作。

兰考县第13任县委书记、开封地委常委魏治功和县里"四大班子"，加宣传部长、公安局长等在春节后上班第一天（农历正月初七）的百忙中，在县委院里（当年焦裕禄办公地）一座毫不起眼、绝无形象工程的县委办公楼里，只不过是配备了普通木制桌椅的会议室中接待了我们这一行来自北京的摄制组主创人员。魏书记还特别指出，"省委常委和中央首长也是在这里和我们座谈呢"！使我们颇感意外的是，尽管还在春节期间（正月十五前拜年都不算晚嘛），招待我们的也仅仅是每人一杯白开水，缺少了几乎所有这种场合的糖果花生瓜子之类待客的东西，外面还飘洒着久违的雪花，我手捧着热水杯，仿佛又回到了延安时代和我上世纪60年代下乡当知青的时候。那时我到河南省西华县农民家中做客，主人就常说："来客了，快烧'茶'。"实际上端上来的大碗白开水，当地人当时就习惯称

"茶"。当时我在河南下乡十年就从没喝过现在闻名遐迩的"红茶"、"绿茶",更没听说过什么"大红袍"、"铁观音"、"普洱茶"等现在流行待客的名茶。这"白开水茶"顿时让人感到朴实、踏实、放心——焦裕禄同志的作风就在周围,没变呢!而且这大年初七的晚宴就是当地人喜欢的面条、水饺和猪肉炖粉条、家鸡炖蘑菇等当地过年菜,绝没有名贵的茅台国酒和海鲜等风靡全国的粤菜,这也是我近几年参加县以上宴会之鲜见,大吃大喝之风在这里也可谓刹住了矣!谈何容易呀!据有关人士说大陆大吃大喝之风公家每年要付出三千多亿人民币、白酒则能喝干一个西湖之水呀!

一行人马夜宿兰考县宾馆。实际上这里称招待所更确切,因为没有任何"星"标志,也没有什么高大的前厅和装饰品,最主要我们不管职位高低一律住双人标准间,每间里的卫生间只有马桶边有一个冷热的莲蓬头可供冲身洗浴,我记得每间房仍是免费供应一壶开水,实际上这一夜我冲了热水澡,喝了一杯开水后,反倒睡得少有的清稳香甜。因为招待所窗外是机关,没有通常马路上飞鸣的车辆和喧嚣浮躁的人流。

第二天清晨大雪仍纷飞,入冬来第一次大雪,使遍种泡桐和植被,已结束了风、沙、涝和盐、碱等自然灾害的 1 116 平方公里的兰考大地银装素裹分外妖娆。个个绽露笑容的兰考人都说:"贵客来临,瑞雪相迎呀!"我们一行来到了人民公仆、县委书记好榜样陵墓前凭吊。这大理石的墓穴原来就设在郊外风沙口上,年仅 42 岁就去世的焦书记生前的意愿就是死后也要看着兰考人民治住这风沙、内涝和盐碱。我们眺望着一行行、一片片青松翠柏和皑皑白雪下的焦书记葬身之地,向 47 年前冲在第一线查风口、探流沙、治盐碱而累倒在这块土地上的县委书记焦裕禄同志，肃穆地三鞠躬并绕陵墓一周，表示我们后来人对这位党优秀的中国共产党党员的无比崇敬之意。

在我从县城返回郑州的高速公路上意外接到县委魏书记的电话，他浓重的河南口音使我分外亲切：因为我这个当年的高中生从首都下乡到河南当知青、上大学、到部队，屈指算来竟然在中州大地共度过了19个春秋，我当然会讲一口地道的河南话呢。魏书记向我这个《焦裕禄》电视片的总策划、总监制再三表示歉意，因昨晚未能陪我和摄制组主创人员用晚餐；下面的话则使我颇感吃惊和肃然起敬：因昨晚“我唯一的宝贝女儿结婚，为了不让任何人请客送礼，除了至亲以外没有通知任何人”。这种在当下借办红白喜事请客送礼的在不少地方也蔚然成风了。焦裕禄后继的县委书记能毅然决然在灯红酒绿的春节中刹住了这种庸俗不正之风，这真是令人钦佩不已。翻阅着魏书记亲赠我们每人一册的邓小平同志亲笔题写的《焦裕禄》红皮大书，霎时廉腐二气的交织使我浮想联翩。

我走下吉普车任雪花飘飘冲击着我的热面，想当年焦书记忍着肝的剧痛就是在这大年下推着一辆自行车访贫问苦，“心里始终装着全体人民，唯独没有他自己”，这高大形象不断浮现在漫天风雪中。这种真正的共产党员明镜和标尺，应该是我们县、地、省三级干部乃至全国各地共产党员们永远学习的光辉榜样，只有这样，无数先烈创建的红色江山——中华人民共和国，才能千秋万代稳如泰山而不动摇啊！

为什么拍《雷锋》电视剧

今年两会期间，由中国传记文学学会和浙江永乐影视公司酝酿策划良久的《雷锋》电视剧，终于在北京雷锋小学宣布：4 月 15 日在牡丹江正式开机。

在“辫子剧”（清朝长篇剧）、民国剧、战争剧、古典名著剧等等充斥影视屏幕的时侯，我们却选择了上世纪 60 年代一位生命不过 22 周岁，当兵不过三年，职务只是班长的湖南小个子雷锋作为了我们这部 20 多集电视连续剧的主人翁，第一次以电视剧寻觅他短暂而又辉煌的人生。

这样的红色经典剧，会有观众吗？会引人入胜让我们匆忙而又浮躁的观众看到底吗？

是的，改革开放 30 年来，随着生活水平的不断提高，人们的钱包渐渐地鼓起来了，拜金主义也开始抬头。在过去谈钱，谈工资都被人们看不起的年代，更对“恭喜发财”、“发财致富”等语噤若寒蝉。现在不同了，似乎谁有钱谁就可以神气活现，钱权交易，权色交易已屡见不鲜，官员腐败现象年年有所揭露。败坏党风、党纪的人和事，已威胁到党和共和国的生存。人民多么需要廉洁之风重吹九州大地，让廉政无私的中国优良传统人物形象再现 13 亿人民眼前。而雷锋就是这样一个真正中国人的伟大形象代表，“为人民服务”、“做一颗闪闪发光的螺丝钉”、“学习文化科学技术”的向上精神，以及“艰苦朴素，刻苦学习，做好人好事不计报酬，不留姓名”和“公而忘私的共产主义风格”，都如金子般的在这位普通战士身上闪闪发光。如果当今的“公仆”真能像雷锋当年为人民而奉献、有自我牺牲精神，这将重扬中华民族传统美德，再现激情燃烧的年代，在新的高度上创造辉煌。

在掌握了大量真实素材的基础上拍摄这部电视剧，相信体现真善美的雷锋形象会感动广大观众，尤其是三军指战员、青少年儿童和他们的父母长辈，对青少年产生励志奋进的作用，也期待会对一些“公仆”的灵魂有所触动。

雷锋精神属于全人类。我在沈阳雷锋纪念馆看到了美国西点军校赠送的纪念品；在古巴不但有格瓦拉的铜像，也出现过印有学习雷锋文字和雷锋头像的 T 恤衫呢！

小粪筐唱出过最美的诗和画

农家都知道:“种地不上粪等于瞎胡混”、“庄稼一枝花,全靠粪当家”。看来动物产生的粪便,是植物最好的营养。所以在上世纪60年代,我下放到河南当知青时,总离不开和粪打交道。可以说我当时起早贪黑,背着小筐去拾人畜粪便,农人称之为“精肥”。每年8、9、10这三个月,草长得最茂盛,匆匆吃过午饭便冒着烈日去割草,身强力壮的农人,能背回一二百斤鲜草!我这样的学生知青满身是汗能割下背回七八十斤草就不错了,还需自己挖好土坑,扔进去,任之风吹日晒雨淋,到冬天就会自然沤好,发酵而成为好肥料,随时可做为庄稼或果树施用的绿肥了;再和同样发酵好的“精肥”一起施用,就是绝配了。这些基肥饱含氮磷钾等各种肥料元素,应是够植物长根茎枝叶和开花结果用了。当时化肥为新鲜事物,保守的中国农民开始惊讶施用后明显的“叶大果肥”。那时中国化肥厂稀少,进口化肥占了很大比例。不过长期和土地打交道的“老庄稼把式”不久便发现化肥明显的缺点和不足了:使土地板结不透气,而且接出的果实虽大却不甜或寡味不爽,果实还不易久存。当时农民还不太知晓这化肥对人们生理上的危害呢!

当时大文豪郭沫若的第二个儿子郭世英政治上犯了所谓“严重的反革命错误”,他身高力大、知识渊博、文采出众,以现在的标准是个品位很高的“帅哥”，他也被发配到我们农场的第一分场接受劳动改造。他以罕见的青年人的坚韧意志改造着自己，力求“脱胎换骨”。当时他留下一首儿歌《小粪筐》：

小粪筐，小粪筐，
粪是孩儿，你是娘；
迷家的粪合成了堆，
散发着五月麦花香。
小粪筐，小粪筐，
清早换我来起身，
傍晚一起到床旁。
小粪筐，小粪筐，
你给了我思想，
你给了我方向；
你我的心呀在齐唱！

有一次，他到供销社去买烟（他从不抽好烟，就时常买下生产队的一麻袋烟叶，自己用报纸卷烟抽），忘了带自己的小粪筐，看到呼啸而去的马车留下了一大堆冒热气的马粪，他紧抽了几口烟，马上摘下草帽，把粪便全部弄进帽子里，怀抱着这一大堆热粪，走回自己粪堆倒了进去。就这样年终评比精肥，他小山似的粪堆，终于使他名列全队第一名……

我去年在胞弟仲翔和他女婿小张介绍下，有幸认识了大画家袁运甫，他已80多岁了。这位中央工艺美院的一级教授，他的精品画作早已被故宫博物院、钓鱼台和人民大会堂珍藏；他还在1958年开始，近20年里积极参加制作大型壁画，尤其是轰动一时的1979年首都新机场的壁画群在国内外影响都很大，材质有丙烯、陶瓷、纤维、金属、彩石，真是五花八门。应了“中国是壁画的国度”，“非壮丽无以重威”。鲁迅先生也称壁画最能尽社会责任，是属于大众的，使我们今天明白了要更多重视公共艺术的社会作用。改革开放以来不少大建筑中的无顶壁画、雕塑、公共装饰创作工作，这些曾被“四人帮”统统抛弃过的艺术又不断重返人民大众的视野。改革开放以后全国各地络绎不绝的艺术家和各级领导都来请教这位无论国画、油画、水粉画和版画、雕塑样样精通的工艺美术大师——袁运甫。

真是无独有偶，在上世纪六七十年代，另一当代大师级画家吴冠中和袁运甫同时也都在“文革”疾风骤雨的大批判中被打成“黑画家”。在挨整最厉害的时候，他们互相支持和同情，在冰冷的阶级斗争的年代这是最有力的支撑与温暖……“我们一起偷偷出去画画，共同探讨艺术与人生，结下了深厚的友情。”（摘自袁运甫采访录）“文革”中大多数戏剧、影视演员是不让上舞台的，中西画家也统统被剥夺了画画写生的权利，而且还被冠以“黑画家”，和郭世英一样被赶到农村去接受“贫下中农再教育”。实际上这么多艺术家同时处于十年的冷落和政治高压下的时代，他们一直视艺术为生命，在这蹉跎岁月中他们内心的艺术火花并未完全熄灭。他和吴老相约去拾粪，出发前把小粪筐用水冲洗一下或干脆铺上两层报纸，把画具和颜料放在底层，上面再放上书本和学习材料。清晨也一样大道边小道旁转悠“去拾粪了”，当看到可入画的山川、树木和鸡鸭羊狗及火热的劳动场面就忙用粪筐做起画架，取出他们在粪筐下的画具和纸墨，那专注的神情，犀利无比的双眼，仿佛自身已经和大自然融为一体。不一会儿就画出了十分生动的动植物，以及祖国在彤云低锁下山川河流的多娇风采，他们发现自己苦苦追求的艺术作品又有了新意，也有着永恒的价值和真实情感的流淌。他们这些世界上独一无二的“粪筐画派”的作品和他们的精神，让他们和他们的子孙都感到弥足珍贵和无比自豪。1971 年林彪事件后，对艺术家迫害略有放松。当时的名画家祝大年和他们的得意弟子刘巨德等也和袁运甫、吴冠中一样背起小粪筐加入了“粪筐画派”。

现在已没有“文革”中让人窒息的政治高压了，画家们诗人们背上或用汽车拉上画具稿纸，走到哪里就画到哪里，你们如此好的条件还能发现城市之美的神韵吗？你们还能像吴冠中、袁运甫、祝大年和郭世英等这样的前辈一样自觉地深入到生活中去体验我们中华民族的传统和民俗民情吗？你们还能去描绘祖国丰富多彩的生活内容吗？能用你们的笔去捕捉生动灵现的生活内容吗？现代艺术家们，请借鉴一下前辈艺术家的“粪筐精神”，去表现我们伟大的改革开放和祖国大好河山，与人们共同构建和谐地球家园吧！

且慢说中国已是体育强国

不少爱好体育的朋友和熟人总爱问我:“现在毫无疑问我国已是世界上的体育强国了吧?”

屈指算来我在体育圈内也干了二三十年了,也应该比圈外人了解些情况。上个世纪 80 年代后期我从武警总队转业到国家体委宣传司任对外宣传出版处处长,翻阅到一本当时司里出版的体育宣传画册,封面苍劲毛笔字题写为:为早日实现我国成为体育强国而奋斗!署名者竟是万里。从不爱题字的父亲,这次竟破天荒题写了这么一句,我感到很新奇。这可能和他当时任国务院常务副总理又分工管体育工作有关系。也就是说当时当然不是体育强国。虽然此时全国人民还沉浸在女排五连冠金牌和体育界向全国人民提出“振兴中华”的激情岁月中。以后 1990 年亚运会大获成功。小平同志视察亚运场馆,提出申办奥运。但山西一位有名作家的《强国梦》,后来发表在《中国作家》上的对长跑世界冠军“马家军”的探营揭秘,和《兵败汉城》(只拿了汉城奥运会六枚金牌)又给“体育强国”大泼了冷水,这使后来接管体育的大员李铁映在他上任期间未敢称“强国”。接手铁映同志的李岚清副总理在 1997 年人民大会堂召开纪念毛泽东主席光辉题词“发展体育运动,增强人民体质”40 周年时,这位分管中国体育的领导人讲话说:“已改革开放这么多年了,现在我们体育上无论在国内国外都取得了很大成绩，能称体育强国吗？什么情况下能称？体委和有关专家可以研究一下……”

2004年的雅典奥运会我国体育健儿击败了体育强国俄罗斯和德国位列金牌(总数)世界第二位了。到了2008年，比建国以来任何时候都强大的经济基础和举国体制支持下的第28届北京奥运会，中国体育健儿个个勇冠三军折桂夺冠51枚金牌，名列世界第一位了！举办北京奥运辉煌成功，给全世界留下了难以忘怀的印象，让下届的伦敦奥运会组织者连称不敢和北京攀比，在世界金融风暴下只求因地制宜“伦敦式”的奥运会就成了。此时我国“已是体育强国”论者又四起了。

难道城市里风起云涌的高尔夫球场气势如虹，成功人士和高层几乎饭后茶余碰头见面张口闭口皆：多少杆了啊？大中城市雨后春笋般的网球场，这两项运动改革开放前绝对被人认为“贵族化运动”而很少有人知道和问津，当年各省市地区的球馆和场地一个都没有或者说少得可怜。拿网球来说，当时只拥有500万人口的香港却拥有500块场地的网球场地，竟然可以和大陆所有省市加起来相提并论。今天如何？仅是内蒙一自治区网球场馆就已几乎达到了今天香港场地总和，改革开放后仅包头市就拥有100多块网球场地，花几块钱就可打一小时。诸如此类的“天翻地覆”的体育方面变化，让急于自豪的人们已夸口中国当然是世界上的体育强国，难道第28届奥运金牌第一不能称强国吗?！当今青梅煮酒论体坛，天下谁还可称英雄？实际上头脑不发热的现任体育总局局长刘鹏和研究我国体育的张伟等先生今年在重要新闻媒体上都已回答了这个问题。他们的态度是：且慢夸豪富，缓称是强国。

因为我们独一无二的13亿人口大国仍是一个沉重话题，古巴只有1 000万人口却在悉尼奥运会上取得了11块金牌，再加7块铜牌，总共29块奖牌她算不算体育强国呢？我国经常参加体育锻炼的人口无论和发达国家或自己比较都少得很，“如不算在校学生连10％都达不到”，但日本、芬兰、澳大利亚、新西兰、瑞士等国皆都在70％以上。除了乒乓球、篮球、羽毛球、跑步等在我国比较发达普及(包括热爱的观众)，在其他许多项目上普及程度都较差。在世界各国平均人口所拥有的世界三大赛金牌榜上，在每个人拥有的体育器材和锻炼时间上比起以上经济发达国家都没有任何可比性！比如受到全球热爱的三大球之一的足球，第19届南非世界杯足球赛中中国球迷只能为别国喝彩，中国人真正打入这32强仍遥遥无期呢！虽然有新中国体育奠基人首任体委主任贺龙元帅在上世纪60年代发出“三大球上不去，死不瞑目”指示，经几代人奋斗不息，在篮、排均有过重大突破，打入过世界强国行列，但唯有足球没有实质性突破。在我记忆里父亲万里没有踢过一次足球(作为国家领导人也许开过球吧)，上个世纪80年代中期，他在人民大会堂118厅和“棋圣”聂卫平打桥牌时，看到电视里我国都不敌小国足球，十分感叹地说：“本世纪中国足球是冲不出亚洲，进入不了世界水平的！”他还在网球场上对大家议论纷纷的男足教练和球友说：“这种劲头这种踢法，中国足球一百年也上不去！”他当即受到过袁伟民、聂卫平等反击：“怎么会这样，万副总理不要总给男足泼冷水呀！”老爷子正色道：“可能你们还不懂体育，你们不信可以看今后的实际情况！”到了2000年以后(20世纪结束时)，聂卫平在他的著作《黑白世界》中写道：“这个世纪末，男足真的没有走出亚洲冲向世界，我被万里同志领导者的真知灼见折服。”就拿本世纪2002年足球世界杯，中国队靠神机妙算的抽签，和韩国、日本等强国不参赛，使米卢带队的中国男足几乎是保送进入了世界32强，尽管出征前当时的足球掌门人阎世铎副主席声嘶力竭鼓吹带命令：“要力争赢一个国家，最差进一个球，不管怎样也得力争拿上一分呀！”大批热情无比的球迷，自掏腰包，满脸涂满了鲜红和金星，带上锣鼓，结果还是最后一名，一分未拿，一球未进，带回大鸭蛋灰溜溜返回北京。建国60多年了，难道真要等到100年，足球才能进入世界列强吗？我真不希望“不幸又被万老言中——”因为体育强国不仅是金、银、铜牌，它是和整个国家的经济文化和体育产业及国民素质紧紧相连在一起的全面竞赛。

综上所述，金字塔上强化了的竞技比赛触角，更是全民健身的群众体育为坚实基础的大对比，体育也是国与国政治、经济、文化密不可分的较量呢。当然体育产业在新中国真正形成，屈指算来最多也不过30年(从改革开放的1978年算起吧)，比起欧美显然算不上基础成熟。作为老体育工作者我们热切盼望我们这个体育大国早日变成体育强国。当然实现体育强国已不是“强国梦”，梦即正成真呢！

代跋：我的书屋叫“苹花”

改革开放后，国人的衣食住行都得到了很大提高。2005 年我第一次分到了住房，凭着 1962 年参加工作的工龄和职务的晋升，不知不觉我竟按照“老干部”标准分到了三室一厅的新房，要知道当时全体委司局级分房排名我能排列第 17 名呢。后来孩子一结婚又搬出去住了，因此我就多出了一间十多平米的房子，想不到过去都是大作家、大干部才能拥有的书房，这年代我也梦想成真了。后来又经两次搬迁，但这“苹花书屋”总能保留下来。

当时我决定郑重对待我来之不易的书屋，我有着在河南黄泛区农场园艺场十年的农工经历，考虑再三，我就把书房命名“苹花书屋”，以纪念我于青涩年华投身黄泛区十年的知青岁月。分房前我早就和我的老朋友、大作家、我加入中国作家协会的介绍人之一李准商量给书屋取个名，请他首先泼墨挥毫——咱也学着挂个匾啥的。李准是我上个世纪 60 年代下放河南西华县黄泛区农场时的老朋友了。他原创的电影《李双双》《老兵新传》《大河奔流》等近 20 部影片在国内外产生不小影响。他在“文革”中被迫下放到离我劳动农场十几里的小李庄，真正住进了“牛棚”，因为一半是他的住房，另一半就是牲口棚呀。我去看过他，当时正逢六月天，他穿个粗布大裤头，肩上搭个灰白难分的擦汗毛巾，头上还戴着个旧草帽。加上他一口地地道道的河南话，正忙着给牛马等队里大牲口拌草料，像个本地十足的饲养员。他十分欢迎我这个小友的突然到来，真是“同是天涯沦落人”了。他招待我吃了粗茶淡饭，后来他还应我之邀来我劳动的苹果园看望我。当时我正在果园喷打进口的“1059”农药，我们四个喷药手都在烈日下高举丈余喷枪干了几个小时了，浑身汗如雨下，这种烈毒农药（据说现在已禁用在果树上）别说是噬吸果叶如命的红蜘蛛克星，就连我们这些年轻力壮的知青，药水加上毒日头，八小时下来都搞得个个脸色青白，四肢乏力，挥动和拖拉喷枪以及连着拖拉机大药箱的长橡胶管越来越吃力，越来越沉重。李准看着我这样的北京“洋”学生和“高干子弟”如此能吃大苦，耐艰辛，似乎比他在牛棚还艰苦，忙从果园树下刚挑来的“特供保健品”——绿豆红糖水铁桶里，舀了满大粗瓷碗汤水，捧到浑身上下已分不清是汗水还是药水的我面前：“小万同志，你们都歇一会再打吧！喝碗绿豆茶解解暑消消毒气……”写到这里，读者们也许就能明白李准以魏碑字体为我手书“苹花书屋”的来历了。

及至后来，韩美林、吴祖光、范曾、王成喜和崔如琢等诸多的书画名家，知其根源后也纷纷为我的小屋题写了“苹花书屋”。这些书法墨宝让我受宠若惊，倍加珍爱。中国书协主席沈鹏还特加过一段题跋：“伯翱同志1962年下乡务农，昼夜操劳于果园，怀其十年青春磨砺，故称其书房名也！”

实际上，当年我们这些知青每年从早春二三月春耕乍暖还寒、果花和叶都没出来时，就开始喷打第一遍石灰水加硫酸铜，对果树上药，铲除害虫卵和病毒，到金风骤起采完果后打最后一遍“波尔多”果药保叶剂，这样的艰苦喷打药一年下来总共有十多次之多。

另外还有对果树的施肥浇水、除草采收。到了冬季，大田农工都封仓休工或干些室内轻松的选种修整农具等活了，园艺工却要变农闲为农忙，顶风冒雪，手握铁剪钢锯，登上果树空中作业，真正感觉是“广阔天地”的主人了。我们踏进冰天雪地，穿梭在果林中央的主干道上，不时高唱：“北风吹，雪花飘，园艺工人爬树梢。为了明年花和果，今冬不怕苦和劳……”

啊！苹花，那是每年四月份苹果树花开似海洋，蜂来蝶往的最美季节——我无法忘却的知青岁月，至今让我苦乐交融梦魂萦绕在农垦广阔天地里……

2014年夏月于京华苹花书屋

图书在版编目(CIP)数据

我看红墙内外 / 万伯翱著. —上海：文汇出版社，
2014.9
ISBN 978-7-5496-1198-0

Ⅰ.①我… Ⅱ.①万… Ⅲ.①散文集-中国-当代
Ⅳ.①I267

中国版本图书馆CIP数据核字(2014)第187993号

夜光杯文丛·个人专辑

我看红墙内外

作者 / 万伯翱

封面作画/田学森　照片摄影(部分)/杨昌忠
特约编辑/贺小钢　责任编辑/何　璟　装帧设计/周夏萍

出版发行/文匯出版社(上海市威海路755号　邮编200041)
经销/全国新华书店

照排/南京展望文化发展有限公司　印刷/上海宝山译文印刷厂

版次/2014年12月第1版　印次/2014年12月第1次印刷
开本/890×1240毫米　1/32　字数/200千　印张/10.125

ISBN 978-7-5496-1198-0　定价：40.00元